भगवान अटलानी
की
लोकप्रिय कहानियाँ

भगवान अटलानी की लोकप्रिय कहानियाँ

भगवान अटलानी

प्रभात पेपरबैक्स
www.prabhatbooks.com

प्रकाशक

प्रभात पेपरबैक्स

4/19 आसफ अली रोड, नई दिल्ली–110002

फोन : 23289777 • हेल्पलाइन नं. : 7827007777

इ–मेल : prabhatbooks@gmail.com ❖ वेब ठिकाना : www.prabhatbooks.com

संस्करण

प्रथम, 2018

मूल्य

एक सौ पचहत्तर रुपए

अ.मा.पु.स. 978-93-5266-485-6

मुद्रक

आर–टेक ऑफसेट प्रिंटर्स, दिल्ली

★

BHAGWAN ATALANI KI LOKPRIYA KAHANIYAN

Published by **PRABHAT PAPERBACKS**
4/19 Asaf Ali Road, New Delhi-110002

ISBN 978-93-5266-485-6

₹ 175.00

पिता स्व. श्री रेलूमलजी को
नितांत बचपन से मिले, जिनके
संपूर्ण भरोसे के कारण
मैं मानसिक रूप से मजबूत हुआ
और होता चला गया।

भूमिका

साहित्य का सरोकार, सरोकार का साहित्य

पीत पत्रकारिता में लिप्त अनैतिक कर्मी अवांछित लाभ उठाने के लिए एक नुस्खा सबसे अधिक कारगर मानते हैं। परिचितों, पड़ोसियों, सहकर्मियों और नाते-रिश्तेदारों तक लक्षित व्यक्ति को बदनाम करनेवाली सामग्री पहुँचाना उनकी प्राथमिकता होती है। घर और कार्यालय अथवा व्यावसायिक प्रतिष्ठान के आस-पास मुनादी की तर्ज में पत्रिका में छपी सुर्खियों का चीख-चीखकर बखान करके प्रश्न खड़े करना उनका पहला मकसद होता है। दस-बीस जान-पहचान वाले पत्रिका का हवाला देकर सहानुभूति, जिज्ञासा या आरोप लगाते दिखाई देते हैं तो संबंधित व्यक्ति को लगता है, सारी दुनिया में उसकी बदनामी हो रही है, भले ही पत्रिका की कुल जमा मात्र सौ-दो सौ प्रतियाँ ही छापी गई हों, किंतु मनोवैज्ञानिक स्तर पर एक विकराल, डरावने और हतोत्साहित करनेवाले बवंडर में फँसा अनुभव करते हुए कई बार बेबुनियाद दुष्प्रचार होने के बावजूद व्यक्ति सौदेबाजी करके उन परिस्थितियों से बाहर निकलना चाहता है।

एक लेखक या कवि की रचना जब पहली बार कहीं छपती है तो बधाई देने, मिठाई की माँग करनेवालों की संख्या विपुल होती है। रचनाकार को लगता है, उसका यश और प्रसिद्धि बढ़ गई है। सच यह होता है कि उसके सौ पचास परिचित लोगों को ही यह जानकारी मिलती है। उनमें से भी ऐसे लोग बहुत कम होते हैं, जिन्होंने रचना सचमुच पढ़ी है; पारखियों,

विश्लेषकों, कमियाँ बताने में सक्षम पाठकों की संख्या तो नगण्य होती है। मगर मनोवैज्ञानिक स्तर पर प्रशंसा का प्रभाव चमत्कारिक रूप से नए लेखक या कवि की आगे बढ़ने की प्रेरणा बनकर सामने आता है। प्रारंभिक दौर में प्रसिद्ध होने और अलग दिखाई देने की उत्कंठा लेखन के लिए सबसे अधिक उपजाऊ खाद प्रतीत होती है। धीरे-धीरे समझ, साहित्यिक बिरादरी का संग-साथ, खरपतवार प्रशंसकों की छँटाई और अध्यवसाय की सघन छाया में लेखन से संबंध रखनेवाले विभिन्न पहलू मस्तिष्क में उथल-पुथल मचाने लगते हैं। परिश्रम, आर्थिक लाभ की धूमिल संभवनाओं, गुटबंदी और बड़े पैमाने पर खींचतान के कारण क्यों लिखूँ जैसे प्रश्नों से जूझते हुए अनेक लोग लिखना छोड़ देते हैं। जो लिखने की दृष्टि से निरंतर सक्रिय रहते हैं, उनमें से अधिकांश स्वीकार करते हैं कि लेखन उन्हें सुकून, सुख या संतोष देता है। पत्रिकाओं आदि से मिलनेवाला बराये नाम पारिश्रमिक, भूले-भटके मिलनेवाला कोई पुरस्कार, थोड़ा-बहुत यश, प्रसिद्धि और प्रतिष्ठा रचनाशीलता के लिए आवश्यक प्रेरक तत्त्व नहीं हो सकते। यदि लेखन के दौरान मिलनेवाला संतोष मूल धन है तो पारिश्रमिक, पुरस्कार, सम्मान, यश, प्रसिद्धि और प्रतिष्ठा को अधिक-से-अधिक बोनस माना जा सकता है। विचार के प्रसार या सामाजिक परिवर्तन में भूमिका जैसे उद्‌देश्यों की पूर्ति में साहित्य की भूमिका उल्लेखनीय सिद्ध नहीं हो पाई है। इसलिए तुलसीदास की उक्ति 'स्वांतः सुखाय' ही अंततः सार्थक प्रतीत होती है।

समयाभाव, विभिन्न दायित्वों, व्यस्तताओं और भाग-दौड़ के बीच में से किसी तरह निचोड़कर लेखन की निरंतरता को बनाए रखने की जद्‌दोजहद ने अनेक बार उद्वेलन की सीमा स्पर्श करते हुए प्रश्न खड़ा किया है, क्यों लिखता हूँ? जब-जब प्रश्न उठा है, मानसिक उथल-पुथल, ऊहापोह बढ़ी है, विचलन की संभावनाएँ बलवती हुई हैं, तब कोई-न-कोई ऐसी घटना हुई है, जिसने लेखन में आस्था को मजबूत करते हुए प्रश्न का उत्तर दे दिया है।

संभवतः नवंबर 1974 की घटना है। 'सारिका' सहित अनेक पत्रिकाओं व समाचार-पत्रों में कहानियाँ छप रही थीं। नौकरी से जुड़ी व्यस्तताएँ भी

बढ़ रही थीं। तभी जहन में उठे प्रश्न 'क्यों लिखता हूँ' ने परेशान करना शुरू किया। संयोगवश उसी समय बैंक के किसी काम से श्रीगंगानगर जाने का प्रसंग बना। सुबह लगभग दस बजे होटल से निकलकर पैदल बैंक शाखा जा रहा था। अचानक एक सज्जन ने सड़क पर रोका। श्रीगंगानगर पहली बार गया था। वहाँ कोई परिचित भी नहीं था। किंचित् विस्मय हुआ। कुछ कहूँ, इससे पहले सज्जन ने पूछा, "आप भगवान अटलानी हैं?" स्वीकृति में सिर हिलाते हुए मैंने प्रति प्रश्न किया, "मुझे कब से जानते हैं?" 'इतवारी' पत्रिका में कहानी के साथ आपका फोटोग्राफ छपा था। कहानी अच्छी लगी, शायद इसलिए फोटो के आधार पर आपको पहचान सका।" उस बार श्रीगंगानगर से एक विश्वास लेकर लौटा कि लेखक का पाठक से संवाद चाहे नहीं होता हो या कम होता हो, मगर लिखे हुए को शिद्दत से पसंद या नापसंद करनेवाले पाठक जरूर हैं।

साहित्यागार, जयपुर से 1987 में हिंदी में प्रकाशित मेरी पहली पुस्तक आई, कहानी-संग्रह 'बंद आसमान का आखिरी दरवाजा'। पुस्तक को राजस्थान साहित्य अकादमी ने 1990 में 'रांगेय राघव पुरस्कार' प्रदान किया। संग्रह की भूमिका कमलेश्वर ने लिखी थी। वे ही राजस्थान चैंबर ऑफ कॉमर्स, जयपुर में विमोचन के लिए आए थे। साहित्यागार के संचालक रमेश वर्मा ने 'बंद आसमान का आखिरी दरवाजा' को विशेष छूट के साथ बिक्री के लिए उपलब्ध कराया था। विमोचन के बाद पुस्तक की प्रति खरीदकर साहित्य प्रेमी कमलेश्वर से पुस्तक पर ऑटोग्राफ ले रहे थे। मैं और कमलेश्वर मंच पर थे और एक हुजूम हमारे सामने था। कमलेश्वर के सामने अधिक, मेरे सामने कम। तभी एक प्रौढ़ महिला पुस्तक की प्रति लेकर मेरे सामने आ खड़ी हुई, "अटलानीजी, कृपया पुस्तक पर अपना ऑटोग्राफ दें।" मैंने सहजता से उनका नाम पूछा। "दुर्गावती खूँटेटा," उन्होंने उत्तर दिया। "क्या करती हैं?" "अध्यापिका हूँ।" मैंने मुसकराकर निवेदन किया, "हम लोग जयपुर में रहते हैं। जब चाहेंगे, मिल लेंगे। आज कमलेश्वरजी हमारे बीच हैं। ज्यादा अच्छा होगा, पुस्तक पर आप उनसे

ऑटोग्राफ लें।'' ''मैं आपकी फैन हूँ तो ऑटोग्राफ कमलेश्वरजी से क्यों लूँ?'' चकित भाव से मैंने पुस्तक पर हस्ताक्षर कर दिए। इसके बाद कई दिनों तक यह प्रसंग मेरे सोच में तरंगें पैदा करता रहा। शब्द और विचार की पहुँच की यह झलक मेरे लिए नया अनुभव लेकर आई थी। कौन, कब, कहाँ, किस स्थिति में, संयुक्ति या विरक्ति के कौन से व्यामोह में डूबते-उतराते पढ़ रहा है, लेखक को जानकारी कहाँ मिल पाती है? पत्रों, टेलीफोन और व्यक्तिगत मुलाकातों के माध्यम से जो सीमित प्रतिक्रियाएँ मिलती हैं, रचना की पहुँच उससे कहीं बहुत अधिक है। रचना के संप्रेषण पर संदेह करके लेखक शरीर को स्वस्थ रखनेवाले अदृश्य जीवाणुओं के अस्तित्व से इनकार करने का अपराध करता है।

वर्ष 1988 में स्टेट बैंक ऑफ बीकानेर एंड जयपुर ने अखिल भारतीय स्तर पर एक प्रतियोगिता आयोजित की थी। प्रविष्टि ऐसे लेखक के उपन्यास की पांडुलिपि के रूप में जानी थी, जिसका कोई उपन्यास इससे पूर्व प्रकाशित न हुआ हो। मैंने 1974-75 में लिखे, किंतु अप्रकाशित उपन्यास 'हाशिया गवाह' की पांडुलिपि प्रतियोगिता में भेजी। पांडुलिपि को प्रथम पुरस्कार मिला। पुरस्कारस्वरूप दो हजार पाँच सौ रुपए पुरस्कार प्रकाशित कराने के लिए आसान शर्तों पर ऋण और बैंक की शाखाओं व अन्य कार्यालयों में वितरण के लिए सात सौ प्रतियाँ खरीदने का प्रावधान था। उपन्यास प्रकाशित होने के बाद विभिन्न शाखाओं में भेजा गया। अकस्मात् 1989 के किसी दिन मुझे एक लिफाफा मिला। लिफाफे में हाथ से लिखा एक पत्र और टाइपशुदा एक आलेख था। पत्र लेखक भरत शर्मा ने लिखा, ''स्टेट बैंक ऑफबीकानेर एंड जयपुर की डूँगरपुर शाखा में कार्यरत हूँ। पिछले दिनों बैंक की ओर से पुरस्कृत आपका उपन्यास 'हाशिया गवाह' शाखा में आया था। कविताएँ लिखता हूँ। लिखने व पढ़ने का शौक है। इसलिए आते ही उपन्यास मैं अपने साथ ले गया। घर पहुँचा तो देखा, आकाशवाणी उदयपुर का पुस्तक समीक्षा के लिए एक अनुबंध आया हुआ है। 'हाशिया गवाह' पढ़कर, समीक्षा लिखकर मैंने आकाशवाणी पर रिकॉर्ड कर दी।

समीक्षा प्रसारित हो गई है। प्रति भेज रहा हूँ।'' जारी रखते हुए भरत शर्मा ने लिखा, ''आप मुझे नहीं जानते हैं, मगर मैं आपको लंबे समय से जानता हूँ। 'सारिका' के दिसंबर 1976 अंक में आपकी कहानी छपी थी, ''आस्था की कतरनें। वह कहानी आज भी मुझे ज्यों-की-त्यों याद है।''

पत्र पढ़कर मैं भौचक्का रह गया। वर्ष 1976 में भरत शर्मा की उम्र कितनी रही होगी ? अधिक-से-अधिक सत्रह-अठारह साल। उस आयु में 'सारिका' पढ़ने वाला किशोरावस्था और नवयौवन की संधि पर खड़ा भरत शर्मा नाम का व्यक्ति निश्चय ही पर्याप्त समझदार रहा होगा। सीखने और अपना विकास करने के प्रति भी सजग होगा। तब पढ़ी हुई कोई कहानी अगर स्मृति में चस्पा है तो जाहिर है, वह उसके संस्कार में भी गई होगी। ऐसा एक भी पाठक किसी लेखक को मिल जाए तो मानना चाहिए, उसे सबकुछ मिल गया। 'क्यों लिखता हूँ' का कोई अर्थ रह जाता है क्या फिर ?

सन् 1997 से 2000 तक मैं राजस्थान सिंधी अकादमी का अध्यक्ष रहा। भारतीय जनता पार्टी की सत्ता में अध्यक्ष नियुक्त हुआ। अठारह माह बाद कांग्रेस की सरकार सत्ता में आ गई। लगभग स्थापित परंपरानुसार सरकार अगर दूसरे दल की बनती है तो अकादमियाँ भंग कर दी जाती हैं। राजस्थान सिंधी अकादमी के जयपुर निवासी सदस्यों के साथ मैं सचिवालय में नवनियुक्त शिक्षा मंत्री डॉ. बुलाकीदास कल्ला से मिला। उनसे यह मेरी पहली भेंट थी और औपचारिक बातचीत के बाद मैंने एक प्रस्ताव रखा, ''मुझे भाजपा ने राजस्थान सिंधी अकादमी का अध्यक्ष नियुक्त किया है। आप यदि कांग्रेस के किसी व्यक्ति को इस पद पर लाना चाहें तो कृपया बता दें। मैं इस्तीफा दे दूँगा।'' तुरंत उत्तर आया, ''अटलानीजी, आप लेखक हैं, भाजपा के आदमी नहीं। आपकी रचनाएँ हम बचपन से पढ़ते आ रहे हैं। आप निश्चिंत होकर काम करिए। यह कथन मुझे फिर विस्मित करनेवाला था। पूरी तरह अनपेक्षित। राजनीति में सक्रिय एक व्यक्ति साहित्यानुरागी है, उसने मेरी रचनाएँ पढ़ी हैं, मेरा लेखन उसकी समृति में है! डॉ. कल्ला से हुई इस मुलाकात ने लेखन की सार्थकता की पहले ही पूरी हो चुकी

मानसिकता को जंगरोधी, भूकंपरोधी और झंझारोधी बना दिया।

डॉ. विमला सिंघल राजकीय स्नातकोत्तर महाविद्यालय, भीलवाड़ा में हिंदी विभाग की प्रमुख थीं। जयपुर में एक आयोजन में उनसे भेंट हुई। उन्होंने कॉलेज में व्याख्यान के लिए आमंत्रित किया। वर्ष 2006 के सितंबर के अंत में मेरा भीलवाड़ा जाने का कार्यक्रम बना। कार्यक्रम से तीन-चार दिन पहले डॉ. सिंघल का फोन आया। संकोचपूर्वक उन्होंने कहा—सर, साहित्य में रुचि कम हो गई है सबकी। यदि श्रोता कम संख्या में आएँ तो आप अन्यथा मत लीजिएगा। मगर आश्चर्य! जब मैं कॉलेज के ऑडिटोरियम में पहुँचा तो वह पूरी तरह भरा हुआ था। पहली पंक्ति में फैकल्टी के सदस्य बैठे थे। उनसे परिचय कराया गया। पंक्ति के मध्य में पहुँचा तो सफेद कुरता-पायजामा पहने, सफेद बालों वाले एक प्रोफेसर भूगोल विभाग के डॉ. श्यामसुंदर भट्ट ने अभिभूत होकर मेरा दाहिना हाथ दोनों हाथों में पकड़ लिया, ''आपसे मिलने की बहुत इच्छा थी। पता नहीं कब से पढ़ रहा हूँ आपकी रचनाएँ!'' चालीस-पैंतालीस मिनट के व्याख्यान के दौरान सभागार में पूर्णत: एकाग्रता का माहौल इतना संवेदनशील था कि यदि इक्के-दुक्के छात्र बीच में से उठकर जाते तो अनेक आँखें उन्हें इस तरह घूरतीं, जैसे खा जाएँगी। बाद में पता लगा कि सूचना-पट्ट पर व्याख्यान की जानकारी के अतिरिक्त संख्या बढ़ाने की दृष्टि से कोई विशेष प्रयत्न नहीं किए गए थे। निश्चय ही पैंतीस वर्षों के दौरान लेखन, प्रकाशन से सुरुचि-संपन्न पाठकों में बनी छवि का प्रभाव था कि इतनी बड़ी संख्या में छात्र व प्राध्यापक व्याख्यान सुनने आए। मेरे लेखन को इससे बड़ी सनद क्या मिल सकती है?

ये सभी प्रसंग पीत पत्रकारिता करनेवालों की ओर से व्यक्ति (यहाँ लेखक) की मनोवैज्ञानिक कमजोरी का लाभ उठाने जैसे प्रतीत हो सकते हैं। भारत सहित विश्व के लगभग एक अरब हिंदी भाषियों में से साहित्य में रुचि रखनेवाले कितने हैं? उनमें से कितने साहित्य के अध्येता और गंभीर पाठक हैं? साहित्य से संलग्नता रखनेवालों का भी एक परिवार होता है, मगर एकल व्यक्ति के दायरे की तुलना में इस परिवार का परिक्षेत्र विशाल

है। साहित्य सृजन इन रुचिशील लोगों के परिवार के लिए ही किया जाता है। ठीक है कि साहित्यिक लेखन से समाज में क्रांतिकारी परिवर्तन नहीं आएँगे, किंतु एक व्यक्ति पर साहित्य का कम या ज्यादा पड़नेवाला प्रभाव महत्त्वपूर्ण नहीं है क्या? लेखन से जो संतोष मिलता है, साहित्य के संदर्भ में प्रभाव के ऐसे प्रमाण उसमें कई गुना अभिवृद्धि करते हैं। अब अगर वर्षों से विचलित हुए बिना लेखनरत हूँ तो इसका एकमात्र कारण संतोष और आत्मानंद है, जो मुझे भरपूर मिला है। इस आनंद का स्वाद मैं बार-बार लेना चाहता हूँ।

—भगवान अटलानी

2 जुलाई, 2017

संपर्क : डी-183, मालवीय नगर, जयपुर-302017
दूरभाष : 0141-2549828, 9828400325
इ-मेल : bhagwanatlani@rediffmail.com

अनुक्रम

नहीं हारते पापा

लगता ही नहीं है कि दिल्ली से वही पापा लौटकर आए हैं। अशांति और अनिश्चितता से भरी बेचैनी। बाहर से प्रतीत होनेवाले निर्विकार चेहरे के पीछे छिपी भविष्य की खौफनाक परछाइयाँ। कमजोरी के कारण बोलने में होनेवाली कठिनाई के बावजूद व्यंग्य और गुस्से से भरा तीखा लहजा। गोया एक तूफान है, जो तेज रफ्तार से पापा को झिंझोड़ रहा है।

शादी करके आए दस साल से अधिक समय हुआ है। इस बीच मेरी कई बातें पापा को पसंद नहीं आई होंगी। लेकिन मेरी किसी उलटी-सीधी बात या मूर्खता पर पापा को कभी इतना गुस्सा नहीं आया, जितना अब दिल्ली से लौटने के बाद पहाड़ के भीतर छिपे गरम लावे की तरह खदबदाकर बाहर आ रहा है। हर समस्या का समाधान ढूँढ़कर उसे अंतिम परिणति पर पहुँचाने में आस्था रखनेवाले पापा खुलकर कुछ बताते तो नहीं हैं, मगर जैसे दिखाई न देनेवाला एक जाल है, जिसमें उलझकर वे छटपटा रहे हैं। सामान्य आदमी को महसूस न होनेवाली कशमकश गुस्से के यहाँ-वहाँ बिखरे चकत्तों के अलावा कहीं से मुखर नहीं होती।

दो महीने पहले जब डॉक्टर ने पुष्टि की कि आँख का परदा फट गया है तो पापा एक पल के लिए भी मायूस नहीं हुए। दिल्ली में ऑपरेशन किस अस्पताल में होगा, ऑपरेशन कौन सा डॉक्टर करेगा, कब करेगा, ऑपरेशन पर होनेवाले खर्च का बंदोबस्त कैसे होगा, यहाँ से उनके साथ कौन जाएगा, जैसी हर छोटी-बड़ी व्यवस्था उन्होंने स्वयं की थी।

ऑपरेशन से पहले होनेवाली सभी जाँचें वे यहीं से करवाकर गए थे, ताकि दिल्ली में समय बरबाद न हो। ऑपरेशन से पहले या बाद में दिल्ली में बातचीत के दौरान पापा में कोई अंतर महसूस नहीं होता था। पहली बार ऑपरेशन करवाकर एक सप्ताह बाद लौटे तो उनके व्यवहार से लगता ही नहीं था कि इतना बड़ा ऑपरेशन करवाकर लौटे हैं। टेलीफोन पर बात कर रहे हों या आमने-सामने, महसूस होता था, जैसे अपने अनुभव बयान कर रहे हैं। कभी-कभी तो आगंतुक भी इशारों में उन्हें कम बोलने की हिदायत दे जाते थे।

दो कारण थे, जो बिना विचलित हुए उनके विश्वास को पुख्ता करते थे। न जाने कितनी कठिन बीमारियों के झटकों से पापा दो-चार हुए थे। ऐसे दौर कितने भी कष्टदायक क्यों न रहे हों, लेकिन एक बार निकल जाने के बाद उनमें से किसी ने पापा पर विपरीत स्थायी प्रभाव नहीं छोड़ा था। पापा को विश्वास था कि इस बार भी फटे परदे के ऑपरेशन के बाद आँख की रोशनी पूर्ववत् रहेगी, अंधकार में विलीन नहीं होगी।

दूसरी आँख की सलामती पापा की बड़ी शक्ति थी। खुदा न खास्ता अगर परदा फटी आँख की रोशनी नहीं लौटती, तब भी दूसरी आँख की मौजूदगी पापा को किसी का मोहताज बनने नहीं देगी। यही वजह थी कि भविष्य के खतरों से आगाह करनेवालों को आशा और आश्वस्ति से भरी भीनी-भीनी मुसकान होंठों पर बिखेरते हुए वे निरुत्तर करते, ''अभी क्यों मात कहते हो, अभी तो घर निकलता है।''

पहला ऑपरेशन हुए अभी डेढ़ महीना ही गुजरा था कि पापा की उसी आँख का परदा दूसरी जगह से फट गया। एक बार फिर दिल्ली। एक बार फिर ऑपरेशन। पिछली बार की तरह इस बार भी सारी व्यवस्था पापा ने खुद की। किंतु उनके हर कदम पर मँडराती हुई दुश्चिंताओं की घटाएँ थीं। भविष्य की दस्तक जैसे उन्हें सुनाई दे रही थी। पहली बार परदा फटने की तुलना में इस बार आँख की स्थिति ज्यादा खराब थी। दूसरी आँख की रोशनी की चमक भी धूमिल होने लगी थी।

इस बार पापा को अस्पताल में सोलह दिन लगे। हर दिन कुछ नए सवाल लेकर आता था। डॉक्टर स्पष्ट रूप से कुछ नहीं बता रहे थे। ऑपरेशन हुई आँख में रोशनी लगभग नहीं थी। दूसरी आँख के परदे में परिवर्तन आने लगे थे। विभिन्न अनुत्तरित प्रश्नों के साथ मिलकर ये दोनों बातें पापा के लिए अंधकारमय भविष्य की भूमिका के समान थीं।

डॉक्टर की ओर से समय के साथ आँख में रोशनी लौटने की उम्मीद, दिन भर में बत्तीस बार आँख में डालने के लिए बूँदों की शीशियाँ और निगलने के लिए मुट्ठी भर गोलियाँ साथ लेकर, जब पापा दिल्ली से लौटे तो उन्हें देखकर लगता था कि उनके अंदर हहराती हुई तेज झंझा जंगल की आग की तरह सबकुछ तहस-नहस करने पर तुली है। इस सर्वनाश में उनकी आस्था के सुगंधित फल, फूल और कोमल पौधे भी भस्मीभूत हो रहे हैं। धैर्यशील स्वभाव और परिपक्वता के कारण वे कुछ नहीं कह रहे हैं, लेकिन हर बात पर आनेवाला गुस्सा कम-से-कम मैं भलीभाँति समझ पा रही हूँ।

वैसे भी मिलने-जुलनेवालों के साथ उनका व्यवहार सौजन्यपूर्ण था। कमजोरी के कारण पापा जितना बोल पा रहे थे, उससे उनके अंदर मची उथल-पुथल का आभास नहीं मिलता था। घर के अन्य सदस्यों के साथ भी अतिरिक्त मौन के सिवाय उनके व्यवहार में कोई अंतर परिलक्षित नहीं होता था। उनका गुस्सा और व्यंग्य केवल मेरे व मम्मी के सामने मुखर होते थे। घटनाओं और बातचीत के यहाँ-वहाँ छितराए टुकड़े जरूर हमारे सामने थे, वरना उन्होंने अपनी ओर से हमें कुछ नहीं बताया।

लिखना-पढ़ना पापा की जिंदगी है। स्पष्ट है कि संवेदना के तत्त्व सामान्य लोगों की तुलना में पापा में अधिक हैं। पर निर्भर रहकर भविष्य का सामना करने की संभावनाएँ उन्हें दहशत से भर देती हैं। अपनी पसंद के अनुसार पढ़ने और लिखनेवाले पापा को जिस अजनबी दुनिया का वासी बनना पड़ेगा, उसकी कल्पना उन्हें ठीक तरह से साँस लेने नहीं देती, जिस व्यक्ति को लिखने और पढ़ने के अलावा कोई दूसरी वरीयता न रही हो, दृष्टि खो देने के बाद वह कैसे जीएगा? पापा के नाम आनेवाली डाक

पर्याप्त होती है। सामाचार-पत्र, पत्रिकाएँ, पुस्तकें, चिट्ठियाँ एवं आमंत्रण-पत्र यदि पापा की जिंदगी से निकल जाएँगे तो उनके लिए यह बड़ी त्रासदी का रूप होगा।

विवाह से पहले मैं भी गीत और कविताएँ लिखती थी। इसलिए लेखकों के प्रति सम्मान का भाव मन में हमेशा रहा है। अनेक पक्ष मिलकर पापा के व्यक्तित्व का निर्माण करते हैं। लेकिन मेरे लिए इतना ही बहुत है कि पापा लेखक हैं। अब तो पापा ने अपना गुस्सा केवल मुझ पर और मम्मी पर जाहिर करके एक तरह से घोषणा कर दी है कि मुझे वे बेहद अपनी मानते हैं।

आपके मन की तकलीफ को मैं अच्छी तरह समझती हूँ, पापा। जुबान खोलकर भले ही कह न सकूँ, किंतु एक अनुरोध करना चाहती हूँ। जो अपनत्व मेरे लिए महसूस करते हैं, वह आपको कुछ अधिकार भी प्रदान करता है।

वैसे तो जैसा डॉक्टर का कहना है, आपकी आँख की रोशनी जरूर लौटेगी। दूसरी आँख भी सलामत रहेगी। लेकिन आपको अधिकार है, आप जो पढ़ना चाहते हैं, मुझसे पढ़वाकर सुनिए। आप जो लिखना चाहते हैं, बोलकर मुझसे लिखवाए। हो सकता है आज तक मेरा व्यवहार आपकी अपेक्षाओं के अनुरूप न रहा हो। मगर यकीन रखें पापा, भविष्य में मैं आपकी हर मुराद पूरी करूँगी। आप क्यों सोचते हैं कि सभी रास्ते बंद हो गए हैं ? मैं बार-बार आपकी वाणी से यही सुनना चाहती हूँ,"अभी क्यों मात कहते हो, अभी तो घर निकलता है।"

मैं आपको हारता हुआ नहीं देख सकती, पापा!

□

तटस्थ

सभागार छात्रों और छात्राओं से भरा हुआ था। वातावरण में भरपूर उत्साह था। फिकरेबाजी और हूटिंग का माहौल गरम था। टोलियों में बैठे लड़के व लड़कियाँ तालियों के तुमुल नाद से कभी सभागार को लंबी गूँज से भर देते थे और कभी उनकी फब्तियों का शोर कुछ सुनने नहीं देता था। मस्ती से भरे लगभग पाँच सौ बेफिक्र युवा हृदय अपनी वेगवान ऊर्जा के साथ कुछ ऐसे रंग बिखेर रहे थे, जिनकी छटा केवल इसी आयु में सृजित होती है।

वाद-विवाद प्रतियोगिता पूरी रंगत पर थी। शहर के कॉलेजों और विश्वविद्यालयों के विभिन्न विभागों का प्रतिनिधित्व करनेवाले छात्र व छात्राएँ सात मिनट के निर्धारित समय में क्रमश: अपने विचार व्यक्त कर रहे थे। गोपनीयता और नैसर्गिक न्याय का संगम करते हुए प्रत्येक कॉलेज को लॉटरी डालकर एक निश्चित क्रमांक दिया गया था। उसी क्रम के अनुसार पहले विषय के पक्ष में और इसके बाद विपक्ष में बोलने के लिए वक्ता आ रहे थे।

कुछ वक्ताओं के पास तैयार किए हुए भाषण के कागज थे। कागज को देखकर पढ़ने वाले वक्ता हूटिंग के सर्वाधिक शिकार हो रहे थे। कागज की मदद लेकर भाषण देनेवालों का व्यक्तित्व, उनकी आंगिक भाषा और आत्मविश्वास हूटिंग के परिमाण के निर्धारक तत्त्व बने हुए थे। कुछ वक्ताओं के सामने कागज नहीं थे, किंतु मुद्राओं से साफ झलक रहा था कि उन्होंने

भाषण लिखकर रटे हैं। मुख-मुद्राओं, भावों, लहजे, तौर-तरीके, उतार-चढ़ाव की एकरसता और चेहरों पर नुमायाँ तनाव को देखकर उनकी रटंत विद्या छिप नहीं पाती। ये वक्ता श्रोताओं का ध्यान अपेक्षाकृत कम आकृष्ट कर पा रहे थे। परची पर लिखे हुए बिंदुओं के आधार पर या विषय के अनुरूप तैयारी के आधार पर सलीके से अवसरानुकूल बात करनेवाले वक्ता प्रशंसा और तालियाँ बटोर रहे थे। दाद व उत्साहवर्धक टिप्पणियाँ हासिल करनेवालों में ऐसे वक्ता भी थे, जो विश्वविद्यालय के उस विभाग से संबंधित थे, जिसने वाद-विवाद प्रतियोगिता का आयोजन किया था।

मंच पर अध्यक्ष, प्रतियोगिता के संयोजक, छात्र संघ के अध्यक्ष और संचालक बैठे थे। डायस से पैंतालीस डिग्री का कोण बनाते हुए एक-दूसरे से लगभग सटी तीनों निर्णायकों की मेजें लगी हुई थीं। निर्णायकों की कतार में मेरी कुरसी मंच के सबसे निकट थी। क्षेत्र का वरिष्ठ लेखक हूँ, शायद इसलिए विश्वविद्यालय वाले अपने कार्यक्रमों में किसी-न-किसी रूप में बुलाते रहते हैं। हालाँकि अन्य दोनों निर्णायकों से मेरा परिचय प्रतियोगिता प्रारंभ होने से तुरंत पहले हुआ था, इसके बावजूद हम लोग आपस में हल्की-फुल्की बातचीत कर रहे थे। इस बातचीत में कभी प्रतियोगियों की उक्ति पर टिप्पणी होती तो कभी छात्र-छात्राओं की प्रतिक्रिया पर वक्तव्यनुमा कथन। और कुछ हो, न हो, इससे प्रतियोगियों को अंक देने में जो अंतर संभावित था, उससे हम बच पा रहे थे। बीच-बीच में संयोजक भी मंच से उतरकर हम लोगों के पास आते और प्रतियोगियों के संबंध में कुछ-न-कुछ बताने के बाद लौट जाते।

सबकुछ ठीक-ठाक चल रहा था। गुदगुदाते माहौल के बावजूद सबकुछ वैसा ही था, जैसा ऐसे अवसरों पर विश्वविद्यालयों और महाविद्यालयों में होता है। वक्ताओं की स्थिति, मन:स्थिति मंच पर आने से पहले, बोलते समय, मंच से उतरने के बाद चाहे जैसी भी रहती हो, किंतु सभागार में उपस्थित श्रोताओं के साथ हम तीनों निर्णायक भी आनंदित महसूस कर रहे थे।

तभी एक कॉलेज की टीम के पहले छात्र ने पक्ष में बोलने के बजाय

विषय के विपक्ष में बोलना शुरू किया। अन्य दो निर्णायकों ने क्या सोचा, मुझे नहीं मालूम, किंतु मेरे सामने प्रश्न था कि इस वक्ता को कितने अंक दूँ? दूँ भी या न दूँ?

नियमानुसार एक कॉलेज की टीम के पहले छात्र को विषय के पक्ष में बोलना चाहिए। यह छात्र विपक्ष में बोल रहा था। इसलिए क्या उसे शून्य अंक देने चाहिए? वक्ता पक्ष में बोल रहा हो चाहे विपक्ष में, उसे अंक विषय-वस्तु और प्रस्तुतीकरण के आधार पर मिलने चाहिए। प्रस्तुतीकरण चाहे आंगिक हो, भंगिमापरक हो या शाब्दिक, यदि विषयवस्तु के साथ उसका तालमेल नहीं है तो अंक किस आधार पर दिए जा सकते हैं? टीम के पहले वक्ता को पक्ष में और दूसरे वक्ता को विपक्ष में बोलना चाहिए। इस समय पहला वक्ता बोल रहा है। पक्ष में नहीं, विषय के विपक्ष में बोल रहा है। दूसरा वक्ता यदि पक्ष में बोलता है तो? नियम विरुद्ध क्रम होने के बाद भी दोनों को यदि शून्य अंक दिए जाते हैं तो क्या यह न्यायसंगत होगा?

इस बिंदु पर मैंने अन्य दोनों निर्णायकों से बात की। क्या किया जाना चाहिए, क्या नहीं? उन्हें भी समझ में नहीं आ रहा था। इशारा करके मैंने संयोजक को अपने पास बुलाया। वे आए तो समस्या उनके सामने रखी। यदि नियमों का सख्ती से पालन करते हुए संबंधित वक्ताओं को अंक नहीं दिए जाते हैं या उन्हें अमान्य कर दिया जाता है तो हंगामा हो सकता है। इसके विपरीत अगर ऐसे वक्ताओं को अंक दे दिए जाते हैं, तब भी शोर-शराबा संभावित है। इस कारण संयोजक भी पसोपेश में थे। कोई स्पष्ट निर्णय लेकर वे अप्रिय स्थितियों का ठीकरा अपने सिर पर नहीं फोड़ना चाहते थे। जल्दी ही बताने की बात कहकर वे वापस लौट गए।

अगले वक्ता ने भाषण विषय के विपक्ष में दिया। संकट यथावत् था। एक ही टीम के दोनों वक्ताओं ने भाषण विपक्ष में दिया था। नियमानुसार पहले वक्ता को पक्ष में बोलना चाहिए था, लेकिन उसने भाषण दिया विषय के विपक्ष में। नियमों का पालन किया जाए तो उसे अमान्य करके शून्य अंक देना चाहिए।

भाषण समाप्त हो गया। आगामी टीम के प्रथम वक्ता मंच पर आए। संयोग से उन्होंने भी पक्ष की बजाय विषय के विपक्ष में विचार व्यक्त करने शुरू कर दिए। प्रत्यक्ष रूप से तो हम तीनों निर्णायक वक्ताओं के भाषण सुन रहे थे, किंतु ऊहापोह की स्थिति बरकरार थी। मैंने साथी निर्णायकों से फिर बात की। उनका असमंजस भी मेरी तरह कायम था। एक बार फिर इशारा करके संयोजक को मैंने अपने पास बुलाया।

मंच से उतरकर वे हमारी तरफ आते, इससे पहले ही सभागार में एक युवक अपने स्थान पर खड़ा हो गया, 'जब निर्णायक आपस में बातचीत और इशारेबाजी में लगे हों तो उनसे सही निर्णय की उम्मीद कैसे की जा सकती है?'

सभागार में भूचाल सा आ गया। अनेक लड़के-लड़कियाँ खड़े होकर हवा में मुट्ठियाँ लहराते हुए आक्रोश व्यक्त कर रहे थे। एकाएक बने इस वातावरण से किंचित् घबराए संयोजक, 'बैठिए, बैठ जाइए' की गुहार लगा रहे थे। लेकिन उनकी बात कोई सुन नहीं रहा था।

आरोप निर्णायकों पर लगा था। सीधे तौर पर उन्हें मानो कठघरे में धकेल दिया गया था। एक ऐसे अपराध के लिए, जो उन्होंने किया ही नहीं था। आक्रोश इस उक्ति का प्रत्यक्ष प्रमाण था कि अपनी आँख से देखी घटना भी जरूरी नहीं है, सच हो। पंद्रह-बीस मिनट से छात्र-छात्राएँ निर्णायकों को आपस में बातें करते देख रहे थे। इस कारण पैदा हुई गलतफहमी विकराल स्वरूप धारण करती जा रही थी।

मैं अपने आपको रोक नहीं सका। तेजी से उठकर मंच पर चढ़ा। वक्ता हतप्रभ सा माइक के सामने खड़ा था। हल्के हाथ से उसे एक तरफ करके मैंने माइक अपने कब्जे में लिया। स्थिति के लिए गुस्सा और अप्रसन्नता मेरे चेहरे पर लिखे हुए थे। मंच पर आसीन महानुभावों और सभागार में उपस्थित छात्र-छात्राओं में से किसी को भी आशा नहीं थी कि निर्णायकों में से एक मंच पर आ खड़ा होगा।

समय बरबाद करने का न अवसर था और न मैंने ऐसा किया, 'तीनों

निर्णायकों में से कोई भी विश्वविद्यालय से संबंधित नहीं है। वे वाद-विवाद प्रतियोगिता में दिए गए भाषण सुनकर अपना निर्णय देने आए हैं, आपस में बातें करने नहीं।'

'फिर भी आप लोग बातें कर रहे थे।' सभागार में से आवाज आई।

'हाँ कर रहे थे। आपने ध्यान दिया होगा, दो बार संयोजक को भी हमने अपने पास बुलाया। क्यों? यह जाने बिना ही आप लोगों ने निर्णायकों पर इल्जाम मढ़ दिए!'

सभागार में पूर्ण निस्तब्धता थी। मेरे संक्षिप्त मौन ने खामोशी को उत्सुकता में परिवर्तित कर दिया, 'मैं नहीं जानता, आप लोगों का ध्यान गया या नहीं, किंतु इससे पहले वाली टीम के प्रथम वक्ता ने अपना भाषण पक्ष की बजाय विषय के विपक्ष में दिया था। जो वक्ता इस समय आपके सम्मुख खड़ा है, उसे भी नियमानुसार विषय के पक्ष में बोलना चाहिए, मगर वह अपना भाषण विपक्ष में दे रहा है। निर्णायक क्या करें? गुणवत्ता के आधार पर उचित अंक दें या नियम तोड़ने के कारण अमान्य कर दें? इस मुद्दे पर यदि निर्णायक आपस में विचार-विमर्श करते हैं या संयोजक से बात करते हैं, तो कुछ गलत करते हैं क्या? जब तक इस समस्या को हल नहीं किया जाता कोई विकल्प बचता है निर्णायकों के सामने?' सभागार में उपस्थित छात्र-छात्राओं पर मैंने एक भरपूर नजर डाली। सब लोग सकते में थे। मंच से उतरकर मैं अपने स्थान पर आकर बैठ गया।

छात्र-छात्राओं से सहमति लेकर संयोजक ने नियमानुसार भाषण न देनेवाले वक्ताओं को अमान्य घोषित किया। तय हुआ कि एक टीम का प्रथम वक्ता विषय के विपक्ष में बोलने पर अगर अमान्य होता है तो दूसरा वक्ता भी पक्ष में बोलने पर प्रतियोगिता से बाहर माना जाएगा।

वाद-विवाद प्रतियोगिता फिर शुरू हुई। कुछ देर के लिए हुए विवाद को भूलकर फिकरेबाजी, हूटिंग, मौज-मस्ती और तालियों की गड़गड़ाहट व ठहाकों का सिलसिला पुराने रंग पर आ गया। बस अमान्य भाषण पर 'बंद करो, वापस जाओ' के फिकरे इनमें जुड़ गए थे।

आयोजन समाप्त हुआ। हम लोग अपने स्थानों से खड़े हुए ही थे कि एक छात्र मेरे पास आया। उसके पीछे पाँच-सात छात्रों का एक समूह था। मैंने पहचाना, यह वही युवक था, जिसने हंगामे की शुरुआत की थी। किस इरादे से, क्यों आया है वह मेरे पास? मित्रगण उसके साथ थे। कोई गलत इरादा तो नहीं है उसका? यद्यपि चारों ओर भीड़ थी। विश्वविद्यालय के अनेक अध्यापक, आयोजन के संयोजक और स्टाफ के सदस्य अच्छी खासी संख्या में आसपास थे, फिर भी मुझे लगा कि माँद में जाकर शेर को ललकारने के नतीजे भोगने का समय आ गया है।

'बिना सोचे-समझे आपका अपमान करने के लिए मैं क्षमा चाहता हूँ, सर!' युवक मेरे कदमों पर झुक गया था।

'जैसी स्थितियाँ थीं, उनसे किसी को भी यह गलतफहमी हो सकती थी। मुझे अच्छा लगा कि आपने मन में उठी शंका को शब्द दिए।'

'मुझे धीरज से काम लेना चाहिए था, सर। इस तरह आक्रोश में आकर आपके ऊपर आरोप नहीं लगाना चाहिए था।'

'आपने जो किया, वह यौवन का प्रतीक है। जिस दिन यह साहस आप खो देंगे, समझिएगा बूढ़े हो गए।' एक जोरदार ठहाका लगा।

नहीं, अब सोचता हूँ कि मैंने उस युवक को यौवन और साहस के बीच में संबंध स्थापित करते हुए जो बात कही थी, वह ठीक नहीं थी। एक आवेग था, जिसके दबाव को रोक न पाने के कारण वह युवक आक्रोशित हुआ था। मैं तो युवक नहीं हूँ! हंगामे के बाद स्वयं को निर्दोष साबित करने के लिए मैं मंच पर क्यों जा चढ़ा? सुयोग से मेरी कही गई बात के अच्छे नतीजे निकले। भीड़ तंत्र का कोई विधान नहीं होता। अराजकता किसी का लिहाज नहीं करती। मेरे जवाब के बाद सबकुछ उलटा-पुलटा भी हो सकता था। तब किसे दोष दिया जाता? मुझे, केवल मुझे ही तो!

प्रश्न है, सभी प्रकार की संभावनाओं के बावजूद ऐसी स्थितियों में क्या मैं तटस्थ रह सकता हूँ? मेरी प्रकृति, मेरा स्वभाव क्या मुझे मौन रहने देगा? □

हत्या

थकावट के बावजूद नींद नहीं आ रही है, गाँव के ऊबड़-खाबड़ कच्चे रास्ते पर कुल मिलाकर दो घंटे साइकिल चलानी पड़ी होगी। मगर अस्थि-पंजर ढीले हो गए हैं। चारों तरफ अँधेरा है। इस गाँव में तो बिजली भी नहीं है। दूर-दराज से कोई रोशनी की किरण तक चमकती नजर नहीं आती, उस पर यह नींद का न आना।

वैसे तो कई 'सैडिसन' डिस्पेंपरी की आलमारी में हैं, एक गोली ही नींद के लिए काफी होगी। मगर मैं जानता हूँ कि गोली खाकर सोने से कुछ नहीं होगा। नींद आ जाएगी तो सपनों में वह अँधेरी झोंपड़ी और उस झोंपड़ी में तड़पता, दवा के अभाव में दम तोड़ता मरीज मुझे घेर लेगा। ऐसी नींद आने से जागते रहना ज्यादा अच्छा है।

गोबर का ढेर। सड़ाँध मारता पानी का खड्डा। भिन-भिन करते मच्छर। अनिश्चय की आशंकाओं से डरा-सहमा, रूखा-सूखा भोजन। कमर तोड़ मेहनत। सुबह के धुँधलके से शाम तक अविराम माँ-बाप, पत्नी और तीन बच्चों को जिंदा रखने की चिंता। तीन रुपए रोज की दिन-ब-दिन घटती हुई मजदूरी। हाट-बाजार में बढ़ती हुई महँगाई। घिसटती साँसों को जीवित रखने की लड़ाई में बुरी तरह घायल एक मामूली सा निर्वस्त्र आदमी—बीमार न हो तो जरूर हो जाए। फिर जो बीमार है, उसके ठीक होने की संभावना ही क्या है ?

मैं साइकिल पर चला जा रहा हूँ। इस गाँव की डिस्पेंसरी में आए

आज दूसरा दिन है। प्राइवेट प्रैक्टिस के खयाल से पहला केस। यहाँ आने से पहले एक सीनियर डॉक्टर ने सलाह दी थी—'गाँव में कभी किसी से फीस माँगने की गलती मत करना। मरीज को देखकर, उसे अपने पास से दवा, इंजेक्शन देकर, कीमत के नाम पर पंद्रह-बीस रुपए वसूल कर लेना। दवा और इंजेक्शन डिस्पेंसरी से मुफ्त मिल ही जाएँगे तुम्हें।'

सीख मैंने गाँठ बाँध ली थी। यों भी यहाँ नया-नया आया हूँ, गाँव की जनता को प्रभावित करने का काम पहले करना चाहिए। एक-दो केस अगर बिना लिये भी कर दूँगा तो यह आगे बात काम आएगी। यही सब सोचता हुआ मैं साइकिल पर चला जा रहा हूँ। रास्ता इतनी पगडंडियों में फट जाता है। बार-बार कि अगर मैं अकेला होऊँ तो निश्चित भटक जाऊँ। जो लड़का मुझे बुलाने आया था, आगे-आगे साइकिल चलाता हुआ रास्ता दिखा रहा है। अब तक शहर की पक्की सड़कों पर साइकिल चलाई है। कच्चे रास्ते पर साइकिल चलाते हुए यों लगता है, जैसे शुरू में साइकिल सीखते समय लगा करता था। इधर-उधर आकड़े के पौधे या बबूल के पेड़ और बेर के झाड़ हैं। कहीं-कहीं तो ये झाड़ इतना आगे झुक आए हैं कि कपड़े फट जाने या चेहरा छिल जाने का डर लगता है।

लड़का तेजी से साइकिल चला रहा है। इन रास्तों पर साइकिल चलाने की इसे तो आदत है। मगर मुझे साथ देने में बड़ी कठिनाई महसूस हो रही है। साइकिल के कॅरियर पर 'इमरजेंसी' बैग लगा हुआ है। मुझे शंका होती है कि झटके खाकर अंदर बहुत कुछ टूट-फूट गया होगा। रास्ते में साइकिल से उतरकर बैग खोलना मेरी 'डिगनिटी' के अनुकूल नहीं लगेगा, यह सोचकर मैं आगे चलते लड़के को पकड़ने के लिए साइकिल के पैडल पर दबाव बढ़ा देता हूँ।

पता नहीं मरीज कितना पैसे वाला है ? गाँव के लोगों को कहते हैं, घर की साज-सज्जा या पहनावे से आँकना बड़ा मुश्किल है। बाहर से फटे-पुराने कपड़े पहने कंगाल सा नजर आने वाला आदमी भी झोंपड़ी के कोने में कितना माल दबाए हुए है, कोई नहीं कह सकता।

अगर पता लग जाए कि मरीज क्या करता है तो उसकी कमाई का अंदाज लगाया जा सकता है। फीस की बात न भी सोचूँ, मगर कम-से-कम दवा तो अपनी गाँठ से न देनी पड़े। मैं और जोर लगाकर लड़के के ठीक पीछे आ जाता हूँ।

"साइकिल बहुत तेज चलाते हो भाई। क्या नाम है तुम्हारा?" मैं शुरुआत करता हूँ।

"होरी।" वह शरमाई हँसी हँसता है।

"पढ़ते हो?"

"नहीं।"

"फिर क्या करते हो?"

"खेत पर काम करता हूँ।"

"यह मरीज कौन है? तुम्हारा कोई रिश्तेदार है?"

"नहीं।"

"तब?"

"हम एक गाँव के हैं।"

"अच्छा, क्या करता है वह?"

"मजूरी।"

"रोजाना क्या कमा लेता है?"

"तीन रुपया।"

"खाने वाले कितने हैं?"

वह कुछ सोचकर बताता है—"सात जीव।"

"और कौन-कौन हैं?"

"माँ-बाप, आप, घरवाली है और तीन बच्चे।"

"इनमें से और कोई नहीं कमाता?"

"भौजी और बड़ा लड़का भी मजूरी करते हैं।"

"इन दोनों को क्या मिलता है?"

"ढाई रुपया भौजी को और दो रुपया लड़के को।"

"फिर तो अच्छा कमा लेते हैं वे लोग।"

वह उदास हो जाता है, "मजूरी साल भर कहाँ मिले है, साहेब, फसल का चार महीना ही तो मिले है।"

तीन, ढाई और दो, साढ़े सात रुपए रोजाना, सवा दो सौ रुपए महीना। अनाज का भाव भी इन दिनों सवा दो सौ से कम नहीं है। परिवार के सात सदस्य हैं, बड़ी मुश्किल से अपना काम चला पाते होंगे।

मरीज की आर्थिक स्थिति का अंदाज होते ही यह मुश्किल यात्रा, रास्ते की बीहड़ता और कुल मिलाकर चारों ओर का माहौल एकाएक मुझे असह्य लगने लगता है। केस पा जाने की अव्यक्त, गुप्त प्रसन्नता झुँझलाहट में बदलने लगती है।

"तुम्हारा गाँव कितनी दूर है अभी?"

"वो सामने ही है, साहेब।"

गंदी सी पोखरनुमा बावड़ी, पनघट, घूँघट से मुँह ढके सिर पर घड़ा रखे पनघट से लौट रही औरतें हमें देखकर एक तरफ हो गई हैं।

"होरी के संग आज यो जंटरमैन कौन है?"

"नयो डागदर साहेब है। दीनू को देखने आयो है।" जानकारी का सिक्का जमाता हुआ एक स्वर पीछे से आकर मुझे कोंच जाता है।

'खाक डागदर साहेब है,' मैं मन-ही-मन बड़बड़ाता हूँ।

साइकिल रेत में फँस गई है। होरी साइकिल पर बैठे-बैठे ही ताकत लगाकर दस-पंद्रह कदम आगे खींच ले गया है। मैंने जोर आजमाने की कोशिश नहीं की है। साइकिल से उतरकर अपने साथ-साथ साइकिल को भी घसीटने लगा हूँ।

यहाँ जा रहा हूँ मैं, केस देखने। जितनी मेहनत अब तक की है, उतनी ही लौटते समय फिर करनी पड़ेगी। 'इमरजेंसी बैग' में कुछ टूट गया होगा तो जेब से भुगतना पड़ेगा। मरीज को चैकअप करना होगा। उसे दवा देनी होगी। टाइम खराब करना पड़ेगा। बदले में मुझे क्या मिलेगा? कोरा सिरदर्द। इस तरह हो रहा है मुहूर्त मेरी प्राइवेट प्रैक्टिस का।

होरी रुक गया है। उसके निकट आकर मैं भी रुक गया हूँ। हमारे सामने एक खालिस खस्ता हालत झोंपड़ी है। कोई पाँच फीट ऊँची, काली पड़ गई मिट्टी की दीवारें, सड़ी हुई भद्दी खपरैल, खोखों की लकड़ी का चरमराता, दरारों भरा ढहने को उत्सुक, ढीला-ढाला दरवाजा, खपरैल के नीचे की एक बल्ली ठीक दरवाजे के ऊपर इस अंदाज से बाहर निकली हुई कि थोड़ा सा चूकते ही खोपड़ी टूट जाए।

होरी अपनी साइकिल को स्टैंड पर लगाकर मेरे 'इमरजेंसी बैग' की तरफ लपका। मैं हाथ के इशारे से उसे रोक देता हूँ। साइकिल स्टैंड पर खड़ी करके 'इमरजेंसी बैग' कॅरियर से निकालता हूँ।

होरी झोंपड़ी के दरवाजे में घुस गया है। अँधेरा और मनहूसियत। मैं इस बात की सतर्कता बरतते हुए कि बल्ली या चौखट मेरे सिर से न टकराए, झुककर झोंपड़ी में पाँव रखता हूँ। तेज दुर्गंध का भभका अनायास मुझे पीछे धकेल देता है। हड़बड़ाहट में मेरा सिर जोर से उछलकर बल्ली से टकरा जाता है। एक बारगी तो बिलबिला जाता हूँ। फिर स्वयं को संयत करके जेब से रूमाल निकालकर मैं नाक से लगाता हूँ।

दुर्गंध झेलने की मन:स्थिति बनाकर मैं झोंपड़ी में जाता हूँ। नंगी चारपाई पर एक अट्ठाईस-तीस वर्षीय कंकाल अधमरा सा पड़ा है। चारपाई के आसपास उलटी के साथ निकली हुई बदबूदार गंदगी है खून के साथ मिली हुई। नाक को रूमाल से अच्छी तरह दबा लेने के बाद भी सड़ाँध के कारण सिर भिन्नाने लगा है।

झोंपड़ी में सबकुछ अव्यवस्थित है। थेगली लगे हुए कपड़े, मुड़े-निचुड़े बिस्तर, चक्की, रोगी की नंगी चारपाई, गंदगी मिलकर एक अजीब घिनौना दृश्य उपस्थित कर रहे हैं। होरी के बताए हुए इस परिवार के सब सदस्य रोगी के आसपास हैं। सिवाय उसकी पत्नी के, जो झोंपड़ी के कौने में घूँघट निकाले हुए घुटनों में मुँह फँसाए बैठी है। बूढ़ा गमगीन सा चारपाई पर बैठा है। बुढ़िया और तीनों बच्चे चारपाई के पाँवों की तरफ हैं।

मेरे अंदर घुसते ही बूढ़ा अपनी जगह उठ खड़ा होता है और बुढ़िया

वहाँ व्याप्त मातमी सन्नाटा तोड़ती हुई मेरी तरफ बढ़ आई है। ''मेरे अकेले बेटे को बचा लो, वैद्यजी महाराज!''

असह्य सड़ाँध को झेलने की कोशिश करते हुए बुढ़िया की कातर आँखें और वैद्यजी महाराज का संबोधन मुझे बेहद चिढ़ा जाता है। बुढ़िया को डाँटने की इच्छा होती है, तभी रोगी चारपाई की ईस पर छाती लगाकर उलटी कर देता है। छींटों से बचने के लिए मैं तुरंत दो कदम पीछे हट जाता हूँ, बाद में ध्यान आता है कि कच्चे फर्श पर जमा गंदगी में खून की मात्रा बढ़ गई है।

मैं गंदगी से बचता हुआ रोगी के निकट जाता हूँ। 'इमरजेंसी बैग' खोलकर उसमें से टॉर्च निकालता हूँ। झोंपड़ी में अँधेरा और बेहद सीलन है। टॉर्च जलाए बिना 'इमरजेंसी बैग' की स्थिति देख पाना भी मेरे लिए संभव नहीं है।

टॉर्च जलाता हूँ। शुक्र है, उसमें कुछ टूटा नहीं है। मुझे तसल्ली होती है। टॉर्च की रोशनी रोगी की आँखों पर डालता हूँ। देखते ही चौंक जाता हूँ, लगता है, पानी की कमी के कारण कभी भी इसकी जान जा सकती है।

''कब से तकलीफ है इसको?'' मैं सतर्क हो गया हूँ।

''कल रात से दस्त और उलटियाँ होवे हैं। पानी की एक बूँद भी पेट में टिके ना है।''

''अब तक कितनी उलटियाँ हो चुकी होंगी?''

''बार-बार ही होवत है वैद्यजी महाराज। अब तो खून भी गिरने लगी है।'' बुढ़िया की आवाज भर्राई हुई है।

इंट्रावेनस ग्लूकोज इसकी पहली जरूरत है। उलटियाँ रोकने का भी कोई उपाय करना चाहिए। मैं 'इमरंजेंसी केस' में से स्टेथोस्कोप निकालता हूँ, हुक कान से लगाते हुए निर्देश देता हूँ। ''किसी साफ बरतन में पानी गरम करो और ये फर्श भी साफ कर दो। बाहर से मिट्टी लाकर गंदगी को ढक दो।''

एकाएक मुझे होश आता है। यह क्या करने जा रहा हूँ मैं? फीस मिलने की कोई उम्मीद यहाँ से है नहीं, मेहनत को चलो गोली मारो। मगर ये इंट्रावेनस इंजेक्शन भी इसको अपनी जेब से लगा दूँ? ऐसा ही करता रहा तो

हो ली यहाँ नौकरी, उलटी रोकने का इंजेक्शन इसको पहले देना पड़ेगा। खैर, वह है भी डेढ़-दो रुपए का, मगर ग्लूकोज के इंजेक्शन तो महँगे पड़ जाएँगे।

''मैं नुस्खा लिख देता हूँ। तुम झटपट जाकर ये सुइयाँ ले आओ। अपने साथ पंद्रह-बीस रुपए ले जाना।'' स्टेथोस्कोप समेटते हुए मैं होरी से कहता हूँ।

बूढ़े और बुढ़िया ने विवश नजरों से एक-दूसरे को देखा। मैं मन-ही-मन भिनभिनाता हूँ, साले तुम लोगों को दवा के पैसे भी डॉक्टर दे।

मैं अपने आपको नुस्सा लिखने में व्यस्त कर देता हूँ। कागज होरी को देता हूँ। बुढ़िया उसे साथ लेकर झोंपड़ी के बाहर चली गई है। बाहर से फुसफुसाहट सुनाई देती रहती है, फिर आवाज आती है। ''बहू, जरा बाहर तो आइयो।''

मरीज की पत्नी पहली बार हिली है। अब तक कपड़ों की निर्जीव गठरी की तरह वह सिमटी हुई बैठी रही थी। उसके उठते ही पैरों में पड़े चाँदी के दो मोटे कड़े आपस में टकराकर बज उठे हैं। जल्दी ही बूढ़े को भी बुलावा आता है। उन डरे हुए तीन बच्चों की उपस्थिति के बावजूद बूढ़े के बाहर जाते ही झोंपड़ी में बेहद सन्नाटा सा महसूस होता है। मौत का सन्नाटा।

बुढ़िया और उसकी बहू अंदर आती है। इस बार कोई आवाज न सुनकर में बहू के पाँवों की तरफ देखता हूँ, वहाँ कड़े नहीं हैं।

बूढ़ा शायद होरी के साथ चला गया है।

मेरे निर्देशों का पालन प्रारंभ हो गया है। बुढ़िया बाहर से मिट्टी लाकर चारपाई के नीचे बिछा रही है। उसकी बहू अल्युमीनियम के कटोरे में पानी भरकर बाहर चली गई है। मैं सिरिंज और निडल लेकर बाहर जाता हूँ, अल्यूमीनियम का कटोरा छानों पर रखा हुआ है। मैंने झुककर देखा कि पानी साफ है या नहीं, फिर सिरिंज और निडल पानी में डाल देता हूँ।

''कटोरे को किसी बरतन से ढक दो,'' मैं अंदर आते हुए कहता हूँ।

तभी रोगी फिर उलटी करता है। पहले की तरह मैं झटके से पीछे हट जाता, लेकिन इस बार कुछ छींटे मेरी डबल नेट की बैलबाट को खराब

कर गए हैं। मैं गुस्से भरी नजरों से पहले हाँफते हुए रोगी की तरफ और फिर बुढ़िया की तरफ देखता हूँ। मेरी आँखें बुढ़िया से टकरा जाती हैं। वहाँ बेचैनी, आतंक, याचना और विवशता का मिला-जुला रूप है। न जाने क्यों वे आँखें मुझे छेदती सी महसूस होती हैं। मैं जेब से रूमाल निकालकर छींटे साफ करने लगता हूँ। बैलबाट पर खून के दाग हैं। अभी-अभी हुई उलटी की तरफ देखता हूँ। वहाँ भी खून के अलावा कुछ नहीं है।

"इसकी उलटी में खून क्यों आते हैं, वैद्यजी महाराज?" बुढ़िया बुरी तरह घबरा गई है।

अगर बैग में से ग्लूकोज के इंजेक्शन निकालकर मैंने इसे नहीं लगाए तो यह मर जाएगा। बलवती इच्छा के अधीन मेरे हाथ बैग की तरफ बढ़ते हैं। मगर तुरंत स्वयं को रोक लेता हूँ। मेरा तो पेशा ही ऐसा है। किस-किस पर दया करूँगा? घास से दोस्ती करने लगेगा तो घोड़ा पेट कैसे भरेगा?

बुढ़िया कोई जवाब न पाकर बुझी-बुझी सी मिट्टी लाने बाहर चली गई है। उसकी बहू ने उबलते हुए पानी का कटोरा लाकर मेरे पास रख दिया है। मैं बैग खोलकर इंजेक्शन लगाने की तैयारी करने लगता हूँ।

बुढ़िया हल्के हाथ से मिट्टी बिछा रही है। उसकी बहू पूर्ववत् कोने में आकर बैठ गई है।

"होरी गयो?" बुढ़िया की आवाज सुनकर मैं दरवाजे की तरफ देखता हूँ।

बूढ़ा वापस लौट आया है। उसका सफेद बालों वाला सिर 'हाँ' में हिल रहा है।

मैं इंजेक्शन तैयार करके बुढ़िया को टॉर्च से रोशनी डालने को कहकर बूढ़े को अपने पास बुलाता हूँ। रोगी की नस उभारकर, बूढ़े को टॉर्च पकड़ाकर मैं 'प्रिंक' करता हूँ। खून सिरिंज में उतरने लगा है। मैं धीरे-धीरे इंजेक्शन लगा देता हूँ।

"होरी कितनी देर में आएगा?" मैंने बूढ़े से पूछा।

"जल्दी ही आ जावेगो।" वह मरा-मरा सा जवाब देता है।

"माँ पानी!" रोगी ने धीरे से कहा है।

बुढ़िया पानी लेने लपकती है कि मैं उसे रोक देता हूँ, "नहीं, थोड़ी देर पानी नहीं देना है। वरना फिर उलटी हो जाएगी।"

बुढ़िया रुक गई है। लड़का बड़ी प्यासी निगाहों से एकटक माँ को देख रहा है। अपनी आँखें चुराती हुई बुढ़िया, लड़के के सिराहने जाकर उसके सिर पर हाथ फेरने लगती है।

लड़के की प्यासी निगाहें ऊपर उठकर फिर माँ को ताकने लगी हैं। उसका मुँह खुला हुआ है। बुढ़िया अंगुलियाँ फेरते-फेरते बेटे पर झुक आई है।

'टप-टप' दो आँसू बुढ़िया की आँखों से निकलकर सीधे लड़के के मुँह में जा गिरे हैं। लड़के ने जीभ को होंठों पर फेरने की कोशिश की है कि अचानक उसकी आँखें उलट गई हैं। सिर झटके के साथ बाईं ओर लुढ़क गया है। मैं फुरती से उसके हार्ट पर झुककर हाथ से पल्स पकड़ने की चेष्टा करता हूँ। वहाँ कुछ भी नहीं है। पथराई आँखों में प्यास लिये एक मुरदा मेरे सामने है बस।

बुढ़िया चीख के साथ लड़के के ऊपर गिर गई है। बूढ़े ने असहाय सा बैठकर चारपाई की पाटी पर अपना सिर टिका दिया है। बहू दौड़ती हुई आई है और अपने पति पर बिलखकर विलाप करने लगी है। बड़ों को रोता देखकर बच्चे भी चिल्ला-चिल्लाकर रोने लगे हैं। झोंपड़ी में कोहराम मच गया है।

मैं सिर झुकाकर झोंपड़ी के बाहर निकल आता हूँ, रुदन लोगों को खींचने लगा है। आनेवालों में से एक हकलाकर मुझसे पूछता है। "दीनू··· दीनू मर गया का?"

मेरे जवाब की प्रतीक्षा किए बिना ही वह झोंपड़ी में घुस गया है। मैं यहाँ के इस वातावरण से, इस गाँव से जल्दी-से-जल्दी निकल जाना चाहता हूँ। पहला केस था, वह भी मर गया, फीस छोड़ी, अपनी जेब से इंजेक्शन लगाया, इतना करने के बाद भी बदनामी पल्ले पड़ेगी।

अंदर जाने की बिल्कुल इच्छा नहीं है। मगर 'इमरजेंसी बैग' झोंपड़ी

में ही रह गया है। अंदर जाता हूँ, वहाँ विलाप और सांत्वनाओं का तूफान चल रहा है।

आगंतुकों में से एक ने मेरी तरफ देखा है। ''जरा मेरा बैग उठा दीजिए।''

बूढ़े का सिर अब तक पाटी पर झुका है। मेरी आवाज सुनकर वह ऊपर देखता है।

मैं बैग लेकर बाहर निकलता हूँ तो वह भी मेरे पीछे बाहर आ जाता है।

''मुझे अफसोस है बाबा, मैं आपके लड़के को नहीं बचा सका।''

''मौत को आज तक कौन रोक सको है डागदरजी।'' कहकर वह फफक-फफककर रो दिया है।

मैं असमंजस की स्थिति में चुपचाप उसके पास खड़ा रहता हूँ। वह जल्दी ही स्वयं को सँभालकर धोती के पल्ले से अपने आँसू पोंछ लेता है। फिर बड़ा सकुचाता हुआ वह कहता है।''डागदरजी हम गरीब आपकी और कोई सेवा तो नहीं कर सके, मगर···।''

अंटी में सँभालकर रखा हुआ एक पाँच का और एक दो का नोट दाहिने हाथ में रखकर उसने मेरी तरफ बढ़ा दिया है। दाहिनी भुजा को छूती बाएँ हाथ की अंगुलियाँ उस श्रद्धा को आकार दे रही हैं।

बहू के कड़े बेचकर, इंजेक्शन के लिए रुपए भेजने के बाद बचे सात रुपए मेरी फीस। और कफन? अंदर पड़ी हुई लाश का कफन कहाँ से आएगा?

मैं झटके से साइकिल लेकर भाग छूटता हूँ।

और अब पड़ा-पड़ा सोच रहा हूँ। मेरे 'इमरजेंसी बैग' में रखे ग्लूकोज के इंजेक्शन की कीमत क्या इतनी है?

मुझे नींद नहीं आ रही है।

□

सांध्य-गीत

जल्दी ही गिरधारी पंद्रह दिन की छुट्टी लेकर पत्नी और बच्चों के साथ आ गया। मुरारी का पत्र आया था। मुरारी कन्हैयालालजी के नए प्रस्ताव से क्षुब्ध था। संभवत: वह यह विश्वास कर बैठा था कि कन्हैयालालजी जालंधर को अपना कार्यक्षेत्र बना लेंगे। क्षोभ को मुरारी ने अपने पत्र में यद्यपि स्पष्ट अभिव्यक्ति नहीं दी थी, फिर भी वाक्य विन्यास और शब्द चयन से यह साफ था। 'अब छुट्टियाँ शेष नहीं हैं, इसलिए आ नहीं सकता,' यह उत्तर भी परोक्ष में उसकी असंतुष्टि का परिचायक था।

गिरधारी के आते ही कन्हैयालालजी ने तेल मिल के लिए प्रदत्त भूमि पर आवश्यक निर्माण-कार्य प्रारंभ करा दिया। गिरधारी की देख-रेख में काम होने लगा। कन्हैयालालजी की सामाजिक गतिविधियाँ पहले की तरह चलती रहीं। होमियोपैथी के दवाखाने में अपनी सेवाएँ वे पूर्ववत् देते रहे। विष्णु बैंक के अतिरिक्त सारा समय गिरधारी के कंधे-से-कंधा मिलाकर भाग-दौड़ में लगा रहता। दवाखाने के बाद एक-दो घंटे के लिए कन्हैयालालजी भी देखभाल करने चले जाते। प्रगति संतोषजनक ढंग से हो रही थी। एक माह में काम चालू हो जाने की सबको आशा थी।

अभी गिरधारी की पंद्रह दिन की छुट्टियाँ पूरी भी नहीं हो पाई थीं कि एक ऐसी स्थिति कन्हैयालालजी के सम्मुख आ खड़ी हुई, जिसने उनकी सभी योजनाओं को विशृंखलित कर दिया। रात्रि भोजन के पश्चात् जब कन्हैयालालजी शयनार्थ प्रस्थान कर रहे थे, गिरधारी ने उनसे कहा, "पापा, आपसे कुछ बातें करनी हैं।"

''हाँ-हाँ, कहो।''

''आपके कमरे में आ रहा हूँ।'' कन्हैयालालजी समझ गए, गिरधारी एकांत में बातचीत करना चाहता है।

इसलिए उन्होंने कह दिया, ''ठीक है, वहीं आ जाओ।''

गिरधारी जल्दी ही आ गया। अपने स्वभाव के विपरीत कुछ क्षण वह हिचकिचाया। इसके बाद बोला, ''पापा, लगता है, मेरा यहाँ रहना हो नहीं सकेगा।''

कन्हैयालालजी आद्योपांत चौंक गए, ''क्यों?''

''आपकी मँझली बहू और छोटी बहू में बन नहीं पा रही है।''

''किस बात पर?''

''बातें तो छोटी-छोटी ही होती हैं, मगर रोजाना की किच-किच बहुत बड़ी होती है।''

''आपस में लड़ती हैं क्या वे दोनों?''

''आमने-सामने तो नहीं लड़तीं, मगर पीठ पीछे कोई कसर बाकी नहीं छोड़ती हैं।''

अब तक गिरधारी खड़ा ही था। कन्हैयालालजी की मुद्रा चिंतायुक्त हो गई। चेहरा गंभीर हो गया। कुरसी की ओर इशारा करके उन्होंने गिरधारी से बैठने के लिए कहा, ''मुझे सारी बात विस्तार से बताओ गिरधारी, तुम्हारी बात ने तो मुझे चिंता में डाल दिया है।''

''मेरे बताने से क्या लाभ होगा? मुझे सारी बातें आपकी मँझली बहू ने बताई हैं। वह अपनी गलतियाँ तो बताने से रही।''

''फिर भी अनुमान तो लग जाएगा।''

''क्या अनुमान लगेगा? और अनुमान लगाकर होगा भी क्या? कम-से-कम आपकी मँझली बहू तो इतनी तिक्त हो गई है कि समझाकर शांत करना बिल्कुल संभव नहीं लगता।''

''तो फिर ऐसा करो। तुम जाकर मँझली बहू को मेरे पास भेज दो। मैं सारी बातें उसी से पूछ लेता हूँ।''

गिरधारी ने जाकर अपनी पत्नी को भेज दिया। ससुर के कमरे के दरवाजे पर पहुँचकर वह थोड़ा सकुचाई। मगर कन्हैयालालजी के बुलाने पर धीरे-धीरे आकर कुरसी पर बैठ गई। बिना किसी पूर्व भूमिका के उन्होंने बड़ी नरमी से पूछा, "गिरधारी बता रहा था, तुम्हें छोटी बहू से कुछ शिकायतें हैं?" मँझली बहू ने कोई जवाब नहीं दिया। सिर नीचा किए वह बैठी रही। कन्हैयालालजी ने ही पुनः कहा, "जो बात तुम्हारे मन में हो, मुझे साफ-साफ बता दो, बहू। सिर्फ इसीलिए मैंने तुम्हें अकेले में बुलाया है।"

"पापा, छोटी बहू का व्यवहार ठीक नहीं है।" मँझली बहू ने धीरे से कहा।

"उसके व्यवहार में कौन सी चीज ठीक नहीं लगती है तुम्हें?"

"कई हैं, एक हो तो बताऊँ।"

"जितनी हैं, सब बताओ। मुझे कोई जल्दी नहीं है।" कन्हैयालालजी ने स्वर में हास्य का पुट लाकर कहा।

"आप कहेंगे, छोटी-छोटी बातों का बुरा मान रही है, मगर ये छोटी बातें ही अधिक चुभती हैं।" मँझली बहू ने भूमिका बनाई।

"मैं कुछ नहीं कहूँगा, तुम सुनाओ तो सही।"

"भले ही यहाँ मैं अब आई हूँ, मगर हूँ तो इस घर की उससे बड़ी बहू! वह मुझसे ऐसा व्यवहार करती है, जैसे बड़ी मैं नहीं, वह हो।"

"कौन सी बात से लगा तुम्हें ऐसा?"

"कोई भी मेहमान, मिलने-जुलने वाला आता है तो न वह मुझे बुलाती है, न कोई परिचय कराती है। खुद उनके साथ बातें करने बैठ जाएगी और बच्चों में से किसी से कहलवा देगी, 'दीदी से कहना, जरा चाय तो बना दें।' जैसे घर की मालकिन वह हो और नौकरानी मैं होऊँ। देवरजी के सामने भी दो-तीन बार ऐसा हो चुका है।"

"यह तो ठीक है बहू कि उसे चाय-वाय के लिए तुम्हें खुद आकर नम्रता से कहना चाहिए। आगंतुकों के साथ तुम्हारा परिचय भी कराना

चाहिए। लेकिन क्योंकि वह सब लोगों के साथ उठती-बैठती रही है, इसलिए उनसे बातचीत तो उसी को करनी पड़ेगी।''

''पापा, मुझे यहाँ आए पंद्रह दिन हो गए हैं। एक तरफ तो आप कहते हैं, तुम लोगों को भविष्य में यहीं रहना है, दूसरी तरफ नएपन वाली बात कह रहे हैं। मैं इस घर में नई कब तक मानी जाऊँगी? अलमारियों की, सेफ की, संदूकों की सब चाबियाँ उसी के पास हैं। उसका कर्तव्य क्या यह नहीं था कि चाबियाँ मुझे सौंप देती? आखिर मैं उससे बड़ी हूँ!''

''चलो ठीक है, तुम्हारी बात मान ली। अब अगली बात बताओ।''

''वह हम लोगों के साथ सौतेला व्यवहार करती है।''

''सौतेला? कैसा सौतेला व्यवहार?'' कन्हैयालालजी फिर चौंके।

''हमारे बच्चे कुछ बड़े हैं, इसलिए ऐसी-वैसी जिद नहीं करते हैं। अन्नू भी होने को तीन साल का है, मगर उसे बहुत सिर चढ़ा रखा है छोटी ने, इसलिए हर बात पर जिद करता है। कुल्फी वाला आएगा तो कुल्फी माँग लेगा, गुब्बारे वाला आएगा तो गुब्बारा माँग लेगा, दिन में दो-दो बार फ्रिज से निकालकर कोका कोला पीएगा। उस समय हमारा कोई भी बच्चा चाहे पास में ही क्यों न खड़ा हो, छोटी उसे कुछ नहीं देगी।''

''हूँ, और?''

''इसी तरह छोटी बहू जब नाश्ते पर सबको दूध देती है तो अन्नू और देवर के कप में तो मलाई के लच्छे होते हैं, हममें से किसी को तिनका भर भी मलाई नहीं मिलती। हमारा न रखे कोई बात नहीं, उन मासूमों का भी खयाल नहीं रखती है वह।''

''अच्छा, और बताओ। और भी कोई बात है?''

''अब क्या-क्या बताऊँ, पापा! एक दिन सारे कपड़े मैले पड़े थे, इसलिए मैंने रात को इनकी कमीज धोकर सुखा दी। सुबह धोबी से प्रेस करा ली कि ये नहा-धोकर जब बाहर निकलेंगे, पहन लेंगे। छोटी ने आव देखा न ताव, वही कमीज देवरजी को बैंक जाते समय पहनने को दे दी। मैंने देखा, मगर चुप रह गई। उसकी आँखों में इतनी सी शर्म भी नहीं

आई कि कम-से-कम मेरे सामने तो कमीज देवरजी को न दे। देवरजी के जाने के बाद मैंने पूछा तो कहने लगी, 'मैंने समझा, आपने कमीज इनके लिए प्रेस कराई है। जेठजी के कपड़े तो वैसे भी फैक्टरी के चक्कर में शाम तक मैले हो जाते हैं।' ऐसी बातें चुभेंगी नहीं तो क्या होगा?''

''ठीक है बहू, तुम जाओ। आराम करो।''

''एक बात मैं जरूर कहूँगी पापा, छोटी यह नहीं चाहती कि हम लोग यहाँ रहें। नहीं तो वह पढ़ी-लिखी है। इतना भी नहीं समझती है क्या कि किसके साथ कैसा व्यवहार करना चाहिए?''

''मैं सारी बात समझ रहा हूँ, बहू।''

मँझली बहू जाने लगी तो कन्हैयालालजी ने कहा, ''सुनो बहू, जरा विष्णु को मेरे पास आने के लिए कहती जाना।''

विष्णु आकर कुरसी पर बैठा तो कन्हैयालालजी बेहद गंभीर और गमगीन थे। कुछ पल मौन का पतला सा धागा अभेद्य दीवार बना रहा। फिर विष्णु ने ही कहा, ''क्या बात है पापा, आप इतने गंभीर क्यों हो गए हैं?''

कन्हैयालालजी ने एक लंबी साँस खींचकर उसे छोड़ दिया, ''विष्णु, मँझली बहू आज कुछ कह रही थी।''

''क्या?''

''उसे छोटी बहू से कुछ शिकायतें हैं।''

''शिकायतें तो छोटी को भी भाभी से हैं। मगर हम लोगों को इस झगड़े में फँसने की क्या जरूरत है? औरतें लड़ेंगी नहीं पापा, तो और क्या करेंगी?''

''नहीं विष्णु, तुम इन बातों को कम करके मत आँको। मँझली बहू को मैंने बाद में बुलाया था। पहले गिरधारी मेरे पास आया था।''

''वे कुछ कह रहे थे?''

''हाँ। वह कह रहा था कि इन परिस्थितियों में उन लोगों का यहाँ रहना संभव नहीं है।''

"हाँ।" विष्णु ने मात्र इतना कहा।

"कन्हैयालालजी ने ही दुबारा बात को आगे बढ़ाया, "मँझली बहू कह रही थी कि छोटी बहू उन लोगों का इस घर में रहना पसंद नहीं करती।"

"अब आपने क्या सोचा है?"

"मैं सोच रहा हूँ कि एक बार छोटी बहू को बुलाकर बात कर लूँ। कम-से-कम वस्तुस्थिति तो पता लगे।"

विष्णु का चेहरा दृढता से खिंच गया, "उससे बात करने की कोई जरूरत नहीं है। भाभी क्या चाहती थीं, आप मुझे बताइए। सब ठीक हो जाएगा।"

"नहीं विष्णु, समस्याएँ इस तरह नहीं सुलझतीं। मैं सही हालात का पता लगाकर दोनों को आमने-सामने बैठाकर बात करा दूँगा।"

"कल आप समझा देंगे, परसों भी समझा देंगे। मगर कब तक? कब तक समझाते रहेंगे आप? दोनों में से एक को तो झुकना ही होगा। इसीलिए मैं कह रहा हूँ, मुझे बता दीजिए कि भाभी क्या कह रही थीं?"

"फिर भी मैं एक बार कोशिश करना चाहता हूँ।"

"सेवानिवृत्ति के बाद तेल मिल आप इसलिए नहीं लगा रहे हैं पापा, कि उससे होने वाला फायदा आपके लड़कों को धनवान बनाए और आपकी पेंशनयाफ्ता जिंदगी को निद्राविहीन। जिंदगी भर परेशानियों का सामना करने के बाद जाकर कहीं मानसिक सुख मिला है आपको। बड़ी मेहनत से प्राप्त किए इसके सुख को आप फिर कष्ट में बदलने को तैयार हो सकते हैं, किंतु मैं आपको ऐसा करने नहीं दूँगा।"

कन्हैयालालजी एकाएक विष्णु के सामने कातर हो उठे, "फिर तुम बताओ, मुझे क्या करना चाहिए, विष्णु?"

"यह आप सोचिए, पापा। मगर मैं किसी भी स्थिति में आपको परेशान देखना नहीं चाहता। इस सिलसिले में सारी दुनिया से ही नहीं, मैं आपसे भी लड़ सकता हूँ।"

विष्णु तमतमाया चेहरा लिये वापस लौट गया तो कन्हैयालालजी

सोच में पड़ गए। उन्हें लगा, विष्णु कहता तो ठीक है। इस उम्र में सारी जमा-पूँजी लगाकर भी यदि उन्हें मानसिक तनाव नसीब होता है तो क्या फायदा? लड़के नौकरी में लगे हुए हैं। अमीरों की न सही, मगर गरीबों की जिंदगी से अच्छी जिंदगी है उनकी। साथ में सुख है, संतोष है, निश्चिंतता है। तेल मिल के बाद हो सकता है, उनकी हैसियत लक्जरी कार के लायक हो जाए, किंतु अपना अमन-चैन तो तब तक खो चुके होंगे ये लोग। इन लोगों की बात रहने भी दी जाए, मगर इस उम्र में कन्हैयालालजी का मानसिक सुख छिन गया तो वे कहीं के भी न रहेंगे। मानसिक दृष्टि से पहले ही वे आवश्यकता से अधिक संवेदनशील हैं। इस प्रकार की पारिवारिक खटपट तो उनके लिए जानलेवा बन जाएगी।

उधेड़बुन में आसमान का रंग बदलता रहा। पौ फटने से पहले जब उन्हें नींद आई, तब भी वे किसी निर्णय पर नहीं पहुँचे थे। प्रातः हो सकता है कन्हैयालालजी काफी देर तक सोते रहते। किंतु शायद छोटी बहू के संकेत पर अन्नू ने आकर जगाया, "बाबूजी, दवाखाने में मरीजों की भीड़ लग गई है। उठिए।"

उन्होंने घड़ी देखी। नौ बज चुके थे। तुरंत उठकर, निवृत्त होकर, नहा-धोकर बिना नाश्ता किए ही वे बाहर आकर मरीजों को देखने बैठ गए। छोटी बहू के पुरजोर आग्रह के बाद भी उन्होंने यही कहा, "दफ्तर जानेवाले मरीजों को देखकर फिर आता हूँ। तभी नाश्ता करूँगा।"

साढ़े दस बजे के करीब अन्नू फिर नाश्ते के लिए कहने आया। कन्हैयालालजी ने उसको लौटा दिया तो छोटी बहू खुद आ गई, "चलिए बाबूजी, नाश्ता कर लीजिए।"

"अभी नाश्ता करने की इच्छा नहीं है, बहू। जब होगी, अंदर आ जाऊँगा।"

"आपकी तबीयत तो ठीक है न?"

"हाँ-हाँ, तबीयत बिल्कुल ठीक है। तुम चिंता मत करो। गिरधारी और विष्णु गए?"

"जी हाँ।"

कन्हैयालालजी मंगल फिर मरीजों में डूब गए। एक बजे तब वे अंदर गए तो रातभर चले मंथन की छाया उन्हें फिर घेरती प्रतीत हुई। विचारों को झटककर उन्होंने बाहर निकाला। भूख पता नहीं क्यों लग नहीं रही थी उन्हें। फिर भी यह सोचकर कि छोटी बहू पता नहीं क्या सोचेगी, उन्होंने थोड़ा-बहुत भोजन किया और अपने कमरे में जाकर सोने की चेष्टा करने लगे। शरीर, मन व मस्तिष्क तीनों से क्लांत होने के बावजूद काफी प्रयत्न के बाद उन्हें नींद आई। उठे तो शाम उतर चुकी थी। हाथ-मुँह धोकर, तैयार होकर, चाय पीकर वे बाहर निकल गए।

सोच की गुप्त धारा उनके मस्तिष्क में प्रवाहित थी। थोड़ा सा भी असावधान होते ही वह धारा उभरकर ऊपर आ जाती थी। इस कशमकश का सामना करते वे साढ़े नौ बजे घर लौटे तो विष्णु और गिरधारी भोजन के लिए उनकी प्रतीक्षा कर रहे थे। तनाव को भरसक छिपाने के प्रयत्न के बाद भी विष्णु ने उन्हें पकड़ लिया, "पापा, आप आज कुछ सुस्त लग रहे हैं।"

बात को मजाक में उड़ाने के उद्देश्य से कन्हैयालालजी ने थोड़ा हँसते हुए जवाब दिया, "बेटा, अब हम बूढ़े हो गए हैं।"

गिरधारी और विष्णु उनके लहजे पर खुलकर हँसे। उन्होंने भी हँसी में उन दोनों का साथ दिया। कन्हैयालालजी को महसूस हुआ कि विष्णु के प्रश्न को फुसलाने के प्रयत्न में लगा यह ठहाका भारीपन को अपने स्पर्श से कम कर गया है।

भोजन के दौरान कन्हैयालालजी, गिरधारी और विष्णु से आज हुए कामकाज के समाचार लेते रहे। प्रगति रिपोर्ट संतोषजनक थी, किंतु कल रात की बातचीत का दंश संतोष के मिठास में कड़वाहट की मिलावट कर रहा था। भोजन के बाद एकांत पाते ही प्रश्नों ने फिर सिर उठाया और कन्हैयालालजी को टालने में अमसर्थ पाकर धमाचौकड़ी मचाना शुरू कर दिया। घर में झगड़ेबाजी अगर चलती

रही तो अंततः काम-धंधा सिरदर्द ही बनेगा। मन-मुटाव रहते काम नहीं किया जा सकता और मन-मुटाव को हमेशा के लिए समाप्त करने का कोई उपाय कन्हैयालालजी खोज नहीं पा रहे थे। गिरधारी की बात मानना यदि समस्याओं से पलायन करना था तो न मानना सतत संतोष का आमंत्रण देना था। वे पलायन और असंतोष दोनों में से किसी का भी सामना करने के लिए तैयार नहीं थे। पलायन उनके अहं और आत्मविश्वास को लहूलुहान करता था और असंतोष उनके कल्पना-चक्षुओं में आतंक की धारियाँ बनकर उभरता था।

लेकिन झगड़े-फसाद, कलह और असंतोष को आमंत्रित करने से अच्छा क्या पलायन का पथ नहीं है? दो में से एक बुराई को जब चुनना ही है तो क्यों न पलायन को चुन लिया जाए? मकान का किराया और पेंशन मिलाकर ही इतनी रकम बनती है कि वे विष्णु पर कभी आर्थिक दृष्टि से बोझ नहीं बनेंगे। उलटा उसकी आर्थिक स्थिति उनके बूते पर मजबूत ही होगी।

तभी एक और कीड़ा उनके दिमाग में कुलबुलाया। गिरधारी और उसके परिवार को वापस भेजकर तेल मिल वाली प्रक्रिया को समाप्त करके वे विष्णु के साथ रहेंगे। अपनी सामाजिक गतिविधियों में लगे रहेंगे। ठीक है। लेकिन इस बात की क्या जमानत है कि विष्णु का सिर कभी नहीं फिरेगा? अब तक वह परमभक्त रहा है पिता का, लेकिन कभी वह भी तो बदल सकता है? इसके बाद यह पलायन का रास्ता किस काम का रह जाएगा? पलायन भी करेंगे और असंतोष भी हाथ लगेगा।

कन्हैयालालजी को लगा, इस तरह अगर वे सोचते रहे, अपने ही तर्कों को काटते रहे तो कभी किसी निर्णय पर नहीं पहुँच सकेंगे। कल्पनाएँ संभावनाओं की सहोदरी हैं। कल क्या होगा, निश्चयपूर्वक कौन कह सकता है? फिर संभावनाओं पर विचार करके ऊहापोह में क्यों फँसा जाए? हर दुश्मन का मुकाबला सामने खड़े होकर किया जाए, जरूरी तो नहीं है। कभी, किसी समय यदि विष्णु का व्यवहार बदल गया तो वे गिरधारी के

पास जा सकते हैं, मुरारी के पास जा सकते हैं। प्रतिष्ठापूर्वक जीवनयापन करने के लिए सबकुछ उनके पास है। कोई नहीं था, तब भी किसी तरह रास्ता दिया ही था जिंदगी ने उन्हें। अब तो उनके पास बहुत कुछ है। विकट स्थिति का सामना करने में भी वे अकेले सक्षम हैं। फिर इतना सोचना-विचारना, इतना वितंडावाद क्यों?

तेल मिल लग जाने, उसके सफलतापूर्वक चल जाने से कन्हैयालालजी मंगल की हैसियत पर क्या प्रभाव पड़ेगा? उनकी निजी आवश्यकताएँ जितनी हैं, उनकी पूर्ति के लिए किसी तेल मिल की जरूरत नहीं है। लड़के दाल-रोटी कमा रहे हैं। अधिक धन की लालसा हो तो अपना पुरुषार्थ दिखाएँ। वे क्यों जान-बूझकर जाल में उलझें?

आसमान ने रंग उस रात भी बदले। लेकिन वे रंग पिछली रात से भिन्न थे। कहीं ज्यादा चमकीले, कहीं ज्यादा खुशगवार। जब उन्हें नींद आई, उनके मुखमंडल पर निर्णय पर पहुँच जाने का सुख था। तनावमुक्त प्रभा ने कन्हैयालालजी की बंद आँखों में एक सौम्यता ज्योतित कर दी थी।

सुबह बिस्तर से उठते ही उन्होंने गिरधारी और विष्णु को अपने पास बुलाया, "मुझे तुम दोनों से कुछ काम है। गिरधारी, आज तुम इंडस्ट्रियल एरिया मत जाना और विष्णु, तुम भी आज छुट्टी ले लो। स्नानादि करके, नाश्ते से फारिग होकर तुम दोनों मेरे कमरे में आ जाओ।"

उन्होंने गिरधारी और विष्णु की ओर देखा। गिरधारी के चेहरे पर असमंजस और विष्णु के चेहरे पर हमेशा की तरह तटस्थता के भाव थे। बेटों को सवाल-जवाब का अवसर दिए बिना ही वे उठकर निवृत्त होने चले गए।

लगभग दस बजे जब कन्हैयालालजी मंगल तैयार हुए तो गिरधारी और विष्णु पहले ही आकर उनके कमरे में बैठ गए थे। दवाखाना जाने का इरादा उन्होंने छोड़ दिया था। कुरसी पर आसन जमाकर कन्हैयालालजी ने ही बात शुरू की, "बहुओं की अनबन के बारे में परसों जो बातचीत हम लोगों में हुई थी, उससे मैं इस निर्णय पर पहुँचा हूँ कि स्वतंत्र रूप

से रहने का अभ्यास हो जाने के कारण बहुओं के रहन-सहन का एक तरीका बन गया है। इस तरीके को बदलना असंभव तो नहीं, लेकिन आसान भी नहीं है। इस जटिल प्रक्रिया में उलझकर भी हम उन्हें बदलने की गारंटी नहीं दे सकते। हाँ, एक-दूसरे के प्रति बहुओं में वैमनस्य भाव जरूर पैदा हो जाएगा। इस वैमनस्य का प्रभाव तुम दोनों पर पड़े बिना भी नहीं रहेगा। आज चाहे आर्थिक दृष्टि से अमीर कहलाने की स्थिति में नहीं हो, किंतु अपनी सामान्य आवश्यकताएँ पूरी करने में तुम लोगों को कोई दिक्कत नहीं आती है। क्यों, मैं ठीक कह रहा हूँ न?''

''जी हाँ।'' गिरधारी ने कहा। विष्णु मौन रहकर सिर झुकाए बैठा रहा।

''क्यों विष्णु, तुम्हारा क्या विचार है?''

''आप अपनी बात पूरी करिए, पापा। मुझे जो कहना था, परसों रात को कह चुका हूँ।'' विष्णु ने जवाब दिया और बात आगे सुनने के लिए कन्हैयालालजी की ओर देखने लगा।

''ठीक है, मैं अपनी बात पूरी कह देता हूँ। आज तुम तीनों भाई अलग-अलग शहरों में रहते हो। किंतु एकता, भाईचारा और सुख-दुःख में काम आने की भावना तुममें एक ही जगह रहनेवाले भाइयों से भी ज्यादा है। परसों की बातचीत के बाद मैंने बहुत सोच-विचार किया है। मैं इस परिणाम पर पहुँचा हूँ कि ज्यादा पैसे के मोह में पड़कर हम अपने सुख और संतोष को दाँव पर लगा रहे हैं। तुम दोनों की बातचीत से भी यह आशय निकलता था कि पैसा चाहे कम आए, सुख-शांति कम नहीं होनी चाहिए। इसलिए मैंने सोचा है कि तेल मिल की स्थापना का काम रद्द कर दिया जाए।''

कन्हैयालालजी थोड़ा रुके कि गिरधारी ने शंका प्रकट की, ''पापा, शेड काफी बन चुका है। जो लागत अब तक हुई, वह डूब सकती है।''

''पहली बात तो यह है कि जितना पैसा हमने लगाया है, उतने में यह उससे कुछ कम में कोई भी उसको खरीद लेगा। मान लिया, कोई खरीदने के लिए तैयार नहीं हुआ, तब भी कोई बात नहीं। रुपया लेकर आत्मसंतोष दे देने से अच्छा रुपया देकर आत्मसंतोष बनाए रखना है।''

कन्हैयालालजी मंगल देख रहे थे कि बात ज्यों-ज्यों आगे बढ़ती है, विष्णु के चेहरे पर प्रसन्नता के भाव और गिरधारी के चेहरे पर ऊहापोह, अप्रसन्नता के भाव आ रहे हैं। गिरधारी ने फिर कहा, ''लेकिन रुपया रुपए को बढ़ाता भी तो है, पापा। पड़ा-पड़ा रुपया किस काम में आएगा?''

कन्हैयालालजी के होंठों पर अनायास ही मुसकराहट खेल गई, ''गिरधारी सेवा-निवृत्ति के बाद मुझे दफ्तर से जो कुछ मिला है, उसके निर्बाध उपयोग की तुम लोग मुझे छूट देते हो न?''

''वह पैसा आपका है, आप जो चाहे उसका उपयोग करें। लेकिन आगे बढ़कर पीछे लौटने वाली बात…।''

कन्हैयालालजी ने उसे बीच में ही टोका, ''हम पीछे कहाँ लौट रहे हैं, गिरधारी? जो हमारे पास था उसे छोड़कर, जो हमारे पास नहीं है, उसे पाने का प्रयत्न आगे बढ़ना कहलाएगा क्या? और पैसा? सचमुच पैसा मेरा कहाँ है? समाज का है। समाज के काम में आना चाहिए। तुम चुप क्यों हो विष्णु, कुछ तुम भी बोलो।''

''आदेश दीजिए, पापा, आपके निर्णयानुसार मुझे क्या करना है?''

''तुम्हें करना है विष्णु, बहुत कुछ करना है। फिलहाल तुम गाड़ी निकालो।''

कन्हैयालालजी के निर्णयानुरूप सारा दिन आवश्यक काररवाई करने के बाद जब वे लोग घर लौटे तो शाम हो चुकी थी। भविष्य की योजना को कानूनी रूप दे दिया गया था। कन्हैयालालजी ने ट्रस्ट की स्थापना की थी। अपनी सारी जमा-पूँजी उन्होंने ट्रस्ट को दे दी थी। यह भी निर्णय किया गया था कि एक निश्चित राशि मृत्युपर्यंत कन्हैयालालजी के नाम से फिक्स्ड डिपोजिट में बैंक में जमा रहेगी। इस राशि का ब्याज जीवित रहने तक कन्हैयालालजी के निजी उपयोग में आएगा। मृत्यु के उपरांत ब्याज के ये रुपए ट्रस्ट के पास चले जाएँगे। इस अतिरिक्त राशि से प्राप्त ब्याज से एक अंशकालिक वेतनभोगी डॉक्टर दवाखाने के लिए नियुक्त किया जाएगा। मृत्युपर्यंत वे स्वयं ट्रस्ट के संचालक होंगे। इसके पश्चात्

यह कार्य उनके कनिष्ठ पुत्र विष्णु कुमार मंगल करेंगे।

संध्या को कन्हैयालालजी मंगल दिनभर की दौड़-धूप के बावजूद हल्का महसूस कर रहे थे। फिक्स्ड डिपोजिट से मिलनेवाला ब्याज, मकान-किराया और पेंशन उनके लिए कम नहीं है। समय का जो उपयोग वे आजकल कर रहे हैं, वह उनके मानसिक सुख को बढ़ाएगा ही, घटाएगा नहीं। लड़कों में बाँटने के लिए दो मकान और यदि कोई निजी बचत होती है, तो अब भी शेष रहता है उनके पास।

तभी छोटी बहू ने आकर बताया, ''बाहर कुछ लोग एक मरीज को साथ लेकर आए हैं।'' कुरता गले में डालते हुए उन्होंने सोचा, कल विष्णु को भेजकर दवाएँ मँगवानी होंगी, कई दवाएँ खत्म हो गई हैं।

□

प्रतिरोध

मोटे तौर पर केवल आधा किलोमीटर की परिधि का छोटा पार्क होते हुए भी यह जीवित व जाग्रत् पार्क लगता है। तरह-तरह के छोटे-बड़े पेड़-पौधे, फूल, बेलें, हरी-हरी दूब, सुंदर चबूतरे और किनारों पर रखी नीली आभा वाली सीमेंट की बेंचें। पेड़ों के नीचे जॉगिंग ट्रैक पर कदम आगे बढ़ाते हुए महसूस होता है, मानो प्रकृति खजाना खोलकर बुला रही है, 'आओ, आकर लूट लो इस खजाने को।'

पार्क में सुबह के समय भी अधिक भीड़ नहीं होती है। धनाढ्यों की कॉलोनी में बना होने के कारण घूमने के लिए आनेवाले अधिकांश पुरुष व महिलाएँ ऐसे होते हैं, जो साठ की सीढ़ी चढ़ चुके हैं। संपन्नता, विशिष्टता का दर्प और एक खास तरह का प्रभामंडल उनके चेहरों पर चिपका होता है। बहुधा दूरी रखते हुए एक-दूसरे से बातचीत, गपशप और हँसी-मजाक करते लोग पार्क में दिखाई देते हैं। कोई दो-चार दिन अगर पार्क में नहीं आया तो आने के बाद कारण पूछनेवाले कुछ लोग जरूर होते हैं, मगर उनके घर जाकर पूछने की जहमत कोई नहीं उठाता। चक्कर लगाते हुए बातें करेंगे तो जिंदगी के दुःख-दर्द कभी जुबान पर आने नहीं देंगे। उनकी बातों में यू.एन.ओ. होगा, अमेरिका का राष्ट्रपति होगा, चीन-ब्रिटेन-ऑस्ट्रेलिया होगा, आतंकवाद होगा, देश और दुनिया की सियासत होगी, अपनी गुजिश्ता जिंदगी के मनमोहक किस्से होंगे। घर नहीं होगा। बेटा-बहू, पोते-पोतियाँ, बेटी-दामाद गायब होंगे। उनकी जुबान पर

गलती से भी ऐसी बात नहीं आएगी, जिससे किसी के व्यक्तिगत जीवन की झलक मिल जाए।

आयु, रुतबे, विचारों और लिंग के अनुसार टोलियों में बँटकर सीमित रूप में पार्क को आबाद करनेवाले हर समय दिखाई देते हैं। अकेले पुरुष, महिलाएँ तो होते ही हैं, पार्क के अलग-अलग हिस्सों में कुछ-न-कुछ करनेवाले भी दिखाई दे जाते हैं। महिलाओं की टोली योगासन करती है। साठ-पैंसठ वर्षीय एक-दूसरे को चुटकुले सुनाकर जोर-जोर से हँसते हैं। पचहत्तर-अस्सी वाले बुजुर्ग भजन गाते हैं। एक ओर लाफ्टर क्लब के सदस्य असली-नकली ठहाके लगाते हैं। एक हिस्से में आर.एस.एस. की शाखा लगती है। मध्य भाग में बनी गबवी पट्टी पर कभी-कभी बच्चे क्रिकेट खेलते हैं। इक्का-दुक्का पुरुष-महिलाएँ किसी बेंच पर बैठकर योगा, प्राणायाम आदि या दूब पर खड़े होकर हल्के-फुल्के व्यायाम करते हैं।

विकास प्राधिकरण की ओर से झाड़ियों की काँट-छाँट, दूब को पानी देने और आवश्यकता अनुसार उस पर मशीन घुमाने, पेड़ों से झड़े पत्तों और कचरे को साफ करने की उचित व्यवस्था है। रात को जलनेवाली ट्यूबलाइटों के कारण पार्क में अवांछित कार्य नहीं होते। बीयर की खाली बोतलें, सिगरेटों के पैकेट, गुटकों के पाउच पार्क में शायद ही दिखाई देते हों। परस्पर वार्त्तालाप करते हों या नहीं, घूमनेवाले कॉलोनी के जिस बँगले में रहते हैं, उसके नंबर की जानकारी चाहे हो या न हो, दुआ-सलाम भी चाहे न होती हो; लेकिन चेहरे से प्रायः सभी एक-दूसरे को पहचानते हैं। पार्क में नियमित आनेवालों की कुल संख्या किसी भी स्थिति में चालीस-पचास से अधिक नहीं होगी। इसलिए प्रत्येक की निगाहों में एक-दूसरे के लिए पहचान की प्रतिच्छाया स्वाभाविक है।

कॉलोनीवासियों ने पार्क के रख-रखाव के लिए एक समिति भी बनाई है। किसी को कोई कमी महसूस हो, बेहतरी के लिए किसी को कोई सुझाव देना हो, विकास प्राधिकरण के कर्मचारी काम में कोताही करते हों, कोई ट्यूबलाइट जल न रही हो, नए पेड़-पौधे, ट्यूबलाइटें, बेंचें आदि पार्क में

लगवाने हों तो समिति का अध्यक्ष विचारोपरांत कह, सुनकर, भाग-दौड़ करके काम कराने की कोशिश करता है। अध्यक्ष सेवानिवृत्त सरकारी कर्मचारी है। उत्साही है। बातचीत करने में चतुर हैं। देर-सवेर काम करा लेता है। रुपए-पैसे की आवश्यकता हो तो अधिकतर कॉलोनीवासी देने में हिचकिचाते नहीं हैं। पेड़ की किसी डाली के अलग-अलग पत्ते होते हुए भी ऊपर से और बाहर से सब एक दिखाई देते हैं। एक पत्ते को जिस तरह दूसरे पत्ते से कुछ लेना-देना नहीं होता है, उसी तरह कॉलोनी में रहनेवाले भी जुदा रहकर जुड़े हुए हैं। हस्तक्षेप अपने संदर्भ में हो या दूसरे के मामले में, किसी को पसंद नहीं है। दो लोग घर में लड़ें, चाहे सड़क पर, कोई भी न उन्हें छुड़ाएगा और न बीच में आएगा।

इस प्रवृत्ति को पसंद या नापसंद करनेवालों की संख्या बड़ी हो सकती है। कमल की तरह कीचड़ से ऊपर रहनेवालों की हिमायत करनेवालों की कमी नहीं है। दूसरी ओर कुछ मनुष्यों को कमल और समाज को कीचड़ मानकर व्यवहार करनेवालों की निंदा करनेवालों की भी कमी नहीं है। किसी को पसंद हो या न हो, इस कॉलोनी के निवासी अपने काम से काम रखने में विश्वास करते हैं, यह बात हृदयंगम करने के लिए किसी समझदार आदमी को मशक्कत नहीं करनी पड़ती है। वैसे भी, अपना हित देखने और झंझटों से बचने का सूत्र पैसेवालों पर सीधा लागू होता है। इसमें न कुछ नया है और न कुछ विचित्र।

लेकिन एक सुबह अपने साथ आश्चर्य की चिनगारी लेकर आई। घूमने आनेवाले एक-आध लोग कभी पामेरियन कुत्ता अपने साथ भले ही लेकर आते हों, मगर पार्क में सामान्यत: किसी कुत्ते के दर्शन नहीं होते थे। इन लोगों के साथ आनेवाले छोटे-छोटे, ऊन की तरह कोमल लगनेवाले सफेद पामेरियन कुत्तों की पार्क में उपस्थिति से उन्हें लानेवालों की हैसियत का आभास होता था। ठहरे पानीवाले खामोश तालाब में उस दिन किसी ने अचानक पत्थर फेंक दिया। पत्थर जहाँ गिरा, वहाँ मानो तूफान आ गया। यद्यपि तालाब का संपूर्ण शेष भाग सदैव की भाँति बेमतलब और

प्रभावहीन बना रहा। उसका मौन बदस्तूर कायम था। आश्चर्यचकित होने का कारण यह था, क्योंकि नियमानुसार पत्थर गिरे हुए हिस्से में भी लहरों को प्रतिक्रियास्वरूप आंदोलित नहीं होना चाहिए था।

पार्क के रिवॉल्विंग गेट को पार करके एक सुदर्शन युवक ने जर्मन शैफर्ड कुत्ते की जंजीर पकड़कर पार्क में प्रवेश किया। कद्दावर, खूँखार और खौफनाक लगता कुत्ता जंजीर से आजाद होने की भरपूर कोशिश कर रहा था। परिणामस्वरूप जागिंग ट्रैक का अधिकांश भाग युवक और उसके दहशत पैदा करनेवाले कुत्ते के हवाले था। उन्हें आता देख ट्रैक पर आसपास घूमते पुरुष, महिलाएँ, युवक, युवतियाँ या तो ठहर जाते या नीचे उतरकर दूब पर चलते हुए जल्दी-जल्दी आगे बढ़ जाते।

गलत को नजरअंदाज करने की सीमारेखा निर्धारित थी। जब तक मुझे नुकसान नहीं होता, तब तक झंझट गले में न डालनेवाला सिद्धांत बाकायदा काम कर रहा था। कुत्ते को सँभालने में व्यस्त युवक को किंचित् भी ध्यान नहीं था कि जर्मन शैफर्ड के साथ चल रहे उसके कुत्ते ने वातावरण में कितनी दहशत भर दी है। जंजीर से खींचकर वह कभी कुत्ते को आगे ले जाने में सफल होता और कभी कुत्ता उसे चकरघिन्नी बना देता।

पार्क का दो-तिहाई चक्कर पूरा होनेवाला था। जॉगिंग ट्रैक पर सामने से आनेवाली तीन महिलाओं ने यह दृश्य देखा। उनमें से दो ट्रैक से उतरकर दूसरी ओर जाने लगीं। तीसरी कुछ ठिठकी। फिर वह भी दूब पर उतर गई। दूब पर उतरी जरूर, लेकिन वह आगे नहीं बढ़ी। युवक की ओर गुस्से से देखते हुए उसने तुर्शी से कहा, 'माँ-बाप ने तुम्हें क्या इतना भी नहीं सिखाया है कि इस तरह के कुत्तों को पार्क में नहीं ले जाना चाहिए?'

प्रश्न पूछने का अंदाज युवक के गाल पर एकाएक मारे गए झन्नाटेदार चाँटे की तरह था। वह कुछ बोलता, उससे पहले सवाल आया, 'कहाँ रहते हो?'

'413 नंबर में।'

'किसके बेटे हो?'

'विकास प्राधिकरण के सेक्रेटरी वर्मा साहब का।'

'यह मत समझना कि किसी तोप के बेटे हो, इसलिए तुम्हें सबकुछ करने का हक हासिल है। देख रहे हो न, तुम्हारे कुत्ते से डरकर हर एक रास्ता बदल देता है। पार्क में लोग प्राणायाम करते हैं और तुम गंदगी फैलाने के लिए कुत्ते को यहाँ लाए हो।'

'मैम…'

'मैम, मैम मत करो। कुत्ते को लेकर चुपचाप यहाँ से चले जाओ।'

आश्चर्य कि बिना उत्तर दिए युवक कुत्ते को साथ लेकर निकट बने रिवॉल्विंग गेट से बाहर निकलने के लिए आगे बढ़ा। युवक जब पार्क में घुसा था, मैं उससे केवल पंद्रह-बीस कदम पीछे था। रफ्तार घटाकर इतनी ही दूरी कायम रखते हुए मैं उसके पीछे चल रहा था। जब युवक को रोककर भला-बुरा कहा गया, मैं आश्वस्त था कि हंगामा होगा। आश्वस्त इसलिए था, क्योंकि कुछ माह पहले बेंच पर बैठकर सिगरेट पीते एक प्रौढ़ को इसी पार्क में किसी ने टोका था। प्रौढ़ का सिगरेट पीना बंद नहीं हुआ था। नैतिकता, पर्यावरण और कानून की रक्षा करने की कोशिश करनेवाले को गलत के सामने हारते देखने के बावजूद किसी ने उसका साथ नहीं दिया था। काम से काम रखनेवाला सिद्धांत उस दिन हुए हंगामे से मजबूत हुआ था। लेकिन इस बार हंगामे की जगह युवक शर्मिंदा होकर निकलने का निकटतम रास्ता पकड़कर बाहर जा रहा था।

युवक को भागने के लिए मजबूर करनेवाली महिला का चेहरा जाना-पहचाना है। वह रोजाना सुबह पार्क में घूमने आती है। सिगरेट पीनेवाले को टोकने के बाद जो कुछ हुआ उसकी जानकारी महिला को जरूर होगी। युवक को कुत्ता बाहर ले जाने की बात कहते समय क्या वह घटना उसे याद नहीं आई होगी?

भरे पेटवालों के साँचे में ढली मेरी स्वार्थांधता, झंझटों को टालने की मनोवृत्ति और दुनिया मरे या जीए मुझे क्या मतलब की मानसिकता को अचानक न जाने क्या हुआ! आगे बढ़कर मैं युवक को पूँछ दबाकर भागने

के लिए विवश करनेवाली महिला के निकट आया, 'बेटी, तुम्हारी हिम्मत देखकर दिल दुगुना हो गया। कामना है कि गलत का प्रतिरोध करने की तुम्हारी शक्ति हमेशा बनी रहे।'

उसे बेसाख्ता कह तो गया था, लेकिन मैं स्वयं से बार-बार पूछ रहा हूँ, 'दिखा सकूँगा ऐसा साहस मैं कभी ?'

□

भाग्य का लेखा

मेरे मित्र पंडितजी का आग्रह था कि मैं प्रारब्ध की महिमा साबित करते हुए एक कहानी लिखूँ। मेरा संकट यह था कि मैं प्रारब्ध और पुरुषार्थ के बीच उस संधिरेखा की तलाश में था, जिससे दोनों को अलग किया जा सके। मैंने बैठकर इस विषय पर पंडितजी से बात भी की। अपने तर्क उनके सामने रखे।

सबसे पहला प्रश्न था—वह कौन सा संकेत है, जो बताएगा कि इस जगह भाग्य या प्रारब्ध का काम समाप्त हो गया और अब पुरुषार्थ का काम प्रारंभ हो गया? दूसरा प्रश्न था—यह कैसे पहचाना जाए कि कोई कार्यविशेष प्रारब्ध के कारण संभव हो गया है या पुरुषार्थ के कारण?

मैंने पंडितजी से पूछा, ''बाकी सब बातें छोड़िए। बताइए कि आपकी और मेरी मुलाकात व मित्रता भाग्यवश हुई है या इसमें पुरुषार्थ और आपके-मेरे प्रयासों का भी कोई हाथ है?'' पंडितजी ने मेरे प्रश्नों के उत्तर तो दिए, किंतु वे सब आस्था आधारित थे। तर्क के आधार पर संतुष्ट नहीं हुआ जा सकता था उन उत्तरों से। मैं जानता हूँ कि जिस तरह आँख से देखने और कान से सुनने के बावजूद जरूरी नहीं कि सच पकड़ में आए, उसी तरह तर्क के आधार पर प्रमाणित बात हर स्थिति में अंतिम सच नहीं होती। फिर भी केवल विश्वास, श्रद्धा और आस्था की बुनियाद पर किसी बात को स्वीकार करना मेरे लिए संभव नहीं था। तर्कसंगत आधार पर समझे बिना किसी बात को मान लेना मुझे बुद्धि के अपमान जैसा लगता

है। जब तक स्वयं संतुष्ट नहीं हुआ हूँ, भाग्य एवं प्रारब्ध की सर्वोपरि महत्ता स्थापित करते हुए कहानी कैसे लिख दूँ?

पंडितजी स्वयं ऐसे अनुभवों से गुजरे हैं, जिनके कारण भाग्य में उनकी आस्था प्रबल है। कर्मकांडी हैं। आस्तिकता उनमें कूट-कूटकर भरी है। मैं कहानीकार जरूर हूँ, किंतु मेरी पृष्ठभूमि विज्ञान के विषयों का अध्ययन करते हुए तैयार हुई है। स्पष्ट रूप से भाग्य के कारण कोई काम होता नजर आता है, तब भी मैं तर्क की कसौटी पर कसता हूँ। पुरुषार्थ का हाथ कहीं-न-कहीं दिखलाई दे जाता है। मन कुछ भी माने, मस्तिष्क इस बात पर कभी विश्वास नहीं कर पाता कि भाग्य ही सबकुछ है या पुरुषार्थ की परिणति शून्य है। मैं आश्वस्त रहा हूँ कि जीवन में पुरुषार्थ का स्थान गौण नहीं है। भाग्य दिशा देता होगा; किंतु पुरुषार्थ उस दिशा में परिवर्तन, परिवर्द्धन, परिमार्जन करता है। तय यही करता है कि अमुक मोड़ पर पुरुषार्थ ने भाग्य से कार्यभार सँभाल लिया है।

अपनी बात स्पष्ट करने के लिए मैंने पंडितजी के सामने एक उदाहरण रखा—

मैं स्कूटर पर चला जा रहा हूँ। सामने देखता हूँ, सड़क पर एक हिस्सा बिखरे हुए तेल के कारण चिकना है। मैं चिकनाहट की परवाह किए बिना अपने स्कूटर को उस हिस्से पर डाल देता हूँ। धड़ाक् से स्कूटर फिसलता है। मैं गिर जाता हूँ, किंतु मुझे कोई विशेष चोट नहीं लगती।

ठीक इसी क्रम को दोहराएँ। सड़क पर तेल बिखरा हुआ है। इसके बावजूद मैं स्कूटर उसी के ऊपर दौड़ाता हूँ। गिरता हूँ। चोट लगती है। सिर फट जाता है। राहगीर मुझे उठाकर अस्पताल ले जाते हैं। जीवन और मृत्यु के बीच संघर्ष करते हुए मैं महीने-डेढ़ महीने में सामान्य हो पाता हूँ।

इसी घटना का एक तीसरा पक्ष हो सकता है। मैं स्कूटर को चिकनी सड़क पर डालता हूँ। स्कूटर फिसलता है। मैं गिरता हूँ और चोटग्रस्त होता हूँ। तभी पीछे से आता हुआ एक ट्रक मुझे कुचलता हुआ निकल जाता है। उसी स्थान पर मेरी मृत्यु हो जाती है।

एक चौथा पक्ष भी हो सकता है, जिसका प्रारब्ध से कोई सीधा संबंध नहीं है। मैंने स्कूटर चिकनाहट के ऊपर से दौड़ाया है, किंतु स्कूटर चलाने में इतना दक्ष हूँ कि गिरा नहीं और स्कूटर सुरक्षित रूप से सड़क के उस चिकने हिस्से को पार करता हुआ आगे बढ़ गया है। पुरुषार्थ का एक और तरीका हो सकता है। मैं सड़क के चिकने हिस्से को छोड़कर स्कूटर दूसरी तरफ से घुमाता हुआ आगे निकल जाता हूँ।

ये विभिन्न स्थितियाँ क्रमशः भाग्य या प्रारब्ध और पुरुषार्थ की पक्षधर हो सकती हैं; किंतु महत्त्वपूर्ण प्रश्न यह है कि क्या चोटग्रस्त होना, फिसलकर भी चोटग्रस्त न होना, मर जाना और फिसलने से बच जाना—ये सब स्थितियाँ भाग्य ने निर्धारित नहीं की थीं? मैंने जो कुछ किया वह पुरुषार्थ था या भाग्य, इसका निर्णय कौन करेगा? जो कुछ मैंने नहीं किया, वह न करने की प्रेरणा मुझे किसने दी? और जो कुछ मैंने किया, वह करने की प्रेरणा मुझे कहाँ से प्राप्त हुई, इसका फैसला कौन करेगा?

पंडितजी के पास मेरे प्रश्नों के संतोषजनक उत्तर नहीं थे, इसलिए मैं प्रारब्ध के महत्त्व को रेखांकित करते हुए कोई कहानी लिखने का मानस भी नहीं बना पाया; किंतु ऐसा कहा जाता है कि जो बातें, जो सत्य तर्क के आधार पर प्रमाणित नहीं होते, बुद्धि जिनका निर्णय नहीं कर पाती, विश्वास और घटनाक्रम उन सत्यों को कई बार उद्घाटित कर देता है।

पिछले दिनों ऐसी ही एक घटना हुई, जिसने प्रारब्ध और पुरुषार्थ की दौड़ में प्रारब्ध को महत्त्वपूर्ण स्थापित कर दिया।

हम लोग एक विवाह में सम्मिलित होने के लिए पूना गए थे। मैं, पत्नी, ताऊजी की दो लड़कियाँ, ताऊजी, उनका एक लड़का, बुआजी—कुल मिलाकर लगभग दस व्यक्ति होंगे। विवाह सफलतापूर्वक संपन्न हो गया। सुबह लगभग साढ़े छह बजे पूना से चलनेवाली सिंहगढ़ एक्सप्रेस में हम लोगों का मुंबई जाने का कार्यकम बना। उसके अनुसार सुबह उठे। मेजबान पिछली रात हुई शादी के कारण बहुत थके हुए थे। उनमें से हमने किसी को परेशान नहीं किया। स्वयं ही तैयार होकर और अपना सामान लेकर बाहर आ गए।

ऑटो रिक्शा पकड़कर हम लोग पूना स्टेशन के लिए रवाना हो गए। जाहिर है, हम लोगों को अलग-अलग ऑटो रिक्शा में स्टेशन आना पड़ा। सबने कुछ-न-कुछ सामान अपने साथ लिया और ऑटो रिक्शा से रवाना हो गए। जैसा कि घर में ही हम लोगों ने तय किया था, स्टेशन पहुँचकर सभी लोगों को सीधे प्लेटफॉर्म पर जाना था। जिस ऑटो रिक्शा में मैं था, उसी में मेरी पत्नी और ताऊजी का लड़का भी साथ थे। सामान हम लोगों के पास अपेक्षाकृत अधिक था। बुआजी तथा ताऊजी वृद्ध थे, इसलिए उनका सामान भी हमारे पास था। हम अंत में रवाना हुए, इसलिए जब स्टेशन पहुँचे तो बाकी सब लोग प्लेटफॉर्म पर आ चुके थे। ऑटो रिक्शा से उतरकर मैंने पत्नी तथा ताऊजी के लड़के नवीन से सामान अंदर ले जाने के लिए कहा और स्वयं पूना से मुंबई के लिए टिकट लाइन में लग गया।

सामान अधिक था, इसलिए पत्नी और नवीन मिलकर सामान उठाकर एक ही चक्कर में अंदर पहुँचें, यह संभव नहीं था। कुली शायद उन लोगों ने करना नहीं चाहा। दोनों में तय यह हुआ कि पत्नी सामान के पास खड़ी रहेगी और नवीन एक बार सामान अंदर पहुँचाकर वापस आएगा तथा इसके बाद पत्नी और नवीन दोनों मिलकर बाकी बचा हुआ सामान अंदर ले जाएँगे। इस दौरान सब लोग प्लेटफॉर्म पर चले गए थे, इसलिए जब टिकट लेकर मैं पहुँचूँगा तो सब जगह बनाकर गाड़ी में बैठ चुके होंगे।

टिकट की लाइन बहुत लंबी थी। काउंटर पर बैठा क्लर्क बहुत धीरे-धीरे टिकट दे रहा था। लाइन भी धीरे-धीरे आगे खिसक रही थी। मैं अंदर-ही-अंदर बेचैन हो रहा था; क्योंकि गाड़ी जाने का समय निकट आता जा रहा था। एक तसल्ली जरूर थी कि अंदर गाड़ी में सब लोग बैठ चुके होंगे। मुझे जरूरत पड़ी तो दौड़ता हुआ भी गाड़ी में चढ़ जाऊँगा। अगले स्टेशन पर परिवारजनों से मिलना संभव हो जाएगा।

टिकट खिड़की से अब मेरी दूरी सिर्फ पाँच-छह लोगों की रह गई थी। तब मैंने जेब में हाथ डाला कि टिकट की राशि हाथ में ले लूँ और एक मिनट, आधा मिनट, दस सेकेंड, पाँच सेकेंड, जितने भी बचाए जा सकें,

बचा लूँ। जेब में हाथ डालकर रुपए निकाले तो सकते में आ गया। कुल मिलाकर टिकट की जो राशि बनती थी, पैसे उससे कम थे। मैंने हिसाब लगाया, पाँच रुपए कम थे।

मैं असमंजस में था कि यदि लाइन छोड़कर अंदर जाता हूँ और पैसे लेकर फिर लौटता हूँ तो मेरा नंबर छूट जाएगा। तब तक दस-पंद्रह लोग टिकट लेकर निकल जाएँगे। मुझे आगे लगने नहीं दिया जाएगा। यदि नहीं जाता हूँ तो टिकट नहीं मिलेगा। यह भी संभव था कि एक टिकट कम लूँ और काम चला लूँ।

अंततः यह निर्णय करके कि मुझे लाइन नहीं छोड़नी है, मैंने पहले तो अपने आगे खड़े सज्जन से और इसके बाद लाइन में पीछे खड़े सज्जन से रुपए उधार लेने की कोशिश की। मेरी भरपूर कोशिश के बावजूद उन्होंने मेरी तरफ ऐसे देखा, जैसे मैं उनसे पाँच रुपए लूटने के लिए बहाना बना रहा हूँ। एक-एक करके टिकट लेकर मेरे आगे के लोग लाइन से निकलते जा रहे थे। मेरे आगे केवल एक व्यक्ति था, जिसके बाद टिकट लेने के लिए मुझे पैसे देने थे। मैंने मन-ही-मन तय किया कि एक टिकट कम लेकर अंदर चला जाऊँगा और फिर जैसा होगा देख लूँगा।

तभी संयोगवश एक दंपती हड़बड़ाते हुए टिकट खिड़की पर पहुँचे। उन्होंने आगे खड़े व्यक्ति से टिकट लेने का आग्रह किया। उस व्यक्ति ने उनके आग्रह को अस्वीकार कर दिया। वे लोग मुझसे कुछ कहें, इससे पहले मैंने बहुत स्पष्ट शब्दों में उनके सामने अपनी माँग रख दी—"मैं आपका टिकट ले लूँगा; किंतु आपको पाँच रुपए मुझे उधार देने होंगे। मेरे पास पैसे कम पड़ गए हैं। अंदर चलकर पाँच रुपए लौटा दूँगा।"

स्पष्ट था कि उनको मेरे प्रस्ताव में किसी प्रकार की बेईमानी की गंध नहीं आई। संभव है, उन्होंने सोचा होगा कि पाँच रुपए चले भी जाते हैं तो कोई नुकसान नहीं है। उन्होंने अपने टिकट के पैसों के अलावा मुझे पाँच रुपए दिए। तब तक मुझसे आगे खड़े व्यक्ति ने टिकट ले लिया था। मैंने अपने साथ उनके टिकट भी ले लिये। खिड़की से हटते ही मैंने उन्हें

शीघ्रतापूर्वक अंदर चलने के लिए कहा। दंपती ने मुझसे टिकट माँगे तो हड़बड़ाहट के बीच मैंने दो टिकट उन्हें दिए और चलते-चलते जोर देकर कहा कि अपने पाँच रुपए लेने की दृष्टि से उन्हें किसी प्रकार की शंका नहीं होनी चाहिए। वे मेरे साथ आएँ। संभव हुआ तो पाँच रुपए ही नहीं, उन्हें बैठने का स्थान भी मिल जाएगा। हम लोग जल्दी-जल्दी प्रायः दौड़ते हुए स्टेशन के अंदर आए। गाड़ी प्लेटफॉर्म नंबर तीन से जाती थी, इसलिए तेजी से सीढ़ियाँ चढ़कर हम लोग आगे बढ़े। गाड़ी नजर आ रही थी। हम लोगों ने अपने कदम और आगे बढ़ाए तो दिखाई दिया कि गार्ड रवाना हो गया है।

पुल पार करके सीढ़ियाँ उतरकर हम गाड़ी तक पहुँचे। अब गाड़ी पकड़ना लगभग असंभव था। इसके बावजूद मैंने चिल्लाकर उस दंपती से दौड़ने को कहा और खुद भी पूरी ताकत से दौड़ लगा दी।

सीढ़ियाँ उतरकर जब प्लेटफॉर्म पर पहुँचे तो हम सब लोग हाँफ रहे थे। गाड़ी दूर जाती हुई नजर आ रही थी। मैं सामान्यतः तनावग्रस्त नहीं होता हूँ। गाड़ी जाती हुई देखकर भी मुझे नहीं लगा कि कोई बहुत बड़ी मुसीबत आ गई है। मैंने सोचा कि सारे परिवारजन इसी गाड़ी से निकल गए हैं। मुंबई पहुँचकर वे इंतजार करेंगे। टिकट मेरे पास हैं ही। अगली गाड़ी से मैं मुंबई पहुँचूँगा और उनसे मिल जाऊँगा। यदि टी.टी.ई. ने रास्ते में उन्हें चेक किया तो वे बता ही देंगे कि जिसके पास टिकट हैं, वह दूसरी गाड़ी से आ रहा है। पहुँचने के बाद टिकट दिखाकर हम लोग लोकल गाड़ी पकड़कर घर चले जाएँगे। मेरे सामने यदि कोई संकट था तो एक ही कि जो पाँच रुपए मैंने उधार लिये थे, उन्हें कैसे लौटाऊँ? किंतु हल भी मुश्किल नहीं था। मैंने अपने सारे टिकट उन्हें सौंपे और उनसे अनुरोध किया कि इस बेंच पर बैठकर इंतजार कीजिए। मैं बाहर जाकर अगली गाड़ी का समय और शेष जानकारी लेकर अपने एक रिश्तेदार के घर तक जाऊँगा और वहाँ से पाँच रुपए लेकर आपको लौटा दूँगा।

दंपती ने बहुत सरलता से मेरा प्रस्ताव स्वीकार कर लिया।

उन्हें टिकट सौंपकर मैं स्टेशन से बाहर आया। ऑटो रिक्शा लेकर वहाँ गया, जहाँ हम लोग ठहरे थे। ऑटो रिक्शा को रोककर मैंने अपने रिश्तेदार

से सौ रुपए लिये और उसी ऑटो रिक्शा से स्टेशन लौटा। उन सौ रुपयों में से ऑटो रिक्शा का भुगतान किया। पूछताछ करके मुंबई जानेवाली अगली गाड़ी के बारे में जानकारी ली और प्लेटफॉर्म पर लौटकर दंपती को पाँच रुपए सौंपकर अपने टिकट वापस ले लिये।

अब मेरे पास बहुत समय था। अगली गाड़ी डेढ़ घंटे के बाद थी। सामान मेरे पास था नहीं। मुझे अकेले यात्रा करनी थी। मैं आश्वस्त था कि गाड़ी कितनी भी ठसाठस भरी हो, सामान रहित एक आदमी के बैठने का स्थान तो मिल ही जाएगा। दंपती से अलविदा कहकर टहलता हुआ मैं चाय के स्टॉल पर आया। तसल्ली से चाय पी। इसके बाद समय गुजारने की दृष्टि से सीढ़ियाँ चढ़कर पुल पर से होता हुआ मैं प्लेटफॉर्म नंबर एक की ओर बढ़ने लगा।

तभी सामने मुझे एक आश्चर्य दिखाई दिया—मेरे परिवार के सभी लोग सामने से चले आ रहे थे। मुझे झटका सा लगा, यह सोचकर कि ये लोग मुंबई नहीं गए। अगली ट्रेन में फिर वही मशक्कत करनी पड़ेगी। जगह लेनी होगी। इतने सारे लोग कैसे चढ़ पाएँगे? कैसे सामान आएगा? वही बातें, जिनसे मैं निश्‍चिंत हो गया था, सिर उठाकर फिर सामने खड़ी हो गई।

मेरे ऊपर हमला हुआ—"तुम कमाल करते हो! अगर तुम्हें टिकट नहीं मिल रहा था तो बिना टिकट लिये आ जाते। सब कितने परेशान हुए हैं तुम्हारे कारण!"

"टिकट तो मैंने ले लिये थे। जब पुल पर था तो आपकी गाड़ी रवाना हो गई। लेकिन आप लोगों को तो गाड़ी में होना चाहिए था।"

"गाड़ी में तो हम लोग थे ही, तुम्हें नहीं देखकर शिवाजी नगर उतर गए। वहाँ से टैक्सी पकड़कर वापस आ रहे हैं।"

"लेकिन आपको गाड़ी में से नहीं उतरना चाहिए था।"

"और टी.टी.ई. आ जाता तो क्या जवाब देते उसे?"

"इसमें क्या दिक्कत थी? आप उसे बता सकते थे कि जो टिकट लेने गया था, वह लड़का गाड़ी नहीं पकड़ सका है। ज्यादा-से-ज्यादा यही होता न कि वह आपको स्टेशन पर रोक देता। ऐसी स्थिति में आप मेरा इंतजार

कर लेते। मेरे पहुँचने के बाद टिकट दिखा देते और फिर घर चले चलते।''

थोड़ी देर तक तर्क-वितर्क होता रहा। अंततः हम लोग मुंबई जानेवाली अगली गाड़ी का इंतजार करने के उद्देश्य से प्लेटफॉर्म नंबर तीन की ओर बढ़े।

तभी एकाएक मुझे ध्यान आया कि पत्नी उनके साथ नहीं है।

मैंने पूछा, ''पूजा कहाँ है ?''

''क्यों ? वह तो तुम्हारे साथ थी।''

''मेरे साथ कैसे थी ? वह तो नवीन के साथ सामान लेकर आप लोगों के पास पहुँची थी। आपके साथ ही होना चाहिए था उसे।''

''हम लोग तो यही समझ रहे थे कि पूजा तुम्हारे साथ होगी। कहाँ चली गई वह ?''

मैंने नवीन की ओर देखा—''पूजा तुम्हारे साथ थी न ?''

''दरअसल, हुआ यह था कि सामान ज्यादा था। मैं पहली बार सामान उठाकर अंदर आने लगा तो भाभीजी ने कहा था कि छोड़कर वापस आ जाना। बाकी सामान उठाकर दोनों चले चलेंगे। गाड़ी में पापा ने डाँटकर बैठा दिया। मैंने कहा भी कि भाभी बाहर हैं; लेकिन उन्होंने सुना ही नहीं। कहने लगे कि अब कहीं नहीं जाना है, यहीं बैठो। मैं बैठ गया।''

''अजीब आदमी हो तुम! डाँटकर बैठा दिया और तुम बैठ गए। जोर देकर कह नहीं सकते थे कि भाभी बाहर खड़ी हैं। उन्हें लेने के लिए जाना जरूरी है।''

नवीन चुप था। सब लोग हक्के-बक्के थे। मुझे लगा, बहुत गड़बड़ हो गई है। लगभग एक घंटा गुजर चुका था। इस बीच पूजा न जाने कहाँ चली गई होगी।

मैंने सब लोगों से प्लेटफॉर्म नंबर तीन पर जाने को कहा और स्वयं स्टेशन के आसपास देखने की दृष्टि से प्लेटफॉर्म नंबर एक की ओर बढ़ा। एकाएक मुझे ध्यान आया कि कहीं ऐसा तो नहीं कि पूजा अब भी सामान के पास खड़ी इंतजार कर रही हो। मैं तुरंत उस स्थान की ओर गया, जहाँ मुझे पूजा और नवीन को ऑटो रिक्शा ने छोड़ा था। मैंने देखा कि पूजा परेशान

सी उसी जगह खड़ी थी। वह समझ नहीं पा रही थी कि उसे क्या करना चाहिए। आधा सामान नवीन अंदर ले गया था और लौटा नहीं था। आधा सामान बाहर था, जिसे नवीन के लौटने के बाद पूजा और नवीन मिलकर अंदर ले जानेवाले थे। सामान छोड़कर पूजा भी कहीं जा नहीं सकती थी।

मुझे देखकर पूजा खिल गई। मुझे भी लगा कि एक बहुत बड़ा संकट टल गया है। सबकुछ कल्पना के अनुरूप ही हुआ था। पूजा नवीन का इंतजार करती हुई वहाँ रुकी हुई थी और नवीन डाँट खाकर गाड़ी में सब लोगों के साथ रवाना हो गया था।

अब प्रश्न यह है कि इतना बड़ा हादसा होते-होते कैसे बच गया? यदि मुझे भी वह गाड़ी मिल जाती तो पत्नी न जाने कब तक पूना स्टेशन के बाहर खड़ी रहती। वह लौटकर वहाँ जाती, जहाँ हम लोग विवाह में शामिल होने के लिए गए थे, तब भी परेशानी, नहीं जाती, तब भी परेशानी। हम लोग और शेष परिवारजन गाड़ी में बैठे रहते। रास्ते में वह हमें याद आती या नहीं, कहा नहीं जा सकता। हो सकता है, मुंबई पहुँचकर ध्यान आता कि पूजा हमारे साथ नहीं है। यदि परिवारजन गाड़ी से नहीं उतरते, मुंबई चले जाते तो स्पष्ट रूप से मैं भी अगली गाड़ी पकड़कर मुंबई चला जाता। वहीं पता लगता कि पूजा मेरे साथ नहीं है। वह स्थिति कितनी पीड़ादायक और कितनी परेशानी से भरी हुई होती, अब तो इसकी सिर्फ कल्पना ही की जा सकती है। मैंने पुरुषार्थ करने में कोई कमी नहीं छोड़ी। रुपए उधार माँगे। नहीं मिले तो टिकट लेकर देने के बदले मैंने पाँच रुपए हासिल किए। गाड़ी निकल गई तो वापस अपने रिश्तेदार के घर जाकर, रुपए लाकर मैंने वापस लौटाए। पुरुषार्थ की दृष्टि से किसी प्रकार की कमी नहीं छोड़ी मैंने।

फिर यह सब कैसे हुआ? हममें से किसी ने जिस रूप में संचालित नहीं किया। घटनाचक्र उस रूप में घटा, उसकी परिणति उसी रूप में हुई, जिस रूप में प्रारब्ध ने चाहा।

पंडितजी का आग्रह न मानने का कोई कारण अब मेरे पास नहीं है।

□

बौने

जयंत ने उसे तसल्ली दी, ''मित्र, तुम्हारा विरोध इस बात का प्रमाण है कि तुम काम कर रहे हो और प्रभावशाली ढंग से कर रहे हो।''

''लेकिन दूर खड़े असंबद्ध या कम संबद्ध व्यक्ति की दृष्टि में तो विरोध के आधार पर छवि खराब होती ही है!''

''क्रिया की प्रतिक्रिया जरूर होगी। विरोध का प्रतिक्रिया से प्रत्यक्ष या परोक्ष कोई संबंध नहीं होता।''

''यदि प्रतिक्रिया अवश्यंभावी है और पसंद-नापसंद गौण है तो फिर अच्छाई पर बुराई को अलग कैसे करोगे?''

''अच्छाई पर टिप्पणी करनेवाले अधिक लोग उसकी प्रशंसा करेंगे। अच्छाई और अच्छे लोग इसी कारण समाज में प्रतिष्ठा हासिल करते हैं।''

''अच्छाई को बुराई का लबादा पहनाकर या गलतियों को बदनीयती का रूप देकर जब पेश किया जाता है तो जो लोग सच से अपरिचित हैं, गुमराह हो जाते हैं।''

''सामान्य आदमी को इतना बेवकूफ मत समझो, मित्र। रोटी का टुकड़ा खानेवाला हर व्यक्ति सबकुछ समझता है। जो तुम्हें जानते हैं, महत्त्व केवल उनका है और उनके सामने प्रतिक्रिया लिये तुम्हारा सबकुछ होता है।''

''मैं खुद को विवादग्रस्त बनाऊँ ही क्यों? किनारा क्यों नहीं कर लूँ? लोकजीवन के लिए निभाना अकेला काम तो नहीं है दुनिया में!''

''मैं कहूँगा कि तुम्हारे इस कदम से अच्छाई आत्मसमर्पण करेगी बुराई

के सामने। प्रतिष्ठा हासिल करने के लिए लड़ाई जीतनी होती है। लड़ाई में विजय तब मिलेगी, जब मोरचे पर उठकर मुकाबला करोगे। मोरचा छोड़ देने से तुम्हारी नहीं, अच्छाई की हार होगी, मित्र।''

वह खामोश हो गया। मगर उसके भीतर आँधी और तूफान हहरा रहे थे। यों भी बाहरी खामोशी अनिवार्यत: शांति का प्रतीक नहीं होती। शांति के लिए युद्धों की शृंखला से गुजरना पड़ता है। उनका सामना व मुकाबला करना पड़ता है। वह भी चाहता था मुकाबला करना। वह भी चाहता था सामना करना। वह भी चाहता था कि सच को झूठ और सही को गलत के सामने साष्टांग दंडवत् न करनी पड़े। वह भी चाहता था कि काम करनेवालों की निंदा का घृणित कारोबार करनेवालों को क्षमा न किया जाए। वह भी चाहता था कि दूध को दूध साबित करने के लिए हर संभव प्रयत्न किया जाए। वह भी चाहता था कि समाज के सामने अच्छाई का कद बुराई की तुलना में ऊँचा रखने के लिए जुट जाए। वह भी चाहता था कि सूरज को हथेली के पीछे छिपाने की हर कोशिश का खुलकर भरपूर विरोध किया जाए। लेकिन बाहर से दिखाई देनेवाले उसके दुनियादार चेहरे के पीछे छिपी तनहा प्रकृति का तेवर बिल्कुल अलग था। उसके दिशा-संकेत और उसके फलितार्थ बिल्कुल अलग थे।

अगर सोचने, समझने और पहचाननेवालों पर गलत ढंग से किए गए द्वेषपूर्ण विरोध का कोई विशेष प्रभाव पड़नेवाला नहीं है तो फिर अकारण मशक्कत क्यों की जाए? क्या युद्ध केवल उनके लिए लड़ा जाए, जिनका इस प्रकरण से कोई संबंध नहीं है? वे लोग जो केवल कुछ स्वार्थों के कारण विरोध करते हैं, युद्ध में आमने-सामने लड़ते हुए सच्चाई को स्वीकार क्यों करेंगे भला? उनका फायदा विरोध करने में है। क्यों छोड़ेंगे वे अपने फायदे का रास्ता? जिनका उद्‌देश्य ही विरोध करना है, उन्हें चिल्लाकर या आँखों में अंगुलियाँ डालकर सच्चाई बताने-दिखाने से क्या होगा?

ठीक है कि जो लोग सचमुच ईमानदारी से काम करना चाहते हैं, ऐसा दुराग्रहपूर्ण विरोध उनकी भावनाओं को चोट पहुँचाएगा। काम करनेवालों के

साथ ऐसा व्यवहार होता देखकर कदम पीछे लौटाने का विचार आ सकता है उनके मस्तिष्क में। मगर क्या ऐसे वर्ग के लिए केवल उसे ही सोचना चाहिए? विरोध करनेवाले भी स्वयं को बुद्धिमान और वरिष्ठ कहते, समझते हैं। क्या उनका कोई दायित्व नहीं है? क्या उन्हें चिंता नहीं होनी चाहिए ऐसे लोगों को निरुत्साहित होने से बचाने की? आदिम युग से गलत और सही सच और झूठ, करणीय और अकरणीय के बीच हमेशा रस्साकशी होती रही है। एक की दृष्टि में सही, दूसरे की दृष्टि में भी सही हो, जरूरी तो नहीं है। सच और झूठ को तौलने के लिए कोई तराजू आज तक दुनिया में बन सकी है क्या? बस एक जिद है। अपनी मान्यता को सत्य के रूप में स्थापित करने और सिद्ध करने की जिद। रस्साकशी भी इस जिद को दूसरों पर आरोपित करने के लिए होती रही है। विरोध करनेवालों की दृष्टि में काम करनेवालों को निरुत्साहित करनेवाली बात का अगर कोई महत्त्व नहीं है तो फिर वह ही क्यों चिंता करे?

समाज के लिए कुछ करनेवालों को यश के स्थान पर यदि गालियाँ खानी हैं तो वह भी अपने लिए जीने की बात क्यों न सोचे? न जाने कितने लोगों को लाभ मिलता है। न जाने कितने लोगों को तकलीफ में राहत मिलती है। न जाने कितने लोगों के काम होते हैं, उनके मन की उलझनें कम होती हैं। ठीक है कि उनकी दुआएँ उसे मिलती होंगी। गालियाँ सार्वजनिक रूप से मिलती हैं, दुआएँ दिलों तक सीमित हैं। वह जिन्हें खुशियाँ दे सका, उनके एहसासों का कोई प्रभाव क्या उसके मन पर नहीं पड़ता है? दूसरों को मिलनेवाली खुशी से प्राप्त संतोष, आत्मसुख और मानसिक शांति कितनी भी कीमत चुकाकर वह खरीद सकता है क्या? नजर न आनेवाली ये सौगातें अगर कुछ लोगों को फूटी आँखों नहीं सुहातीं और वे अनर्गल बातें करते हैं तो क्या उस खान को पाट देना चाहिए, जिसमें से ये सौगातें निकलती हैं? प्रशंसा नहीं करता कोई, इसलिए क्या प्रशंसनीय काम बंद कर देने चाहिए? फिर क्या डगर वहीं तक है, जहाँ तक दृष्टि जाती है? काँटों के उस पार फूलों की महक होगी ही नहीं, दावे से कह सकता है क्या कोई?

इन प्रश्नों के उत्तर कितने भी आकर्षक क्यों न हों, लेकिन हैं जंगल में नाचते उस मोर की तरह, जिसे नाचता देखकर प्रशंसा करनेवाला कोई न हो। किसने देखा है कल? आज जो हो रहा है, उसे इतनी आसानी से दरगुजर करना संभव है क्या? विरोध चीख-चीखकर और प्रशंसा मौन रहकर। यों भी क्या होगा ऐसी प्रशंसा पाकर जिससे कुछ मिलता नहीं है। किसी कोने से प्रशंसाजनित संतोष की ढकी-छिपी किरणें झाँक भी जाएँ तो क्या फायदा? खुले आसमान के नीचे भरपूर रोशनी में नंगा किया जाए और बंद कमरे में कशीदे पढ़े जाएँ तो किस काम के कहे जाएँगे ऐसे कशीदे?

हर कदम को हर एक पसंद करे, यह असंभव है। जिसने पसंद किया वह खामोश रहा और जिसने नापसंद किया उसने अपनी बात डंका बजा-बजाकर कही तो क्या पसंद करनेवाले का कोई महत्त्व नहीं माना जाएगा? इसके विपरीत यदि नापसंद करनेवाला खामोश रहा और पसंद करनेवाले ने दुंदुभि बजाकर प्रशंसा के गीत गाए तो क्या नापसंदगी की ओर ध्यान देने की आवश्यकता बिल्कुल नहीं है?

एक ओर खामोश रहकर काम किया गया। शांति और धैर्य से अपनी बात कही गई। दूसरी ओर ढिंढोरा पीटकर काम किया गया। चिल्ला-चिल्लाकर अपनी बात कही गई। काम और बात का महत्त्व व प्रभाव अस्थायी रूप से भले ही घटता-बढ़ता महसूस हो, लेकिन अंततः छाप तो सही काम और सच्ची बात की ही जिंदा रहेगी। चीख-चिल्लाहट, ढिंढोरे और नक्कारे तय नहीं करते महत्त्व और प्रभाव को। इन टोटकों से महत्त्व और प्रभाव स्थायी रूप से न बढ़ता है और न घटता है।

देखना और तौलना शायद यह पड़ेगा कि पसंद या नापसंद करनेवालों में अधिकतम किनकी है? अगर पसंद करनेवाले दस में ये छह-सात भी हैं तो बहुत हैं। मतभेद अनिवार्यतः होंगे ही तो फिर अपनी समझ को विरोध करनेवालों के पास गिरवी रखने का क्या औचित्य है? हमारा काम जिन्हें खुशियाँ देता है, हमारी सोच जिनकी राह रोशन करती है, हमारे प्रयास जिनके जीवन में उजाला फैलाते हैं; उनकी तरफ क्यों नहीं देखा जाए?

उसके चेहरे पर उतर आई लालिमापूर्ण रंगत देखकर जयंत ने आगे बढ़कर उसे बाँहों में भर लिया, ''मित्र, मुझे बेहद खुशी है कि तुम कशमकश से बाहर निकल आए हो। तुम्हें पता नहीं है शायद कि विषादपूर्ण चेहरा देखकर तुम्हाने न जाने कितने हितैषियों के दिल मायूस हो जाते हैं। तुम्हारी इस उपलब्धि के सामने कोई भी विरोध टिक सकता है, बताओ?'' उसे महसूस हुआ, चेहरे की रंगत देखकर उसकी मन:स्थिति समझ जानेवाले शुभचिंतकों के होते विरोधियों का कद बौनों से अधिक हो ही नहीं सकता। इतनी विशाल पूँजी के बावजूद वह अपना दिल छोटा करे, इससे बड़ा पागलपन हो सकता है दुनिया में?

□

वजूद

जीवन में अनेक उतार-चढ़ाव देखे हैं। चुनाव जीते हैं तो चुनाव हारे भी हैं। मंत्री के रूप में अधिकारों का इस्तेमाल करके अनगिनत लोगों को लाभ पहुँचाकर उनका सम्मान अर्जित किया है तो गुमनामी में समय गुजारते हुए लोगों को कन्नी काटते भी देखा है। सेहरा बाँधकर लोगों को कसीदे पढ़ते हुए देखा है तो आलोचना के तूफानों से भी गुजरना पड़ा है। व्यंजन खाए हैं तो रूखी-सूखी खाने पर भी मजबूर हुआ हूँ। हृदय सम्राट् कहकर स्वागत किया गया है तो नाकारा कहकर लोगों को थू-थू करते भी देखा-सुना है।

जिंदगी में सूरज का चढ़ना और सूरज का उतरना ही सत्य है। सुखों का उजाला और दुखों का अँधेरा स्थायी नहीं होता है। इस दर्शन को ध्यान में रखा है, इसलिए सुखों ने कभी बहकाया नहीं है और दुखों ने कभी दहकाया नहीं है। ऐसा कहना बड़बोलापन माना जाएगा कि दुःख और सुख समान हैं मेरे लिए, लेकिन मिठास और कड़वाहट के एहसास को यदि छोड़ दूँ तो फैलने और सिकुड़नेवाली स्थिति से तो बचता ही आया हूँ।

पत्नी का देहावसान हुआ तो कुछ दिन बहुत तनहा महसूस करता था। लड़के दूसरे शहरों में नौकरियाँ करते हैं। लड़कियाँ अपने-अपने पति और बच्चों के साथ खुश हैं। सैंतीस वर्षों के सहवास से बनी समझ एक छत के नीचे रहनेवाले दो प्राणियों की परस्पर निर्भरता बढ़ाती है। राजनीति की भूलभुलैया में चलते-चलते जब थकान महसूस होती थी तो किसी-न-किसी

नुस्खे को काम में लाकर पत्नी मुझे हल्का करती थी। मन की गाँठें खोलने के लिए मुँह खोलने की जरूरत हम दोनों में से किसी को भी नहीं पड़ती थी। जिस मोड़ पर पत्नी ने विदा ली, वहाँ मैं और मेरा अस्तित्व हजारों हजार लोगों की गिद्ध दृष्टि के शिकार तो थे, मगर अंदर झाँककर देखने की स्थिति में कोई भी नहीं था। बाहर से शक्तिशाली दिखाई देता था। लोगों का ठठ एहसास था। हरएक ऐसा दिखा रहा था गोया मेरी तकलीफ उसकी तकलीफ और मेरा नुकसान उसका नुकसान है। लेकिन पत्नी के मेरे साथ आत्मिक स्तर पर कैसे संबंध थे, जब तक यह जानकारी न हो, किसी को मेरे अंदर पैसा हुए शून्य का पता कैसे लग सकता था?

जीने के लिए जरूरी व्यवस्थाएँ तो करनी ही पड़ती हैं इनसान को, परंतु कई महीनों तक मैं खुद को अपाहिज और अधूरा अनुभव करता रहा था। एक आँख, एक बाँह या एक टाँग जैसे थी ही नहीं मेरे शरीर में। मेरे ढाँचे में से जैसे कोई आवश्यक वस्तु लुप्त हो गई थी। मेरी कायनात में से जल, अग्नि, मिट्टी, आकाश और वायु में से कोई एक तत्त्व अचानक उड़ गया था जैसे। उस अधूरे आदमी की विवशताएँ मुझ पर हावी हो गई थीं, जो कष्ट भोगकर, स्थितियों के अनुसार स्वयं को ढालकर, मन को मजबूत करके तन-बदन पर लागू अनिवार्यताओं का पालन करने के बाद भी ठीक प्रकार से जीवन जीने की हालत में नहीं होता है।

पत्नी के देहावसान के बाद तीसरे दिन भी बैठक में आए हजारों लोगों और इसके बाद बारहवीं तक सामान्य व्यवहार देखनेवाले सैकड़ों लोगों ने भले ही मुझे दुनियादार माना हो, किंतु वास्तव में मैं बाहर से मजबूत दिखाई देनेवाले लकड़ी के उरा शानदार पलंग की तरह था, जिसे दीमक ने चाट लिया हो और जो बैठते ही धराशायी हो जाएगा।

राजनीति में सक्रिय रहनेवालों के पास अपने ढंग से समय गुजारने की सुविधा दूसरों की तुलना में कम होती है। यह वरदान है और अभिशाप भी। उन दिनों हर समय लोगों का आना-जाना लगा रहता था। सोचने की अधिक फुरसत नहीं मिलती थी। रात को बिस्तर पर जाते समय इतनी थकान

होती थी कि गहरे डूबकर अतीत में गोते लगाने की गुंजाइश ही नहीं होती थी। इसलिए घाव भरने में समय अन्य लोगों की अपेक्षा कम लगा। पत्नी की अनुपस्थिति में कोई ऐसा आदमी नहीं था, जो मेरे मन को ठीक तरह से समझ सके। पत्नी बिना कुछ बताए सबकुछ समझ जाती थी और कोई ऐसा आदमी नजर नहीं आता था, जो दिल खोलकर रख देने के बाद भी सबकुछ समझ जाए। इसके बावजूद अधिक व्यस्तता के कारण पत्नी के वियोग की हृदय-विदारक पीड़ा उसकी कमी के एहसास तक आकर रुक गई।

राजनीतिक हलचलें सरगरम बनी रहीं। चुनाव आते रहे। मेरे दल की सरकार बने, न बने, लेकिन मेरी विजय का सिलसिला चलता रहा। इस बार सरकार बनी तो मंत्रीपद मिला। व्यस्तताएँ अधिक बढ़ गईं। राजधानी, दल, सरकार, उत्सव, समारोह, शिलान्यास, उद्घाटन का घेरा इतना कश गया कि स्वास्थ्य, खाना-पीना, आराम कहा जाए कि हरएक व्यक्तिगत काम दूसरे नंबर पर चला गया। इसके बाद भी मन को सुकून महसूस होता था, आनंद और सुख मिलता था। नितांत अपने लिए समय की कमी के बावजूद, बूते से अधिक हलचल के कारण शरीर पर पड़नेवाले दबाव के बाद भी दिलो-दिमाग हमेशा ताजगी से भरे रहते थे।

वर्षों की राजनीति ने शायद मुझे भीड़ का बाशिंदा बना दिया है। लोगों के बिना खुद को उदास महसूस करता हूँ। मन ही नहीं लगता है, जैसे—समाचार-पत्रों में नाम हो, रेडियो-टी.वी. पर कवरेज हो, समारोहों में भाषण हों, घर चाहे दफ्तर में दस-बीस लोग घेरकर खड़े हों, जहाँ जाऊँ, मुलाकात करने के इच्छुक प्रतीक्षारत हों, काम कराने के लिए आवेदन देने और गिड़गिड़ाकर अनुरोध करनेवालों का रेला हो, टेलीफोन कराके या पत्र लिखवाकर सिफारिश कराने के आकांक्षी हों। गुलदस्ते, बुके, फूल-मालाएँ, शालें और स्मृति-चिह्न हों। किताबों और कैसेटों के विमोचन हों। उद्घाटन और शिलान्यास हों। सो रहा होऊँ, तब भी पी.ए. से टेलीफोन पर या व्यक्तिशः मेरे बारे में पूछताछ करनेवाले हों। किसी मंत्री या मुख्यमंत्री के आने, मिलने और बात करने के संदेश हों। मंत्रिमंडल, विधानसभा या किसी

समिति की बैठकें हों। इनमें से कुछ भी न हो तो अधूरा महसूस करता हूँ।

इस बार स्वास्थ्य साथ नहीं दे रहा था। हृदयाघात के कारण लगभग एक वर्ष पहले पंद्रह दिन अस्पताल में भी रहना पड़ा। अस्पताल से लौटने के बाद डॉक्टरों की हिदायत के अनुसार कोशिश करता रहा हूँ कि दौरों पर कम जाऊँ और खान-पान का विशेष रूप से परहेज रखूँ। इसके बावजूद पद, सरकार, दल और जनता का दबाव इतना अधिक था कि शरीर पर बोझ कम नहीं हुआ। क्योंकि यह सब मुझे अच्छा लगता है, इसलिए दिखाने के लिए भले ही कुछ भी कहूँ, सच्चाई यह है कि इन गतिविधियों में हिस्सेदारी मुझे खुशी देती है।

लेकिन मन की पसंद और शारीरिक सीमाओं में तालमेल नहीं बैठा। एक दिन बातचीत करते-करते अचानक बेहोश होकर गिर पड़ा। आई.सी.यू. में भरती किया गया। जाँचें हुईं तो पता लगा, दिमाग की नस फट गई थी। एक महीने से अधिक समय तक अस्पताल में रहना पड़ा। घर लौटा तो शरीर के दाहिने भाग पर पक्षाघात का कहर था। जुबान और चेहरा भी चपेट में आए थे। अच्छी तरह बोलना संभव न हो, अच्छी तरह चलना संभव न हो, खुद को अच्छी तरह प्रस्तुत करना संभव न हो तो कहीं कैसे आया-जाया जाए? आई.सी.यू. में था तो मुख्यमंत्री, विभिन्न मंत्री और अन्य महत्त्वपूर्ण लोग मिलने आते थे। लोगों के हुजूम मिलने या देखने के लिए आते थे, लेकिन डॉक्टर उन्हें अंदर आने की अनुमति नहीं देते थे। कमरे के बाहर बैठकर पी.ए. आने-जानेवालों का विवरण रजिस्टर में दर्ज करता था। ऐसी बुरी शारीरिक स्थिति के बावजूद अपने महत्त्वपूर्ण होने का एहसास निरंतर बना रहता था।

वापस लौटा तो देखने के लिए डॉक्टर घर आते थे। व्यायाम कराने के लिए फिजियोथैरेपिस्ट भी आते थे, लेकिन मिलने के लिए आनेवाले लोगों की संख्या धीरे-धीरे घटती गई। मंत्री था, फिर भी काम कराने के लिए या मिजाजपुर्सी के लिए आनेवालों की तादाद अधिक नहीं थी। भरपूर इच्छाशक्ति का प्रयोग करते हुए खुद को हर दृष्टि से पुरानी शारीरिक

अवस्था में लाने की कोशिश करते हुए भी जीवन में पहली बार अनुभव कर रहा था कि न जाने खुद मैं किसी के लिए महत्त्व नहीं रखता। मेरी हैसियत, मेरा पद, काम कराने की मेरी सामर्थ्य, मेरा रुतबा, मेरा रोब-दाब मेरे होने से अधिक महत्त्वपूर्ण है। जाना-अनजाना, परिचित-अपरिचित, अपना-पराया समान अधिकार से वोट देता है। इसलिए हरएक को उचित सम्मान देना भले ही राजनीतिक उम्र की दृष्टि से जरूरी हो मेरे लिए, किंतु अपने और पराए का सच दरगुजर नहीं किया जा सकता। यही सच विपत्ति में जीवन का सबसे बड़ा सच है शायद।

सबकुछ समझते हुए भी सुख के साथियों को तरजीह देने का अर्थ है, स्वार्थी प्रवृत्ति को स्वीकृति देना। सुख के साथियों में से कोई भी कठिन समय में निकट नहीं आएगा मेरे। भले ही सौ अहसान किए हों, जी-तोड़ प्रयत्न करके लाभ दिलाया हो, लेकिन उन लोगों के लिए मैं उस बढ़ई की तरह हूँ, जिसे काम निकलते ही सुविधापूर्वक भुला दिया जाता है। जिनके काम मैंने किए, उनमें केवल वे लोग ही नहीं थे, जिन्होंने मुझे वोट दिए होंगे। वे भी थे, जिन्हें मैं जानता ही नहीं हूँ। कर्तव्य समझकर जिनके लिए मैंने अपने स्वास्थ्य के साथ खिलवाड़ किया, बीमार होने के बाद उनमें से कौन काम आया मेरे? जो अस्पताल में या घर आए, उनमें से कितने लोग ऐसे थे, जिनके मन में मेरी बीमारी को लेकर सचमुच चिंता थी?

सोचता हूँ, इस बार यह प्रश्न क्यों कौंधा है मेरे मस्तिष्क में? एक तरफ कहता हूँ, राजनीति में रहते हुए अनेक उतार-चढ़ाव देखे हैं। भीड़ और गुमनामी की बातें करता हूँ। दूसरी तरफ अपने और पराए की भाषा में सोचता हूँ। राजनीति अब मैं छोड़ नहीं सकूँगा। कुरसी और शक्ति के शहद पर मक्खियाँ तो भिनभिनाएँगी ही। कुरसी और शक्ति नहीं होगी तो मक्खियाँ भी किनारा कर जाएँगी। लेकिन यह सच्चाई नई है क्या मेरे लिए? जिसे उतार-चढ़ाव कहता हूँ, उसमें लोगों की अवसरवादिता नहीं गिनी जाएगी क्या? हकीकत यह है कि राजनीति मेरी धमनियों में खून की तरह दौड़ रही है। नेता की सबसे बड़ी जरूरत है उसके चारों ओर रहनेवाली भीड़। लोग

होंगे तो मेरी हैसियत की रोशनी दूर-दूर तक दिखाई देगी। दल के सिरमौर नेताओं को मेरे महत्त्व का पता लगेगा। मुख्यमंत्री और अन्य मंत्रियों को मेरे कद का एहसास होगा। यह एहसास मुझे लोगों के काम कराने में मददगार होगा। लोगों के काम होंगे तो संदेश मेरे चुनाव क्षेत्र में जाएगा और कालांतर में वोटों में बदल जाएगा। मेरी शक्ति बनेगा और बढ़ाएगा भी। कैसे भी हों, कोई भी हों, कहीं के भी हों, मुझे अपने चारों ओर लोग चाहिए। पूरी तरह स्वस्थ नहीं हूँ, तब भी। मेरे अस्तित्व के लिए लोगों की भीड़ जरूरी है। सोच-समझकर, जाल फैलाकर रास्ता निकालना होगा, निकालना ही होगा, क्योंकि अपना वजूद काम में रखकर मैं जीवित रहना चाहता हूँ।

□

ग्रहण

तुम्हें पत्र लिखने की प्रेरणा एक कहानी ने दी है। आज शाम को वह कहानी पढ़ते समय तुम लगातार मेरे सामने घूमती रहीं। आज जो हो रहा है, वह अच्छा नहीं है, यह तो मैं जानती हूँ; किंतु कल उसमें सुधार आएगा या बिगाड़, सचमुच मैं इस बात को लेकर पिछले कुछ समय से बहुत आशंकित रहने लगी हूँ।

संयुक्त परिवार के लाभ और हानियाँ दोनों हैं। तुम्हें और आशीष को संयुक्त परिवार की पाबंदियाँ स्वीकार्य नहीं हैं, इसलिए तुम लोगों ने पुश्तैनी मकान होते हुए भी किराए के मकान में रहना पसंद किया है। जो चाहा, तुम लोगों को मिल गया। किंतु इसकी कीमत कितनी देनी होगी, यह प्रश्न यक्ष-प्रश्न की तरह मुझे मथ रहा है। घर के छोटे-मोटे काम, जरूरी चीजों की खरीदारी, आना-जाना, सुख-दुःख, साझी आमदनी व खर्च—संयुक्त परिवार के ऐसे लाभ हैं, जिन्हें लोग बहुधा गिनाते हैं। किंतु पति-पत्नी के बीच में कभी-कभार होनेवाली खटपट, अनबोलेपन, कहा-सुनी और भोजन-त्याग की स्थिति में भी संयुक्त परिवार के बुजुर्ग सदस्यों का महत्त्वपूर्ण योगदान होता है, यह एहसास मुझे आज शाम को कहानी पढ़कर ही हुआ। मनमुटाव की भनक मिलते ही माँ या भाभी बहू-बेटे या भौजाई-देवर को समझाकर और जरूरत हुई तो डाँटकर स्थितियाँ सामान्य करने में मदद करते हैं। स्वयं पति-पत्नी भी इतने मुखर होकर एक-दूसरे से कहा-सुनी नहीं कर पाते, जितनी अकेले रहते हुए करना उनके लिए संभव होता है।

शायद एक पहलू और भी है, जिसकी तरफ हम लोगों का ध्यान प्राय: नहीं जाता। अवरोध पति-पत्नी के बीच में शारीरिक आकर्षण बढ़ाते हैं। संयुक्त परिवार में मन चाहे समय पर, मन चाहे तरीके से शारीरिक कामनाओं की पूर्ति या निकटता पति-पत्नी के लिए सहज संभव नहीं होती, किंतु अकेले रहने पर एक-दूसरे के प्रति उकताहट दोनों के मन में बहुत जल्दी भर जाती है। यही उकताहट बढ़ते-बढ़ते कई बार संबंधों के टूटने का कारण बन जाती है। जरूरी नहीं है कि अकेले रहनेवाले पति-पत्नी इन छोटे-मोटे हादसों से गुजरते हुए अंतत: अलग ही हो जाएँ; किंतु संयुक्त परिवार में रहनेवाले पति-पत्नी की तुलना में एकाकी परिवार में संबंधों को ग्रहण लगने की संभावना अपेक्षाकृत अधिक होती है।

मैं सोचना भी नहीं चाहती कि तुम लोगों के मामले में कोई स्थिति इस मोड़ तक पहुँचे। किंतु जो कुछ देख-सुन रही हूँ, उसके कारण एक आशंका मेरे हृदय में लगातार चुभन पैदा करती है कि कहीं आशीष और तुम्हारी गृहस्थी भी अंतत:…।

तुम्हारा और आशीष का प्रेम-विवाह है। तुम्हें मैंने कभी पाबंदियों में नहीं रखा। तुम्हारी समझ पर पूरा भरोसा करते हुए मैंने तुम्हें अधिकतम आजादी दी है। मैं नहीं कहती कि आशीष से प्रेम करके तुमने मेरे विश्वास को तोड़ा है। किंतु बेटी, जितनी आजादी मैंने तुम्हें दी थी, उतनी आजादी इस धरती पर तुम्हें कोई नहीं देगा; आशीष भी नहीं।

तुमने पहली बार जब आशीष को मुझसे मिलवाया था तो तुम्हें याद होगा कि मैंने कुछ देर उससे अकेले में बात की थी। हालाँकि आशीष ने उस बातचीत का पूरा ब्योरा तुम्हें दे दिया होगा, किंतु तुम्हें शायद यह नहीं मालूम होगा कि मैंने आशीष से अकेले में बात क्यों करनी चाही थी। दरअसल, मैं जाँचना-परखना चाहती थी कि आशीष तुम्हारे प्रति कितना गंभीर है। बहुत पैसा, बहुत सुख-समृद्धि, बड़ा पद-प्रभाव, ऊँचा खानदान मेरे लिए कभी महत्त्वपूर्ण नहीं रहे हैं। आशीष अपना व्यवसाय करता है, गुजारे लायक ठीक आमदनी उसे होती है, यह पर्याप्त था मेरे लिए। किंतु

बाकी सब बातों को मैं केवल इसी शर्त पर छोड़ सकती हूँ कि आशीष तुम्हें पूरे मन से चाहता है।

तुम मेरी इकलौती बेटी हो। जन्म के बाद जल्दी ही तुम्हारे पिता का देहांत हो गया था। मैं पहले से ही विश्वविद्यालय में पढ़ाती थी, इसलिए कोई आर्थिक संकट सामने नहीं आया था। लेकिन पुरुषप्रधान समाज में एक युवा विधवा अपने चरित्र के दामन पर कोई दाग लगाए बिना एकाकी कैसे जीती है, यह बात मैं ही जानती हूँ। जीवन के प्रति विश्वास, मानव के प्रति सदाशयता और आत्मीयों के प्रति स्नेहभाव मेरी आस्थाओं के दृढ स्तंभ रहे हैं। तुम्हारा लालन-पालन इन्हीं आस्थाओं की छत्रच्छाया में हुआ है। फिर भी बेटी के सुखी जीवन के प्रति माँ की स्वाभाविक चिंता मुझे परेशान करती थी। तुम्हारी अनुपस्थिति में आशीष से बातचीत करके मैं विश्लेषण करना चाहती थी कि अपनत्व और प्यार की ठंडी फुहारों से आशीष तुम्हें कितना सींच पाएगा।

आशीष से उस दिन बात करके मुझे संतोष की सीमा तक अच्छा लगा था। उसने कहा था कि पति को गृहस्थी के हर कार्य में पत्नी का और पत्नी को व्यवसाय के हर कार्य में पति का सहयोग करना चाहिए। घर के बरतन, झाड़ू-पोंछा, रसोई और इसी प्रकार के दायित्व केवल पत्नी के नहीं होते। पति को कोई हक नहीं होता कि अखबार पढ़ते हुए पत्नी को आवाज लगाकर चाय लाने के लिए कहे; क्योंकि पत्नी नौकरानी नहीं होती, उसकी जीवनसाथी होती है।

आशीष ने यह भी कहा था कि व्यवसाय के कारण भले ही पति को घर से बाहर रहना पड़ता है, किंतु उसके समय पर पत्नी का पूरा अधिकार होता है। मेहमानों और आगंतुकों के कारण पत्नी पर अतिरिक्त बोझ डालना किसी भी रूप में ठीक नहीं है। शहर में होटल ऐसे अवसरों के लिए ही होते हैं। परिवार के लिए नियमित रूप से समय निकालना और पत्नी के मनोरंजन का पूरा ध्यान रखना पति का उतना ही बड़ा दायित्व है, जितना परिवार के निर्वाह के लिए आजीविका कमाना।

मैंने उससे पूछा था कि यदि घर और व्यवसाय को पति-पत्नी मिलकर सँभालेंगे तो निश्चय ही पत्नी को पति के साथ व्यावसायिक कार्य भी करने पड़ेंगे। तुम क्या यह चाहते हो कि गृहस्थी की जिम्मेदारियों से मुँह मोड़कर पत्नी व्यवसाय में पति का हाथ बँटाए? जवाब में आशीष ने कहा था कि जब घर के सब काम पति और पत्नी मिलकर करेंगे तो पत्नी को व्यवसाय में पति के साथ काम करने में कोई कठिनाई नहीं होगी। फिर पति-पत्नी मिलकर काम करेंगे तो किसी और भागीदार के मुकाबले अधिक अपनत्व होने के कारण व्यवसाय अधिक फूलेगा-फलेगा। पत्नी और पति के सभी हित परस्पर साझे होते हैं। इसलिए दोनों बहुत निरपेक्ष भाव से ऐसे निर्णय लेने में सक्षम होते हैं, जो उनके हित की दृष्टि से उत्तम हों। इस दृष्टि से भी घर और व्यवसाय में पति-पत्नी की सहभागिता बहुत लाभदायक सिद्ध होती है।

मुझे लगा था कि चाहे आशीष के पास ढेर सारा रुपया नहीं है, आर्थिक दृष्टि से बहुत समृद्ध पृष्ठभूमि नहीं है; किंतु वैचारिक दृष्टि से आशीष जो सोचता है, मेरी बेटी के सुख के लिए पर्याप्त है। अंततः पति-पत्नी को बाँधती तो प्रेम की डोर ही है। पैसा, सुख-सुविधाएँ और गाड़ी, स्कूटर निश्चय ही उनके संबंधों को वह सघनता प्रदान नहीं कर सकते, जो प्रेम करता है।

मुझे विचार करने के लिए समय माँगने की जरूरत महसूस नहीं हुई। मेरी बेटी ने जो चुनाव किया है, वह उसके सुखद भविष्य के लिए अनुपम है, यह भरोसा हो जाने के बाद विचार का कोई बिंदु रह नहीं जाता था। मैंने केवल भरपूर निगाहों से आशीष को देखा था। उसके चेहरे और आँखों में वह सबकुछ सुगमता से पढ़ा जा सकता था, जो अभी-अभी उसने मेरे सामने रखा था। मैंने कहा था, 'आशीष बेटा, स्वाति के लिए तुम मुझे पसंद हो। जो कुछ तुमने अभी-अभी थोड़ी देर पहले कहा है, स्वाति का चरित्र-गठन उसके अनुरूप है। उसका सोच, उसकी रुचियाँ और उसका रुझान, सबकुछ वैसा ही है, जैसे तुम्हारे विचार हैं।'

आशीष ने खड़े होकर मेरे पाँव छू लिये थे। भावविह्वल होकर कहा था, 'आपका आशीर्वाद रहा तो ममा, मैं आपकी बेटी को इतने सुख दूँगा कि वह आपको भूल जाएगी।'

'स्वाति तुम्हें और केवल तुम्हें याद रखे, यह तो मुझे अच्छा लगेगा; किंतु जीवन के किसी मोड़ पर वह या तुम मुझे भूल जाओ, ऐसी नौबत कभी मत आने देना।' मैंने भावुक होकर कहा था।

'आप विश्वास रखिए, ममा, आपकी इच्छा के अनुसार ही सबकुछ होगा। केवल एक अनुरोध आपसे करना है—आपके पास जीवन का विशाल अनुभव है। स्वाति को आपने अपने बूते पर बड़ा किया और गढ़ा है। उसे जितना संबल आपने दिया है, उतना ही बल आप मुझे भी देती रहें। अपना यह छोटा सा व्यवसाय मैंने घरवालों के विरोध के बावजूद जिद करके शुरू किया है। कोई मित्र, कोई रिश्तेदार मुझे सलाह देनेवाला नहीं है। अपनी जरूरत के अनुसार पैसा तो मैं जुटा लूँगा; किंतु समस्याओं से जूझने और संघर्षों में विजयी होने के लिए मुझे आपकी सलाह एवं सहारा चाहिए।'

आशीष की साफगोई मुझे अंदर तक कहीं छू गई थी। मैंने कहा था, 'बेटा, मनसा-वाचा-कर्मणा मेरे पास जो कुछ भी है, वह और किसके लिए है ? मेरी किसी भी चीज को तुम अनुरोध करके नहीं, अधिकारपूर्वक माँग सकते हो।'

जब मुझे पता लगा था कि विवाह के तुरंत बाद आशीष और तुम किराए के मकान में अलग रहने लगे हो तो मैं तय नहीं कर पाई थी कि यह ठीक हुआ या नहीं। संयुक्त परिवार में तुम्हारे ऊपर पाबंदियाँ रहतीं, तुमसे कुछ विशेष प्रकार की अपेक्षाएँ की जातीं। संभवतः आशीष के साथ व्यवसाय में तुम्हारा जुटना संयुक्त परिवार में पसंद नहीं किया जाता।

गृहस्थी की दृष्टि से जो कुछ भी खरीदा जाता, वह संयुक्त परिवार का ही बन जाता। विवाह के तुरंत बाद कुछ वर्ष अकारण संघर्ष करके गुजारने का रास्ता चुना ही क्यों जाए ? कुछ वर्षों के बाद यदि अकेले रहने की बात सोचनी ही है तो फिर आज क्यों नहीं ? दूसरी ओर, नई बहू के

लिए अपेक्षाकृत आवश्यक परंपरा एवं संस्कारगत कारण मुझे अलग रहने के खिलाफ जाते महसूस हुए थे। कुल मिलाकर अनिर्णय की स्थिति थी—और उसके कारण इस सूचना को मैंने तटस्थतापूर्वक ही ग्रहण किया था। पक्ष या विपक्ष में किसी प्रकार की प्रतिक्रिया मैंने न आशीष को दी थी और न तुम्हें।

प्रारंभ में तो ठीक वैसा ही चला, जैसा आशीष ने कहा था। केवल एक बात ऐसी थी, जो मुझे प्रायः असहज कर जाती थी—और वह थी आशीष का बड़बोलापन। अपनी बातों से आशीष बड़े-बड़े स्वप्नमहल खड़े कर देता था। उसके शिखरों की नक्काशी कर देता था—और स्वयं यह जानते हुए भी कि जो कुछ वह कह रहा है, सच नहीं है, आत्मविश्वास के साथ इस तरह प्रस्तुत करता था, गोया दुनिया का सबसे बड़ा सच वही है। मैंने हँसते हुए तुमसे चर्चा भी की। तुमने कहा, 'ममा, मैंने ठीक यही बात महसूस ही नहीं की, बल्कि आशीष से इसके बारे में बात भी की है। दरअसल, पाँच या दस साल बाद जो कुछ कर लेने या पा लेने की आशा उन्हें है, उसकी वे आज ही घोषणा कर देते हैं। अब यह जरूरी तो नहीं है कि इनसान का सोचा हुआ सबकुछ सही हो जाए। जो कुछ वह चाहता है, उसका एक अंश भी जीवन में मिल जाए तो बहुत मानना चाहिए। मगर आदत पुरानी है, दूर होते-होते ही जाएगी।'

सच कहूँ तो इसके बाद मुझे आशीष की बताई हुई उन बातों पर भी मन में संशय उठता महसूस होता था, जो उसने तुम्हारे साथ अपने भविष्य के बारे में कही थी।

आशीष का तुम्हारे प्रति प्यार और व्यवहार का रूप देखकर मुझे अपनी आशंका व्यर्थ प्रतीत हुई थी। मुझसे भी वह बहुत अनौपचारिक रूप से मिलता जुलता। मैं रसोईघर में होती तो वहाँ भी चला आता। भूख लगी होती तो माँगकर खा लेता। महत्त्वपूर्ण समस्याओं पर मुझसे मशविरा लेता। व्यवसाय संबंधी ऐसे पत्र, जिनके दूरगामी परिणाम निकल सकते थे, मुझसे लिखवाता। मुझे लगता रहता कि आशीष की विश्वसनीयता पर मेरा संशय करना ठीक नहीं है; क्योंकि मैं मन से भी यही चाहती थी कि

उसकी विश्वसनीयता कभी गलत साबित न हो, इसलिए अपने संशय को थपकियाँ देकर सुलाने में मुझे अधिक कठिनाई नहीं हुई थी।

तुम लोगों की शादी हुए दो वर्ष हुए हैं। इस बीच तुम एक बेटे की माँ बन गई हो। किंतु आशीष ने जो नहीं कहा था, वह तो अनकिया है ही, उसने जो कहा था, उसका रूप भी बदलता जा रहा है। बार-बार कहने के बावजूद प्रारंभिक दो-चार अवसरों को छोड़कर आशीष ने कभी व्यवसाय में तुम्हारा सहयोग नहीं लिया। व्यवसाय की समस्याएँ, भविष्य की दृष्टि से योजनाएँ और आशीष की व्यवसाय के संबंध में महत्त्वपूर्ण व्यक्तियों से मुलाकातें भी कभी तुम्हारी और आशीष की चर्चा का विषय नहीं बनीं। तुम्हारे कहने के बावजूद व्यवसाय में तुम्हें सहभागी बनाने के मामले में उसका टाल-मटोल वाला रवैया चलता रहा है। अब तो वह तुम्हें रात को लौटकर सूचना देता है कि दिल्ली से कंपनी के कुछ लोग आ गए थे और वह भी उनके साथ होटल में भोजन करके आया है।

विवाह के तुरंत बाद व्यावसायिक कार्य के लिए दिल्ली जाते समय आशीष तुम्हें अपने साथ ले जाता था। तुम्हें भले ही दिन भर अकेले होटल के कमरे में ऊबना पड़ता था; किंतु दिल्ली तक आने-जाने का सफर साथ करेंगे, आशीष का यह आग्रह रहता था। अब शाम को या रात को वह तुम्हें केवल इतना ही बताता था कि सुबह पाँच बजेवाली बस से उसे दिल्ली जाना है। कब लौटना है, यह तो तुम्हें बताता है; किंतु किसलिए जाना है, किससे मिलना है, किस प्रकार के व्यापारिक हित दिल्ली जाने से संधेंगे या किस विषय पर किससे क्या बातचीत होगी, इस बारे में वह तुमसे चर्चा तक नहीं करता।

मैं समझ सकती हूँ कि व्यावसायिक दृष्टि से संभव है, आशीष को तुम्हारी उपादेयता न लगी हो; किंतु किराए के मकान में पत्नी और बेटे के साथ रहनेवाला आशीष परिवार की छोटी-छोटी जरूरतों को भी अनदेखा करेगा, यह समझ में नहीं आता। सब्जी वह कभी लाएगा नहीं। गरमियाँ शुरू हो जाएँ, पंखा खराब पड़ा है तो उसे ठीक कराने के लिए वह कुछ करेगा

नहीं। सुबह देर से उठता है, अफरा-तफरी में तैयार होकर काम पर चला जाता है, इसलिए डेयरी से दूध लेने जाएगा नहीं। तुम लोग दूसरी मंजिल पर रहते हो। ऊपर पानी की टंकियाँ तो हैं, तुम लोग दूसरी मंजिल से उतरकर नीचे पीने का पानी लेने जाते हो। आशीष कभी नीचे से पानी भरकर लाएगा नहीं। और तो और, टंकियों का पानी जिस नल से तुम्हारे फ्लैट में आता है, उसका वॉशर खराब हो जाए या वॉशर गल जाए और पानी बहता रहे तो वह स्वयं वॉशर बदल दे या मिस्त्री को भेजकर ठीक करवाए, इतना ध्यान भी उसे रहेगा नहीं।

कभी-कभी जब वह अच्छी मन:स्थिति में होता है तो तुमसे वादा जरूर करता है कि दूसरे दिन से सुबह दूध लाने और पानी भरने का काम वह स्वयं करेगा; किंतु दूसरे दिन सुबह, उसी के कहे अनुसार, जगाने पर वह झुँझलाता है। छोटी-छोटी बातों पर तुम लोग तनावग्रस्त हो जाते हो। एकाध बार भावुक होकर आशीष ने तुमसे कहा भी है—"यह मकान अमंगलकारी है। जब से यहाँ आए हैं, हम झगड़ते ही रहते हैं।" सीमेंट, मिट्टी, बजरी, कंकरीट और पत्थर की दीवारें भावनाओं से मरे हृदयों पर कब से भारी पड़ने लगीं, यह बात मेरी समझ से बाहर है।

बाकी सब बातें छोड़ो। तुमने भी महसूस किया होगा बेटी कि लगभग छह महीनों से आशीष का मेरे प्रति व्यवहार बदल रहा है। अब वह मुझसे व्यवसाय संबंधी कोई चर्चा नहीं करता। पूछती हूँ तो बता जरूर देता है, किंतु अपनी ओर से कभी कुछ नहीं कहता। उससे और तुमसे मिले कई-कई दिन गुजर जाते हैं। घर में फोन है नहीं। आशीष को फोन करती हूँ तो बात हो जाती है। आशीष अपनी ओर से फोन तक नहीं करता। तुम्हारे मकान मालिक के पास टेलीफोन है; किंतु आशीष ने बहुत जरूरी होने पर ही मकान मालिक के टेलीफोन पर बात करने की हिदायत दी है। 'हिदायत' शब्द का इस्तेमाल मैं जान बूझकर कर रही हूँ। यह बात कही तो संकोच के साथ थी उसने, किंतु उसके लहजे में जो कुछ था, उसे 'हिदायत' के सिवाय और कुछ नहीं कहा जा सकता है।

तुम्हें ध्यान होगा, पिछले महीने बीस-बाईस दिन तबीयत खराब होने के कारण मैं बिस्तर पर ही पड़ी थी। आशीष ने औपचारिक रूप से ही सही, मगर एक बार भी नहीं कहा कि "ममा, स्वाति यहीं रह जाएगी।" कुल मिलाकर तीन बार तुम लोग मेरा हालचाल पूछने के लिए आए। इस बीच आशीष ने कभी टेलीफोन करने की जरूरत महसूस नहीं की। जब मेरे प्रति आशीष में यह परिर्वतन आ गया है तो तुम्हारे मामले में उसकी स्थिति की कल्पना मैं बखूबी कर सकती हूँ।

इस तरह की बातें मुझे तुम विस्तार से नहीं बतातीं। तुम्हें लगता होगा, ममा परेशान होंगी। किंतु बेटी, तुम्हारे न बताने से मेरी परेशानी और बढ़ जाती है। मैं शुभ-अशुभ न जाने क्या-क्या सोचती रहती हूँ। लगातार सोचते रहने के कारण मेरे स्वास्थ्य पर विपरीत प्रभाव पड़ा है। तुम विस्तार से यदि सबकुछ मुझे बताओ तो संभव है, मैं और ज्यादा परेशान हो जाऊँ; किंतु विस्तार से सबकुछ सुन लेने के बाद अंदर-ही-अंदर खौलते रहने का सिलसिला कम हो जाएगा।

लेकिन तुम मुझे खुलकर सबकुछ बताओ या न बताओ, व्यावहारिक दृष्टि से विशेष अंतर नहीं पड़ता। मैं तो अपना जीवन कमोबेश जी ही चुकी हूँ। आशीष और तुम्हारे सामने पूरी जिंदगी है। मुझे यह कल्पना भी दुःख देती है कि तुम्हारी जिंदगी में तनाव है। इसीलिए आज शाम को कहानी पढ़कर मैं डर गई थी और उसके नायक-नायिका से तुम्हारी और आशीष की तुलना कर बैठी थी। अपने अंदर खौलते रहने की बजाय सदाशयतापूर्वक एक-दूसरे के सामने खुलने की जरूरत मुझे इसी कारण महसूस होती है।

आशीष ने पहली मुलाकात के दौरान जो कुछ मुझसे कहा था, उससे बहुत ज्यादा उसने तुमसे कहा होगा। आशीष ने जो कुछ मुझसे या तुमसे कहा था, उसे याद करके वह जीवन में उतारने की कोशिश शुरू करे तो कई समस्याएँ अपने आप सुलझ जाएँगी। आग्रहमुक्त होकर स्वाभाविक जीवन जीना ही जिंदगी का मूल मंत्र है। मकान बदलने से कुछ नहीं होगा, बेटी। अभी देर नहीं हुई है। स्थितियाँ अंधे मोड़ पर पहुँचें, उससे पहले

तुम लोगों को सँभलना होगा। मैं नहीं कहती कि आशीष को तुमसे कोई शिकायत नहीं होगी। उसकी शिकायतों को तुम और तुम्हारी शिकायतों को वह खुले मन से दूर करने की चेष्टा करो।

यदि मैं तुम दोनों की जिंदगी से निकल जाऊँ तो मुझे तनिक भी बुरा नहीं लगेगा और तुम भी इसका बुरा मत मानना, बेटी। तुम दोनों एक-दूसरे के, एक-दूसरे के लिए बने रहो, यही मेरी पहली और अंतिम इच्छा है।

□

दीमक

दृश्य एक

प्रदेश के मुख्यमंत्री आमंत्रित हैं। उन्हें बैंक की नई शाखा का उद्‌घाटन करना है। विशाल पंडाल खड़ा किया गया है। पूरा पंडाल सफेद चाँदनी से सजा है। मंच पर चाँदी के तीन भव्य सिंहासन हैं। पंडाल में बढ़िया कुरसियों की कतारें हैं। फीता काटने के लिए चाँदी की तश्तरी में चाँदी की कैंची रखी गई है। मुख्यमंत्री को उद्‌घाटन के बाद ये दोनों वस्तुएँ भेंट में दी जाएँगी। चाँदी का एक पानदान भी स्मृति-चिह्न के रूप में मँगवाया गया है। मुख्यमंत्री पान खाने के बेहद शौकीन जो हैं!

उद्‌घाटन के बाद दोपहर के भोजन के लिए प्रायः सारे गाँव को आमंत्रित किया गया है। हलवाई युद्धस्तर पर काम में जुटे हैं। पूड़ी, चावल, तीन सब्जियाँ, रायता और एक मिठाई तैयार करने में उन्होंने अपनी पूरी क्षमता झोंक दी है। दो हजार लोगों के भोजन की व्यवस्था करना मजाक तो नहीं है। विशिष्ट अतिथियों के लिए शीतल पेय एवं पोषक स्वादिष्ट खाद्य-पदार्थ शहर से मँगवाए गए हैं।

राजधानी से मीडियावाले बुलाए गए हैं। उन्हें टैक्सियों में बैठाकर उद्‌घाटन-स्थल तक लाया गया है। आकाशवाणी के टेपरिकॉर्डर, अनेक चैनलों, दूरदर्शन और फिल्म प्रभाग के मूवी कैमरा, सरकारी व निजी फोटोग्राफर कैमरा थामे तैयार खड़े हैं।

वरिष्ठतम अधिकारी स्वयं सारी व्यवस्थाओं का जायजा ले चुके हैं।

दृश्य दो

चपरासी मैनेजर के कैबिन में खड़ा है।

"साँगानेरी गेट से रामबाग सर्किल जाने में चालीस रुपए खर्च हो गए?"

"हाँ, साब।"

"कैसे गए थे?"

"जी, साइकिल रिक्शा से।"

"झूठ बोलते हो? तुम अपनी साइकिल से नहीं गए थे?"

"नहीं, साब। आज तो मैं साइकिल लाया ही नहीं।"

"नहीं लाए तो क्या हो गया? किसी और की साइकिल नहीं ले जा सकते?"

"नहीं, साब। मैं सच कहता हूँ। साइकिल रिक्शा से ही गया था।"

"साइकिल रिक्शावाले ने चालीस रुपए ले लिये?"

"हाँ, साब। बीस रुपए जाने के और बीस रुपए वापस आने के।"

"खैर, तुम चाहे हेलीकॉप्टर से जाओ, मुझे कोई मतलब नहीं है। तुम्हें सरकारी बस से या किराए की साइकिल से जाना चाहिए था।"

"साब, पहले भी सब लोग साइकिल रिक्शा से जाते रहे हैं।"

"जाते रहे होंगे। मैं गलत काम नहीं करूँगा। तुम पाँच रुपए का बिल बना लाओ।"

दृश्य तीन

यूनियन का नेता मैनेजर के सामने कुरसी पर बैठा है। मैनेजर के होंठों पर मुसकराहट और नेता के तेवरों पर बल हैं।

"साहब, अगर आपका यही रवैया रहा तो मेरा कोई भी आदमी कल से बाहर नहीं जाएगा।"

"लेकिन मैंने भुगतान देने से मना कब किया है?"

"चालीस रुपए की जगह पाँच रुपए देकर आप हम पर एहसान कर रहे हैं?"

''जायज बिल पर मैंने कभी एतराज किया है?''

''जायज-नाजायज हम कुछ नहीं जानते। हमारा आदमी अगर साइकिल से गया है तो भी उसने मेहनत की है। आप उद्घाटनों पर हजारों रुपए खर्च कर सकते हैं, लेकिन एक चपरासी को चालीस रुपए देते हुए आपको जायज-नाजायज याद आता है!''

''छोटी सी बात को लेकर इतने नाराज क्यों होते हैं? आप कहते हैं तो लाइए, बिल पास कर देता हूँ।''

□

जंग

सुन तो रहा था कुछ दिनों से मगर मन में विश्वास था कि मुझसे बात किए बिना बिल्डर कोई कदम नहीं उठाएगा। भले ही मेरी पत्नी के नाम हो, लेकिन उसे अच्छी तरह पता था कि दुकान मेरी है कि वास्तविक मालिक मैं हूँ। फिर व्यवसाय कर रहा हूँ यहाँ पिछले छह सालों से। बात करने के लिए कोई मशक्कत भी नहीं करनी थी उसे। आदमी भेजकर केवल बुलवाना था। मैं मिल आता बिल्डर से। रोब से, विनम्रता से, लेन-देन के अंदाज में या समझाकर जो कुछ कहना चाहे, कह सकता था। क्योंकि उसकी आयु लगभग साठ वर्ष है और मैं अभी तीस का भी नहीं हुआ हूँ, क्योंकि वह शहर के बेहद मशहूर कॉम्प्लेक्स का कर्णधार है और मैं कॉम्प्लेक्स की लगभग दो सौ दुकानों में से सिर्फ एक का मालिक हूँ, क्योंकि उसके रसूखात का एक छोटा सा हिस्सा भी मेरे नसीब में नहीं है, उसकी हैसियत के सामने मेरा वजूद शून्य है, इसलिए यदि बुलाकर बात करता तो मैं शायद ही उसकी मरजी के खिलाफ अपनी चलाने का साहस कर पाता।

परंतु बिल्डर ने न बात की और न बताया। अचानक मजदूर आए और दुकान के सामने तोड़-फोड़ शुरू कर दी। देखा तो चौंक गया। भनक के बावजूद क्योंकि भरोसा था कि बात किए बिना बिल्डर काम शुरू नहीं कराएगा, इसलिए एक बार तो लगा कि कुछ और करा रहा होगा। काम उसका इंजीनियर करा रहा था। देखा-भाला था। मैं दुकान से नीचे

उतरा। इंजीनियर से पूछा तो पता लगा, किसी दूसरे उद्देश्य से नहीं, तोड़-फोड़ बेसमेंट में जाने के लिए सीढ़ियाँ बनवाने के मकसद से की जा रही है। दुकान के सामनेवाली जगह का आधा भाग खोदकर वहाँ से नीचे उतरने के लिए सीढ़ियाँ बनाई जानी थीं। अगर यहाँ सीढ़ियाँ बनती हैं तो मुझे, केवल मुझे नुकसान होगा। दुकान की दस फीट की चौड़ाई घटकर पाँच फीट रह जाएगी। अंदर आने का रास्ता तो सँकरा होगा ही, दुकान की खूबसूरती पर भी असर पड़ेगा। कीमत घट जाएगी। अगर किराए पर देना चाहूँगा तो आज की तुलना में लेनेवालों की संख्या कम होगी। किराया कम मिलेगा। ग्राहक का ध्यान कम आकर्षित होगा। बिक्री कम होगी। मुनाफा घटेगा।

इंजीनियर को निवेदन किया कि मैं बिल्डर से बात करता हूँ। जब तक बात हो जाए, मेहरबानी करके काम रुकवा दें। उसने मेरा अनुरोध आसानी से स्वीकार कर लिया। निश्चय ही बिल्डर को तोड़-फोड़ शुरू कराने के बाद संभावित मेरी प्रतिक्रिया का पूर्वानुमान था। इंजीनियर को नरम रहने के लिए पहले ही कह दिया होगा उसने। अन्यथा निवेदन क्या, गिड़गिड़ाने का भी खातिरख्वाह असर इंजीनियर के ऊपर पड़ता, यह बात असंभव थी। आखिर नौकर तो बिल्डर का था वह!

मैं गया तो बिल्डर ऑफिस में नहीं था। लौटकर इंजीनियर को बताया तो उसने खुद ही कहा, ''आप आजकल में सर से बात कर लीजिएगा। काम मैं आपके कहने के बाद ही शुरू कराऊँगा।'' बिल्डर से मिलने की मैंने फिर कोशिश की, लेकिन शाम तक मुलाकात नहीं हो सकी। कोई विकल्प नहीं था बिल्डर से मुलाकात को दूसरे दिन पर डालने के अतिरिक्त।

कल बिल्डर से बात जरूर करूँगा, मगर मुझे उससे कोई लाभ होने की संभावना नजर नहीं आ रही थी। मेरे दुकान का रास्ता काटकर बेसमेंट में जाने के लिए सीढ़ियाँ बनवाने की इजाजत उसे कानून नहीं देता। मैं वाद दायर करूँ तो सीढ़ियों के निर्माण पर रोक भी लगेगी और उस जगह से सीढ़ियाँ न निकालने के लिए बिल्डर को पाबंद भी किया

जाएगा। लेकिन मुझे कारोबार यहीं चलाना है, इसी कॉम्प्लेक्स में। कोई-न-कोई बहाना बनाकर बिल्डर मुझे तंग करेगा। दुकान खरीदी हुई है। छोड़कर कहीं और जाया नहीं जा सकता। बेचूँगा तो कायर कहलाऊँगा। वैसे पीठ दिखाना भी चाहूँ तो इस समय कौन मूर्ख होगा, जो खरीदेगा यह दुकान मुझसे? कॉम्प्लेक्स के लगभग सभी दुकानदार बिना विरोध किए बिल्डर की सही-गलत सब बातें मानते हैं। अदालत जाऊँगा तो कोई भी दुकानदार साथ नहीं देगा। हो सकता है, बिल्डर के इशारे पर कुछ दुकानों के मालिक मेरा मुखर विरोध करें। जीना मुहाल हो जाएगा।

जैसा अंदेशा है, बातचीत के बाद भी यदि बिल्डर नहीं मानता है तो क्या मैं उसे सीढ़ियाँ निकलवाने दूँ? अन्याय कर रहा है। गलत और गैर-वाजिब काम कर रहा है। गैर-कानूनी कदम उठा रहा है। इसके बावजूद चुपचाप नुकसान बरदाश्त करूँ? हो सकता है, यहीं से सीढ़ियाँ निकलवाने के लिए बिल्डर ने नक्शे अनुमोदित करा लिये हों। रुपए के बल पर क्या नहीं कराया जा सकता है आजकल? बात करूँगा तो तुरत-फुरत जवाब देगा, 'मैं क्या कर सकता हूँ? कॉरपोरेशन का आदेश है। मैं तो केवल पालन कर रहा हूँ उसका।'

अगर मान लूँ, बेसमेंट में जाने के लिए मेरी दुकान के सामने से सीढ़ियाँ निकालने का आदेश सचमुच कॉरपोरेशन ने दिया है, तब भी मूल रूप से प्रस्ताव तो बिल्डर का रहा होगा! मेरे आसपास सारी दुकानें बिल्डर की अपनी हैं। जिस भी दूसरी दुकान के सामने से सीढ़ियाँ निकलेंगी, वह बिल्डर की होगी। दुकान की कीमत गिरेगी तो नुकसान सीधा बिल्डर का होगा। नक्शे अनुमोदित कराने के लिए जितनी रकम खर्च हुई होगी, संभावित नुकसान की तुलना में बहुत कम है। बिल्डर हर तरह से फायदे में है। मेरी दुकान के सामने सीढ़ियाँ बनेंगी तो नुकसान किसी दूसरे को नहीं अकेला मुझे होगा। इसके बावजूद भविष्य की संभावनाओं से डरकर बिल्डर की दादागिरी को बरदाश्त कर लूँ? फिर ताकत का इतना घमंड कि काम शुरू कराने से पहले बताने या बात करने की आवश्यकता भी महसूस नहीं हुई उसे? नपुंसक बनकर देखता रहूँ यह नाकाबिले बरदाश्त घटना?

शाम को वकील से सलाह ली। मौके पर ले जाकर उसे सारी स्थिति से अवगत कराया। सारा मामला समझने के बाद उसने विश्वास दिलाया कि अदालत से पहले काम रुकवाना और बाद में स्थायी निषेधाज्ञा लेना संभव है। कागज तैयार करने में एक दिन का समय लगेगा। किसी भी तरह एक दिन के लिए अपने स्तर पर प्रयत्न करके काम बंद रखवाना पड़ेगा। काम शुरू हो गया तो अदालत की रोक के बाद, तब तक हुई खुदाई या निर्माण अंतिम निर्णय आने तक यथास्थिति में रखना पड़ेगा। स्वाभाविक है, इससे दीर्घकाल तक दुकान प्रभावित रहेगी। बिल्डर काम बंद रखे, इसका उपाय भी वकील ने बताया।

तदनुसार दूसरे दिन सुबह मैं और मेरी पत्नी बिल्डर के घर गए। पत्नी साथ थी, इसलिए आवश्यकता पड़ने पर अदालत में दलील दी जा सकती थी कि दुकान मालिक ने स्वयं बिल्डर से अनुरोध किया था। थोड़ी ही सही, लेकिन यह संभावना भी थी कि महिला की उपस्थिति में बिल्डर कुछ नरमी दिखाएगा। हो सकता है, अन्यथा भी बिल्डर घर में सलीके से पेश आता! हो सकता है, पत्नी साथ थी इसलिए बिल्डर ने चाय पिलाकर शिष्टता से बातचीत की हो! बहरहाल घुमा-फिराकर बिल्डर ने समझाने की पुरजोर कोशिश की कि सीढ़ियाँ निकलने से हमें नुकसान नहीं, फायदा होगा। अगर सीढ़ियाँ निकालने की हम स्वीकृति देते हैं तो उसका भरपूर सहयोग और सहकार मिलता रहेगा। दूसरों को जिनकी अनुमति नहीं मिलती, ऐसे काम भी हमें करने दिए जाएँगे। प्रकारांतर से नरम रेशमी कपड़े में लपेटकर बिल्डर धमकी दे रहा था, "सीढ़ियाँ बनवाने में अड़ंगा डालोगे तो छोड़ूँगा नहीं तुम्हें! कॉरपोरेशन का आदेश है। नक्शे स्वीकृत हैं। तुम कुछ भी कर लो, सीढ़ियाँ हर हाल में बनेंगी।"

सोचने के लिए दो दिनों का समय लेकर हम लौट आए। योजनानुसार दो दिन हमारे पास थे। इस बीच अदालती काररवाई करके बिल्डर को पाबंद किया जा सकता था।

माना, बिल्डर को अदालत काम करने से नहीं रोक सकती! सीढ़ियाँ भी बनेंगी और बिल्डर से हमेशा के लिए दुश्मनी भी तय हो जाएगी।

पैसा बरबाद होगा। बेइज्जती होगी। कॉम्प्लेक्स के दुकानदारों की दृष्टि में उपहास का पात्र बनूँगा। तो फिर चुप क्यों न रह जाऊँ? होने दूँ जो होता है। अगर विसाले सनम न हो और खुदा भी न मिले तो इतनी मशक्कत क्यों की जाए?

मैं मूल रूप से सिंध का रहनेवाला हूँ। विभाजन के समय लाखों की संख्या में सिंधीभाषी भारत आए। आर्थिक दृष्टि से लुटे-पिटे, रोटी-कपड़े-मकान की दृष्टि से मोहताज और भविष्य को लेकर अनेक आशंकाओं से घिरे उन लोगों के पास मेहनत के जज्बे के अतिरिक्त कोई संपदा नहीं थी। बुद्धि से काम लेते हुए उन्होंने जी-तोड़ परिश्रम किया। शर्म, लिहाज और अपना अतीत भुलाकर परिवार के हर छोटे-बड़े सदस्य ने वह सब किया, जो सिंध में रहते हुए कल्पनातीत होता। स्थानीय लोग, पड़ोसी, व्यापारी, मिलने-जुलने वाले, परिचित क्या कहते या सोचते हैं, इसकी चिंता न करके अपने पैरों पर खड़े होने के लिए उन्होंने संघर्ष किया। सर्दी, गरमी, बरसात उनकी राह रोक नहीं पाई। परिश्रम किया जरूर, मगर बुद्धि को जेब में रखकर नहीं, उसका खुलकर इस्तेमाल करते हुए। प्रगति की तलाश में दिन को दिन व रात को रात नहीं समझा उन्होंने। जहाँ आवश्यक लगा, झुके। जहाँ आवश्यक लगा, समझौते किए। जहाँ आवश्यक लगा, टकराए।

इस बिल्डर ने जो किया है मेरे साथ, वह तो कुछ भी नहीं है। दुकान और मकान मालिक, सरकार और कॉरपोरेशन, पुलिसवाले और गुंडे, छोटे और बड़े स्थानीय व्यापारी, भाषा और स्वभाव, सम्मान की आकांक्षा और अनुपलब्धता की अँधेरी कंदराओं में से गुजरते हुए साम, दाम, दंड, भेद सबकुछ आवश्यकतानुसार आजमाया था उन्होंने। समय साक्षी है कि आसमान से जमीन पर धड़ाम से आ गिरे सिंधीभाषियों के कंठ का सफलता के उन सब पुष्पहारों, जिनके वे हकदार थे। हताश होकर हाथ-पाँव डाल देते, मैदान छोड़ देते तो जो गौरवपूर्ण स्थान आज उन्हें प्राप्त है, कभी नहीं मिलता।

ठीक है कि मैंने वे कठिन दिन नहीं देखे हैं, लेकिन मैं जानता हूँ

कि मेरी रगों में दौड़ते खून का रंग सब इनसानों की तरह लाल हुए एक विशेष प्रकार चमक लिये हुए है। चमक न होती तो संभवत: बहुत पहले मैं हार मान चुका होता। भले ही बिल्डर और कॉम्प्लेक्स के दुकानदार सदा के लिए वैरी बन जाएँ, भले ही बरबाद हो पैसा, लेकिन अन्याय बरदाश्त नहीं करूँगा। जिला अदालत ने रोक नहीं लगाई तो उच्च न्यायालय और उच्चतम न्यायालय में अपील। सच के सूरज को हथेली से नहीं छिपा सकता बिल्डर!

मेरी मुट्ठियाँ जोर से कस जाती हैं। मांसपेशियाँ तन जाती हैं। कायरता नहीं दिखाऊँगा। लड़ूँगा, जरूर लड़ूँगा यह जंग मैं।

□

ध्वंस

पेशे से वकील हूँ और रुचि से राजनीतिज्ञ हूँ। बचपन से गीत, नृत्य, नाटक और संगीत में रुचि रही है। यदि कोई संस्था रंगमंचीय गतिविधियों के साथ मुझे जोड़ती है तो मैं सक्रिय सहयोग देता हूँ। कविता, कहानी या किसी प्रकार के अन्य लेखन से मेरा कोई वास्ता नहीं है। बाहर से बहुत साफ-सुथरा, सहृदय, मानवीय व्यवहार में कुशल और दुःख-दर्द बाँटनेवाला व्यक्ति हूँ; जबकि अंदर से केवल एक ही बात मस्तिष्क में होती है कि यदि मुझे कोई नुकसान नहीं होता तो संबंध बनाए रखने में क्या खराबी है।

मेरी सदाशयता का प्रमाण सबको मिलता है। चाहे अमीर है या गरीब, चाहे प्रतिभाशाली है या सामान्य, चाहे ऊँची जाति का है या नीची जाति का, चाहे कारखानेदार है या छोटा-मोटा दुकानदार—सभी मेरे घर से वांछित सम्मान पाकर लौटते हैं। चाय-पानी-शरबत पिए बिना कोई व्यक्ति मेरे घर से वापस नहीं जाता। अपने इस व्यवहार के कारण जहाँ एक साफ-सुथरे, सबको सम्मान देनेवाले व्यक्ति के रूप में मेरी छवि बनती है, वहीं कभी कभी विपरीत स्थिति भी दिखाई देती है। दुनिया में 'मुंडे-मुंडे मतिर्भिन्ना' की तर्ज पर हर आदमी की सोच अलग होती है। काम किसी भी अच्छी या बुरी भावना के साथ किया जाए, किंतु यदि दस-बीस लोगों से प्रतिक्रिया ली जाएगी तो वह अलग-अलग ही होगी।

चाय पिलाकर सम्मान करने का एक ऐसा दुष्परिणाम भी देखने में

आया है कि कभी-कभी मुझमें रूखापन आ जाता है। सामान्य सा पद और पैसे, योग्यता की दृष्टि से मुझसे बहुत कम कोई व्यक्ति मुझसे मिलने आता है तो पहली बार यह अपेक्षा नहीं करता कि मैं उसे चाय पिलाऊँगा। अगर वह लगातार आता रहता है और मैं हर बार उसे चाय पिलाता रहता हूँ तो चाय को वह एक सामान्य प्रक्रिया के रूप में स्वीकार कर लेता है। तब चाय का पिलाना उसे महत्त्वपूर्ण नहीं लगता। उसे तकलीफ तब होती है, जब किसी कारण से किसी दिन चाय नहीं पिलाई जाती।

वह उर्दू का एक सामान्य सा कवि है। आलू-प्याज का ठेला लगाता है। लगभग साठ वर्ष का होगा, अर्थात् मुझसे कोई बीस वर्ष बड़ा। पिछले कुछ वर्षों से पंद्रह-बीस दिनों में एक बार वह जरूर आता है। यह ठीक है कि मैं वक्त-जरूरत उसकी मदद करता रहता हूँ। कहीं पत्र लिखवाना हो, कहीं टेलीफोन पर छोटी-मोटी बात करनी हो, कोई सलाह-मशवरा देना हो या मेरे लिए कोई ऐसा छोटा सा काम, जो उसको बड़ा प्रतीत होता है, मैं कर देता हूँ। शायरी की किताब छपवाता है तो इधर-उधर से दो-एक विज्ञापन दिलवा देता हूँ।

मुझे आश्चर्य होता है कि ऐसा कौन सा कारण है, जो उसे मेरे पास आने की प्रेरणा देता है। वकालत और राजनीति का आलू-प्याज के ठेले से दूर-दूर तक कोई तालमेल नहीं बैठता है। मैं उसके साथ सदाशयतापूर्वक बात करता हूँ। उसे वही सम्मान देता हूँ, जो बराबर के व्यक्ति को दिया जाना चाहिए। मेरा योगदान यदि माने तो बस इतना ही होता है। किंतु काम हो या न हो, वह मुझसे मिलने जरूर आता है। रुचियाँ भिन्न-भिन्न हैं ही। इसी कारण यह समझना मेरे लिए कठिन है कि मेरे पास आकर वह अपने और मेरे समय को क्यों नष्ट करता है।

मैं बहुत अच्छी तरह से जानता हूँ कि उसका मेरे लिए कोई उपयोग नहीं है। यदि किसी दिन मैं उसको कहूँगा कि पाँच कि.ग्रा. आलू और पाँच कि.ग्रा. प्याज मेरे घर पहुँचा दे तो शायद वह बहुत बुरा मान जाएगा। व्यवसाय और रुचि दोनों स्तरों पर मेरे लिए उसका कोई उपयोग नहीं है।

आयु की दृष्टि से अंतर इतना अधिक है कि मैं उससे अपनी बात खुलकर कह नहीं पाता। संभवत: वह मेरी बात सुनने के लिए आता भी नहीं है। आते ही वह खुद बोलना शुरू कर देता है और जाने तक लगातार बोलता रहता है। मैं बीच-बीच में बोलकर केवल विराम और अर्द्धविराम लगाने का काम करता हूँ। बहुत अधिक बोलता है, बात यहीं समाप्त नहीं होती; जो कुछ बोलता है, उसका अधिकांश हिस्सा या तो आत्मप्रशंसा होता है या उसमें अनर्गलता होती है।

कभी-कभी वह एक ऐसे व्यक्ति का गुणगान करने लगता है, जिसके बारे में उसे अच्छी तरह मालूम है कि वह मेरा विरोधी है। यह समझना मुश्किल नहीं है कि अपने विरोधी की प्रशंसा मुझे अच्छी नहीं लगती होगी। फिर भी तेज रफ्तार से बोलता हुआ वह उसकी समझदारी, उसकी दयानतदारी, उसकी प्रतिष्ठा और उसके ताल्लुकात की चर्चा करता है। बहुत अच्छे श्रोता की तरह मैं मुसकराते हुए उसकी बातें सुनता हूँ और सिर हिलाता रहता हूँ।

अनुभव—संसार विशाल है और याददाश्त कमजोर, इसलिए अपनी कही हुई बातों को वह बार-बार दोहराता है। उसे याद नहीं होता कि जो घटना रस ले-लेकर वह मुझे सुना रहा है, उसे तीन बार पहले भी सुना चुका है।

कभी-कभी मुझे लगता है कि इस तरह अपना वक्त बरबाद करके मैं ठीक नहीं करता। यदि महीने में दो घंटे भी मुझे उसके नाम लिखने पड़ते हों तो उसके बदले मुझे आज या भविष्य में क्या मिलेगा? केवल इतना ही कि जो पाँच-सात लोग उसके मिलने-जुलनेवाले हैं, उनके बीच वह मेरी तारीफ करेगा।

किंतु उस तारीफ से मुझे क्या मिलेगा? अगर एक पौधा मैं आज रोपता हूँ, उसे खाद देता हूँ, सींचता हूँ तो इसलिए कि कभी-न-कभी बढ़कर वह पौधा पेड़ बनकर मुझे मीठे-मीठे फल देगा, किंतु यदि मुझे पता हो कि उस पौधे को सींचकर, बड़ा करके भी फल तो दूर, मुझे उसकी छाया

तक नहीं मिलेगी, तो मैं इतनी मशक्कत क्यों करूँगा? अपने इस प्रश्न का मेरे पास कोई उत्तर नहीं होता। ईमानदारी से कहूँ तो मैं उत्तर चाहता भी नहीं हूँ। उत्तर मिलेगा तो उसके अनुरूप मैं अपने व्यवहार में परिवर्तन कर लूँगा। कहीं यथास्थिति का एक मोह है, जो बार-बार बोरियत झेलने के लिए विवश करता है। ऐसा नहीं है कि मैं उसकी हर बात को सिर हिलाकर सहर्ष स्वीकार कर लेता हूँ, इनकार भी करता हूँ। उसके व्यवहार का कोई पहलू यदि मुझे बहुत अप्रिय लगता है तो उसका सशक्त विरोध भी करता हूँ। किंतु ऐसा हुआ इक्का-दुक्का बार ही है। बाकी मामलों में वह चाहे कितना भी लापरवाह और मूर्खता की सीमा तक नासमझ हो; किंतु जिन बातों का मैं विरोध करता हूँ, उन्हें वह कभी नहीं दोहराता।

आलू-प्याज का ठेला लगाता है। जिस वातावरण में उठता-बैठता है, संभवतः उसी का प्रभाव है कि वह एक गाली विशेष का प्रयोग तकियाकलाम की तरह करता है। प्रारंभ में एक-दो बार तो मैंने सुनकर भी उस गाली को अनसुना कर दिया; किंतु उसके बाद कठोर शब्दों में उसको साफ-साफ कहा कि मुझसे बात करते हुए वह अवांछित शब्दों का प्रयोग नहीं करे। उसने हँसकर वातावरण को, परिस्थितियों को तथा प्रारंभ से बनी आदतों को दोष दिया और अपना बचाव करने की चेष्टा की, किंतु जब इसके बाद भी मैंने विरोध किया तो फिर कभी उसके मुँह से मेरे सामने वह गाली नहीं निकली।

जाहिर है कि विरोध के मुद्दे वही हो सकते हैं, जो मुझे किसी भी स्थिति में स्वीकार्य नहीं हैं। भाषणनुमा लहजे में आत्मप्रशंसा, विरोधी की मुक्तकंठ से की गई सराहना, अर्थहीन बातें आदि मुझे अच्छी नहीं लगतीं; फिर भी मैं उसे कुछ नहीं कहता, मुसकराते हुए उसकी बातें सुनता रहता हूँ। इसलिए शायद उसे लगता है कि उसकी बातें मुझे अच्छी लगती हैं। चाय पिए बिना उसको जाने नहीं देता, इसलिए उसे लगता है कि मैं उसको अपने बराबर का सम्मानित व्यक्ति मानता हूँ। बोलता वह यों भी बहुत जोर से है; किंतु जिन विषयों पर वह असहमत होता है, उन पर बोलते हुए

उसकी आवाज की ऊँचाई और बढ़ जाती है। जोर-जोर से और तेज रफ्तार से बोले हुए उसके वाक्य सुनकर भंगिमा, प्रवाह एवं मुद्रा के आधार पर ऐसा प्रतीत होता है, गोया वह लड़ रहा है। किंतु मैंने कभी इन स्थितियों का भी विरोध नहीं किया है।

उसे मालूम है कि मैं दस बजे अदालत जाता हूँ। घंटा-आधा घंटा अदालत जाने की दृष्टि से तैयारी के लिए मुझे चाहिए। इसके बाद भी वह अकसर सुबह ही आता है। उस समय ठेले पर उसका लड़का होता है। वह मंडी से आलू-प्याज खरीदकर ठेले पर भिजवा देता है और यदा-कदा, जब भी उसका मन करे, मेरे पास चला आता है। सुबह आठ बजे आए, तब तक तो ठीक है, किंतु इसके बाद आने पर मैं कसमसाहट महसूस करने लगता हूँ। इस संबंध में खुलकर कुछ कहना मुझे ठीक नहीं लगता, इसलिए घुमा-फिराकर कहता हूँ। किंतु वह आने के बाद अपना समय लेकर ही लौटता है। मेरे पास समय है या नहीं है, इसकी चिंता वह कभी नहीं करता। मैं सुबह मुवक्किलों को नहीं बुलाता हूँ, इसलिए उसे लगता है कि वह अधिकारपूर्वक मेरे समय का उपयोग कर सकता है। दाढ़ी बनानी है, स्नान करना है तो ड्राइंगरूम में उसे अकेला बैठाकर मैं जा नहीं सकता। पाँच मिनट के लिए भी जाता हूँ तो वह बुरा मानता है। इसलिए न चाहते हुए भी उसके साथ बैठता हूँ, उसकी निरर्थक बातें सुनता हूँ, उसे चाय पिलाता हूँ और होंठों पर मुसकराहट ओढ़े रहता हूँ।

पिछले सप्ताह दो ऐसी घटनाएँ हो गईं, जिनके कारण वह मुझसे बुरी तरह नाराज है। एक सुबह वह साढ़े नौ बजे आया। मैं अदालत जाने के लिए लगभग तैयार था। नाश्ता करके मुझे निकलना था। आते ही मुझे तैयार देखकर उसने कहा, ''आप जाने के लिए तैयार खड़े हैं। आपका अधिक समय नहीं लूँगा। केवल दो मिनट के लिए एक जरूरी बात करनी है, इसलिए आया हूँ।''

मुझे अच्छा लगा कि वक्त की जरूरत को समझकर वह सिर्फ काम की बात करेगा और लौट जाएगा। मैंने सतही और औपचारिक तरीके से

केवल पूछने के लिए पूछा, ''चाय तो पियोगे?''

''नहीं।'' सोफे पर बैठाकर मैं भी उसके पास बैठ गया और कहा, ''हाँ, बताइए, कौन सी जरूरी बात करनी है?''

उसने बोलना शुरू किया। पाँच मिनट, दस मिनट, पंद्रह मिनट गुजर गए; लेकिन वह जरूरी बात सामने नहीं आई। मैंने बीच में उसको टोका भी। जवाब में हाथ से इशारा करके मुझे रोकते हुए वह उसी रफ्तार से अपनी बात को आगे बढ़ाता रहा। तभी टेलीफोन आया। अदालत में एक मुवक्किल की पेशी थी। उस संबंध में कुछ जरूरी बातें वह पूछना चाहता था। स्वाभाविक रूप से बातचीत में आठ-दस मिनट लगे। मैं तिरछी नजरों से बीच-बीच में उसे देख लेता था। वह कसमसा रहा था।

मैं टेलीफोन पर बात कर ही रहा था कि वह एकाएक उठ खड़ा हुआ और बोला, ''टेलीफोन पर आपकी बात पता नहीं कितनी लंबी चलेगी, मैं जाता हूँ।''

मैंने उसकी बात को अनसुना करके टेलीफोन पर वार्त्तालाप जारी रखा। कुछ सेकेंड रुककर उसने मेरी तरफ देखा और फिर रवाना हो गया। मुख्य द्वार तक भी नहीं पहुँचा होगा कि टेलीफोन पर बात पूरी हो गई। मैं कमरे से बाहर निकला।

वह मुख्य द्वार तक ही पहुँच पाया था। थोड़ा जोर से मैंने कहा, ''जो जरूरी बात आप करने आए थे, वह तो बताते जाइए।''

तब तक वह सड़क पर पहुँच गया था। वहीं से आक्रोशपूर्वक उसने चिल्लाकर कहा, ''देख लिया आपको भी। मुझसे बात करने की फुरसत आपके पास हो तो कुछ बताऊँ! इतनी दूर से कोई आदमी आपके पास आता है तो आप उससे बातचीत करने के बजाय टेलीफोन पर बात करते रहते हैं। आलू-प्याज का ठेला लगाता हूँ न, आप समझते हैं कि गरीबों का कोई आत्मसम्मान नहीं होता। तो ठीक है, मैं सम्मान की भीख नहीं माँगने आया हूँ।'' साइकिल उठाकर मेरी बात सुने बिना वह रवाना हो गया।

मैंने उसके नाराज होकर चले जाने को गंभीरता से नहीं लिया। पहली

बात, जिस कारण से वह नाराज होकर गया था, उसमें मेरी कोई भूमिका नहीं थी। दूसरी बात, उसकी अरुचिकर बातों और अप्रिय व्यवहार से तब तक मन-ही-मन मैं उकता चुका था। मुसकराकर मन एवं चेहरे पर किसी प्रकार का कोई विपरीत प्रभाव लाए बिना मैं अंदर गया और जल्दी से नाश्ता करके अदालत निकल गया।

संयोगवश दूसरे दिन मैं बीमार पड़ गया। उलटी, सिरदर्द और तेज बुखार एक साथ मुझ पर हावी हो गए थे। बुखार एक सौ पाँच डिग्री तक चला गया। ठंडे पानी की पट्टियाँ, इंजेक्शन और बाकी सब तरह के उपाय करके तापमान को नियंत्रित करने के प्रयत्न हो रहे थे। सारा दिन, सारी रात मैं और पत्नी शारीरिक एवं मानसिक दृष्टि से परेशान रहे। तीन दिन बाद उलटियाँ, बुखार और सिरदर्द कुछ कम हुआ। सुबह-सुबह मुझे नींद आई ही थी। रोशनी बुझाकर, दरवाजे बंद करके, परदे गिराकर, आराम की दृष्टि से अधिकाधिक संभव सुविधाएँ जुटाकर पत्नी कमरे से बाहर चली गई थी। एकाएक मेरी नींद खुल गई। यों भी वह एक प्रकार की झपकी ही थी।

वह जोर-जोर से मेरी पत्नी पर नाराज हो रहा था, ''एक तो मैं इतनी दूर से उनका हालचाल पूछने आया हूँ और ऊपर से आप गुस्सा हो रही हैं। यह कोई सोने का समय है! मैं बेवकूफ नहीं हूँ। सब समझता हूँ। फिर बैठने के लिए भी आप मुझे कमरे में नहीं बुला रही हैं। बाहर धूप है और आप कहती हैं कि यहीं बैठो। इतना बड़ा मकान है आपका, फिर भी आप मुझे धूप में बैठने के लिए कह रही हैं!'' पत्नी ने बहुत धीमी आवाज में उसको कुछ कहा। उसकी गरजती हुई आवाज फिर गूँजी, ''अंदर नहीं बैठाना है तो कोई बात नहीं, उस तरफ तो बैठा सकती हैं! मेरे पास वक्त नहीं है। उन्हें जगाइए। मैं मिले बिना नहीं जाऊँगा।''

पत्नी ने शायद पड़ोसियों के यहाँ छाया में उसको बैठा दिया। दो मिनट बाद दरवाजा खोलकर, परदा हटाकर पत्नी ने अंदर झाँका। मेरी नींद खुल ही चुकी थी। पत्नी कुछ कहे, उससे पहले ही मैंने मुसकराकर कहा, ''उसे अंदर ले आओ।''

"वह फिर आकर आपका सिर खाएगा। मैं उसे लौटा देती हूँ।"

"नहीं, बुला लो उसको। मैं बात करना चाहता हूँ।"

पत्नी अनमनी सी बाहर जाकर उसे साथ ले आई। कमरे में प्रवेश करते ही उसने बोलना शुरू कर दिया, "मैंने तय किया था कि अब आपसे नहीं मिलूँगा, मगर आपकी तबीयत खराब होने की बात सुनकर रहा नहीं गया। आपकी पत्नी इतना शिष्टाचार भी नहीं जानती है कि बाहर से आए हुए व्यक्ति को मरीज से मिला तो दें। कमरे में बैठाने की बात तो दूर रही, वह मुझे धूप में बैठने के लिए कह रही थीं।"

मैंने इशारे से उसको बैठने के लिए कहा। वह बैठकर फिर बोलना शुरू करता, उससे पहले मैंने कहा, "आप मरीज का हालचाल पूछने आए हैं, उसका मर्ज बढ़ाने के लिए नहीं आए। दिनभर धूप में आलू-प्याज का ठेला चलाते हुए आपको तकलीफ नहीं होती, यहाँ दो मिनट के लिए धूप में बैठकर आप कुम्हला जाएँगे! अगर आपको लगता है कि मुझसे मिलकर आप कोई एहसान कर रहे हैं तो वह एहसान मुझे नहीं चाहिए। मेरी तबीयत ठीक नहीं है। आपसे ज्यादा बात नहीं कर पाऊँगा। जब ठीक हो जाऊँ, तब आपकी इच्छा हो तो आइएगा।"

सोचता हूँ, क्या उसकी बढ़ी हुई अपेक्षाओं के लिए दोषी मैं हूँ? मैंने सामाजिक और आर्थिक दृष्टि से खुद से कमस्तरीय व्यक्ति के साथ संबंध बनाए रखने की कोशिश की, गलती यहाँ थी? मैंने अच्छी न लगनेवाली बातें भी लंबे समय तक खामोशी से बरदाश्त कीं, क्या मुझसे चूक यहाँ हुई? मैं नहीं जानता, क्या होना चाहिए था; किंतु इतना जरूर कह सकता हूँ कि जिस पौधे को बहुत धूमिल से लाभ की आशा के साथ मैं अब तक पालता रहा था, आज उसे मैंने स्वयं उखाड़कर फेंक दिया था।

□

जीवित मक्खी

कहते हैं, जान-बूझकर जीती मक्खी कोई नहीं निगलता है। इस घटना से पहले मैं भी ऐसा ही समझता था। देख रहे हैं, समझ रहे हैं कि ठगी हो रही है। सेंध लग रही है। इसके बाद भी आँखें बंद रखने के लिए मजबूर हो जाएँ। भले ही ताले-सिटकनियाँ अधिक मजबूत बनवा लें, मगर जीभ गोंद से चिपकी रहती है। जानकारी मिलने और प्रमाण सहित पकड़ने के बाद जोश में आकर चाहे सोचा भी हो और धमकाया भी हो कि अब एक दिन के लिए भी बरदाश्त नहीं करेंगे। किंतु विचार किया तो लगा कि नहीं, इस जीती-जागती मक्खी को जानबूझकर निगलना पड़ेगा। फिलहाल दूसरा कोई रास्ता है नहीं।

बेकरी का व्यवसाय है। कारखाना नहीं है। अपने यहाँ कुछ तैयार भी नहीं करते हैं। एक प्रसिद्ध ब्रेड की पूरे क्षेत्र की एजेंसी ली हुई है। रात को दो-सवा दो बजे कंपनी का ट्रक खोखे लेकर आता है। उतरवाते, गिनते, सँभालते चार बज जाते हैं। इसके बाद हमारे लड़के ब्रेड दुकानदारों को देने के लिए निकलते हैं। सबको रवाना करते-करते छह बज जाते हैं। लगभग उसी समय सरकारी डेयरी का दूध का ट्रक आ जाता है। निर्धारित संख्या में किरेट उतारकर ट्रक तो चला जाता है, लेकिन दूध और ब्रेड खरीदने वाले ग्राहकों का सिलसिला चलता रहता है। इसके बाद सारा दिन आना-जाना लगा रहता है। दोपहर का भोजन करके घंटा-डेढ़ घंटा आराम भी कई बार मुश्किल हो जाता है। मुक्त होने की हजार कोशिशों के बाद भी रात को

दस-साढ़े दस बजे तक इस हलचल में फँसे रहते हैं।

स्पष्ट है, नींद पूरी न हो पाने के कारण शरीर थकान से भरा रहता है। दोपहर के समय एक विश्वास पात्र नौकर को काउंटर पर बैठाकर बड़ी मुश्किल से किसी तरह भोजन करके आराम करने का समय निकालता हूँ, लेकिन सुबह विशेषकर छह बजे से नौ बजे के बीच दुकान सँभालने के लिए किसी भरोसेमंद आदमी की जरूरत लगातार महसूस होती है। ऐसा कोई आदमी अगर मिल जाए तो दो-ढाई घंटे सोकर, ताजा होकर लगभग नौ बजे दुकान पर लौटा जा सकता है। ऐसी स्थिति में नींद की कमी शरीर को प्रभावित भी नहीं करेगी और मन लगाकर काम करना भी संभव हो पाएगा। दोपहर को गल्ले में गिनकर सौ-पचास रुपए छोड़कर दुकान नौकर के हवाले करने की बात सोची जा सकती है। उस समय ग्राहकी भी कम होती है और दुकान पर दूसरा नौकर भी रहता है। नकदी या किसी चीज की हेराफेरी करना कठिन है। मगर सुबह ग्राहकी ज्यादा होती है। उस समय गल्ले में से नकदी निकालने या दुकान से अपने किसी आदमी को चीज-बस्त देकर उससे पैसे न लेने की गुंजाइश अधिक है। इसलिए सुबह किसी उन्नीस-बीस भरोसेवाले आदमी को नहीं रखा जा सकता। विश्वास का आदमी हासिल करने की कोशिश जारी थी। जब तब अपेक्षानुमा आदमी मिले, भला-बुरा वक्त गुजारना मजबूरी थी।

सौभाग्य से मेरे एक निकट के मित्र के पिता सरकारी नौकरी से सेवानिवृत्त हुए। हैड क्लर्क थे शायद, इसलिए फाँ-फूँ नहीं थी। सीधे-सादे सज्जन पुरुष थे। वर्षों से एक-दूसरे के यहाँ आना-जाना था। कुछ खुद को व्यस्त रखने की इच्छा और कुछ पैसा कमाने का उत्साह, मित्र ने प्रस्ताव रखा कि उसके पिता को सुबह छह बजे से नौ बजे तक दुकान पर काम दिया जा सकता है। मैंने एक बार उसके पिता से आमने-सामने बात की। वे भी काम करने के इच्छुक थे। मेरे लिए इससे अच्छी बात शायद संभव नहीं थी। पुराने और निकट के पारिवारिक संबंध। वर्षों से एक-दूसरे के साथ उठना-बैठना। एक-दूसरे के साथ दुःख-सुख बाँटना। शादी हो या

गमी, कंधे-से-कंधा मिलाकर एक-दूसरे का साथ देना। सलाह-मशविरे के लिए एक-दूसरे पर निर्भर रहना। जरूरत पड़ने पर एक-दूसरे की भरपूर मदद करना। दोनों परिवारों के छोटे-बड़े सदस्य भी हमारे रिश्तों की गहराई को महसूस करते थे। एक-दूसरे के घर में बैठे हुए परायी जगह होने का एहसास हम दोनों में से किसी को कभी नहीं होता था। इसलिए चाहे केवल तीन घंटों के लिए दुकान पर आएँ और चाहे मुझसे हर महीने वेतन लेने वाले वेतनभोगी हों, लेकिन मुझे लगा कि मेरे अपने पिता मेरा बोझ घटाने के लिए दुकान पर आने के लिए तैयार हो गए हैं। उनसे अधिक विश्वसनीय व्यक्ति दूसरा कौन हो सकता था मेरे लिए?

मित्र के पिता ने कभी व्यवसाय नहीं किया था। सारी आयु नौकरी करने के कारण उनके मिजाज और सोच में मजबूती से जड़ जमा चुके बिंदु हो सकता है, व्यापारी की सोच व व्यवहार से अलग हों। पहली तारीख को मिलनेवाली तयशुदा वेतन नौकरी करनेवालों के लिए दुनिया का सबसे बड़ा व कीमती खजाना होता है। वेतन हाथ से निकल जाने का डर उसे चुनौतियाँ स्वीकार करने से रोकता है। हिसाब-किताब उसके स्वभाव का हिस्सा बन जाता है। व्यापार में सबकुछ ग्राहक को ध्यान में रखकर करना पड़ता है। गम-कसर भी खानी पड़ती है। अपना काम है, इसलिए कई बार आराम, खाना-पीना आदि याद ही नहीं आते हैं। व्यावसायिक अपेक्षाएँ जीवन के निर्णयों पर हावी हो जाती हैं। और यह भी चाहूँगा कि वे इन बातों को समझें।

मैंने बीच का रास्ता पकड़ा। लगभग पंद्रह दिनों तक सुबह उनके साथ दुकान पर बैठा। वैसे भी किस चीज की कीमत क्या है, कौन सी चीज कहाँ रखी है, कौन से ग्राहक के साथ कैसा व्यवहार करना है, किसको उधार देना है और किसको केवल नकद पैसे लेकर सामान देना है, इस तरह की कई बातें थीं, जिन्हें समझने के लिए मेरा होना जरूरी था। अकेले बूते दुकान चलाने योग्य आत्मविश्वास भी उनके मन में इसी तरह पैदा हो सकता था। भले ही सहायता के लिए दूसरा नौकर था, लेकिन काउंटर पर बैठने वाले को हर बात का ध्यान रखना पड़ता है। जब लगा कि आवश्यक

समझ और आत्मविश्वास उनमें आ गया है, उन्हें अपने बूते पर दुकान चलाने के लिए छोड़ा जा सकता है, तब इनकी स्वीकृति लेने के बाद उन्हें दुकान पर अकेला छोड़कर सुबह छह बजे से नौ बजे तक घर पर सोने का सिलसिला शुरू किया।

ढाई-तीन महीने अच्छी तरह निकल गए। सुबह की बिक्री से आनेवाला गल्ला हमेशा की तरह कायम था। हफ्ता-दस दिन ग्राहकों को मेरी अनुपस्थिति जरूर महसूस हुई। कुछ ने पूछताछ भी की, लेकिन बिक्री पर कोई विपरीत प्रभाव नहीं पड़ा। नींद और आराम मिलने के कारण मैं ताजगी महसूस करते हुए व्यवसाय अधिक मन लगाकर करने लगा। दुकान की साज-सज्जा, साफ-सफाई, उधार की वसूली अधिक मुस्तैदी से होने लगी। समय होता तो सुबह गुरुद्वारे में माथा टेकने भी चला जाता था। दीपावली के महीने में काम बढ़ जाता है, लेकिन इस साल कुछ महसूस ही नहीं हुआ। उलटा मैंने कहा तो दीपावली से एक हफ्ता पहले से ही वे शाम को भी तीन-चार घंटे दुकान पर आए। उनकी उपस्थिति के कारण काम बँट जाता था। ग्राहक को माल जल्दी मिल जाता था। मैं पूरी तरह संतुष्ट था।

एक दिन दोपहर को भोजन के बाद दुकान पर कुछ फुरसत थी। मैंने नौकर से यों ही पूछ लिया, ''सुबह मेरी गैर-मौजूदगी में कोई दिक्कत तो नहीं होती है न?''

''नहीं।''

''कभी ऐसा तो नहीं लगा कि मेरे बैठने से काम अधिक अच्छा चलता था।''

''नहीं।''

''और कोई खास बात लगती हो तो बताओ।''

''वैसे तो सबकुछ ठीक है, मगर आप खुद सुबह बैठेंगे तो ज्यादा अच्छा रहेगा।'' उसने हिचकिचाते हुए कहा। उसके लहजे और शब्द-चयन ने मेरे कान खड़े कर दिए। मैंने आवाज में मिठास घोलते हुए अपनत्व से बुलाकर उसे अपने पास बैठाते हुए कहा, ''डरो मत। मन में जो कुछ है,

साफ-साफ बताओ। क्यों बैठना चाहिए मुझे सुबह ?''

मेरे व्यवहार में आए परिवर्तन, जुबान में आए मिठास और अंदर की बात जानने की कोशिश ने नौकर को और अधिक डरा दिया। दबी हुई आवाज में उसने कहा, ''कोई खास बात नहीं है। बस ऐसे ही कह दिया।''

मैं कोई जवाब दूँ, इससे पहले एक ग्राहक आ गया। फारिग होकर मैंने बात को फिर पकड़ा, ''मैं किसी को बताऊँगा थोड़े ही। जो बात हो बताओ।''

उसने रुकते-रुकते कहा, ''गल्ले से रुपए निकालकर बाबूजी जेब में डालते हैं। सुनकर मैं अवाक् रह गया। सँभलकर नौकर से पूछा, ''किसी को सामान देकर पैसे न लेते हों, ऐसा भी करते हैं क्या ?''

''नहीं, ऐसा तो नहीं करते हैं, लेकिन कभी बिस्किट के पैकेट, कभी ब्रेड, कभी रस्क और कभी मक्खन का पैकेट थैली में डालकर ले जाते हैं।''

''लेकिन वे जाते तो मेरे आने के बाद हैं ?'' मैंने कुरेदना चाहा।

''जो लेना होता है, आपके आने से पहले ही थैली में डाल देते हैं। बीच-बीच में कहते रहते हैं कि घर लौटते हुए थैली में सब्जी ले जाता हूँ।''

मुझे ध्यान आया, सचमुच बिना पूछे ही दो-चार बार यही बात वे मुझे भी कह चुके हैं। मन में चोर न हो तो बार-बार थैली साथ लाने का कारण बताने की क्या जरूरत है ? ''गल्ले में से रुपए क्या रोजाना निकालते हैं ?''

''यह तो मालूम नहीं है, लेकिन निकालते जरूर हैं।''

''कभी देखा है कितने रुपए निकालकर जेब में रखते हैं ?''

''नहीं, यह देखने का मौका कभी नहीं मिला है।''

मैं खामोश हो गया स्वयं पर जबरदस्त गुस्सा आ रहा था, मैं खुशफहमी में रहा कि मुझे पिता समान सहयोगी मिला है। दुकान अच्छी तरह सँभाल रहा है। गल्ले में उलटे-सीधे हाथ नहीं डालता है। माल में कोई हेरा-फेरी नहीं करता है। मेरी अनुपस्थिति में अपनी दुकान मानकर काम करता है। ग्राहकों को खुश रखता है। सबसे विनम्रतापूर्वक बात करता है। नौकरों से भी खट्टा-मीठा नहीं बोलता है। मुझे निश्चिंत होकर सुबह आराम करने

का अवसर मिल जाता है। आज यदि सद्‌बुद्धि नहीं आती और नौकर से पूछ न लेता तो न जाने कब तक अंधकार में रहता। सेंधमारी होती रहती और मैं सोता रहता।

प्रश्न था कि अब क्या किया जाए? यदि सीधा-सीधा पूछ लूँगा तो कुछ भी हासिल नहीं होगा। जवाब मिलेगा कि एक नौकर की बात पर भरोसा करके मैं एक ईमानदार इनसान पर संदेह कर रहा हूँ। इतने गहरे घरेलू संबंध हैं। तुम मेरे बेटे की तरह हो। किसी चीज की जरूरत होगी और माँगूँगा तो क्या तुम इनकार करोगे? फिर ऐसे गंदे काम क्यों करूँगा? करूँगा भी तो किसके लिए? चोरी और बेईमानी से पैसे लाकर जिन पर खर्च करूँगा, वे परलोक में मुझे छुड़ाने आएँगे क्या? तुम्हारे पास नौकरी करके जो वेतन ले जाता हूँ, अब उसके लिए पाबंद तो हूँ नहीं। पेंशन मिलती है। घर चलाने की जिम्मेदारी अब मेरी नहीं है। इसके बावजूद कुछ-न-कुछ देता ही हूँ, पेंशन के रुपयों में से घर में। इस तरह पैसे या सामान चुराकर मैं किसको जवाब दूँगा? रिश्ते-नातेदार, बेटा-पत्नी मुझे ईश्वर की सजा से बचाने तो आएँगे नहीं!

मैं समझ सकता हूँ कि इन दलीलों का कोई अर्थ नहीं होता है। लालच लोक-परलोक, पाप-पुण्य को नहीं देखता है। आरोप के उत्तर में दिए गए हरएक तर्क को काटकर उसे लाजवाब कर सकता हूँ। लेकिन उससे मिलेगा क्या? उसने जो भी रकम गल्ले में से निकाली है या जो भी सामान चुराया है, इस तरह वापस तो लौटने से रहा। अगर सबूत सहित उसे पकड़ा जा सके तो फिर वसूली की उम्मीद की जा सकती है। नहीं तो एक पैसा वसूल करना भी असंभव है।

सारी रात मैं सो नहीं सका। उसे सबूत के साथ कैसे पकड़ूँ, इस बात पर विचार करते-करते चिंता के कारण नींद आई ही नहीं। ट्रक खाली कराके, लड़कों को रवाना करके दूध के किरेट उतरवाकर फारिग हुआ तो वह आ गया। पहले ज्यादा ध्यान नहीं दिया था। आज अच्छी तरह से देखा। थैली उसके हाथ में थी। थैली देखकर दिल धू-धू जलने लगा।

अपने आपको सामान्य दिखाने के लिए रोजाना की तरह नमस्कार करके, पाँच मिनट रुकने के बाद हस्बे मामूल मैं रवाना हो गया। घर पहुँचकर सोने की फिर कोशिश की। लेकिन ऊहापोह और गुस्से ने नींद को आँखों तक आने ही नहीं दिया।

नहा–धोकर नाश्ता करके जान–बूझकर साढ़े नौ बजे दुकान पर पहुँचा। संदेह था, कहीं आज थैली खाली न हो। आँख तिरछी करके देखा, थैली खाली नहीं थी। दो–चार मिनट इधर–उधर चक्कर लगाने के बाद काउंटर पर आया तो उसने थैली उठाकर चलने की तैयारी की। मैंने अचानक थैली उसके हाथ में से लेकर मुसकराते हुए थैली में हाथ डालकर कहा, "दुकान पर आने से पहले ही खरीददारी करके आते हैं क्या ? देखूँ क्या लाए हैं ?"

वह हक्का–बक्का होकर देखता रह गया। मैंने थैली में रखा ब्रेड और मक्खन का पैकेट बाहर निकाल लिया। अचानक चोरी पकड़ में आती देख उसे समझ में नहीं आया कि क्या कहे ? उसकी आँखों में देखकर मैं फिर मुसकराया, "अच्छा, अच्छा, घर के लिए ब्रेड और मक्खन लिया है!"

इस बीच उसने शायद अपने आपको सँभाल लिया था। यद्यपि उसके चेहरे का रंग उड़ गया था, फिर भी मुसकराने की कोशिश करता हुआ बोला, "हाँ, घर में जरूरत थी। पैसे रख दिए हैं। इसके पहले भी किसी चीज की जरूरत होती है तो पैसे रखकर ले जाता हूँ।"

"कितने पैसे रखे इन दोनों चीजों के ?" रोकते–रोकते भी मेरा लहजा व्यंग्यपूर्ण हो गया।

"साढ़े बाईस रुपए।"

आवाज को धीमा रखने की कोशिश करते हुए मैंने सख्ती से कहा, "मेहरबानी करके दिखाएँगे, आपकी जेब में कितने रुपए हैं ?"

हिचकिचाते हुए उसने जेब में हाथ डालकर एक पचास का और एक दस का नोट बाहर निकाला।

"साढ़े बाईस रुपए गल्ले में रखने के बाद बाकी बचे हुए पैसे कहाँ हैं ?"

उसको जवाब नहीं सूझ रहा था। मामूली अंतराल के बाद मैंने ही कहा, ''सच यह है कि ब्रेड, मक्खन और साठ रुपए आपने दुकान में से लिये हैं। अब यह सब यहाँ रखिए और जाइए। दोपहर को अपने बेटे को साथ लेकर आइएगा, ताकि काले-सफेद का फैसला हो सके।''

दोपहर को बाप-बेटा दोनों आए तो मुझे कुछ भी कहने की आवश्यकता नहीं पड़ी। पिता पाँव पड़ने की कोशिश करते हुए बार-बार माफी माँग रहा था और बेटा वह सब कह रहा था, जो मुझे कहना-करना था। उन लोगों ने माना कि लगभग तीन हजार रुपए नकद या सामान दुकान में से निकाले हैं। एक साथ तो नहीं, मगर धीरे-धीरे वे पूरी रकम लौटा देंगे। घिघियानेवाले अंदाज में पिता ने एक बार फिर मौका देने का अनुरोध भी किया।

मेरा व्यापारी मस्तिष्क तेजी से दौड़ रहा था। हाँ कहता हूँ तो संदेह के बिच्छू हर समय डंक मारते रहेंगे। कितनी भी सावधानी रखूँ, भरी दुकान और चालू बिक्री में से हेराफेरी करने से मैं उसे नहीं रोक सकता। नहीं कहता हूँ तो इन लोगों ने जो तीन हजार लौटाने के लिए सहमति दी है, उसे शायद ही याद रखें। काम करेगा तो आठ-नौ महीने के वेतन के बदले में ही तीन हजार रुपए वसूल हो जाएँगे। पहले की तरह कम आराम करना, कम सोना स्वीकार किया जाए, तब भी ये तीन हजार रुपए तो डूब ही जाएँगे। मामला पुलिस को सौंपने और इसके बाद बदनामी होने का डर भले ही आज उनके ऊपर पर्याप्त दबाव बना रहा हो, मगर कल भी यह दबाव कायम रहेगा, इसमें संदेह है।

और मैंने सोच-समझ, जान-बूझकर जीती मक्खी निगलने का फैसला किया है।

□

गाँठ

छाती पर घूँसा लगने के कारण नींद खुल जाती है। चौंककर बैठ जाता हूँ। कमरे में बल्ब नहीं जल रहा है। इसके बावजूद इतनी रोशनी है कि चारों ओर सबकुछ साफ दिखाई दे रहा है। बैठे–बैठे ही सिर घुमाकर मैं कमरे में हर तरफ निगाह डालता हूँ। कोई नहीं है। पलंग के साथ सटे स्टूल पर पानी का जग और गिलास रखे हैं। दरवाजा बंद है। मार्च का महीना होने के कारण खिड़की का काँच का पल्ला खुला है। मच्छरों से बचने के लिए खिड़की का जाली वाला पल्ला बंद है। पंखा धीरे–धीरे चल रहा है। सबकुछ उसी स्थिति में है, जिसमें हमेशा रहता है। पैरों की तरफ रखी चादर भी अपनी जगह पड़ी है। कुछ दूरी पर सी.डी. प्लेयर, म्यूजिक सिस्टम और टी.वी. बदस्तूर रखे हैं। मोबाइल में समय देखता हूँ। रात के साढ़े बारह बजे हैं।

कोई नहीं है कमरे में। दरवाजा और खिड़की का जाली वाला पल्ला बंद हैं। संभव नहीं है कि बंद होते हुए भी दरवाजे या खिड़की में से अंदर आकर, मेरी छाती पर घूँसा लगाकर, दरवाजे और खिड़की को भीतर से फिर बंद करके पलक झपकते कोई बाहर निकल जाए। कौन था? कौन था, जिसने छाती पर इतना जोरदार घूँसा मारा कि मेरी नींद खुल गई? दर्द का एहसास अब भी है। आया जरूर है कोई अंदर। लेकिन कैसे आया है? सशरीर नहीं आ सकता कोई। हवा भले ही खिड़की के जालीवाले पल्ले से अंदर आ जाए, लेकिन सोते हुए व्यक्ति की छाती पर हथौड़े की

तरह घूँसा नहीं मार सकती हवा। चार दीवारों में तो तूफान का असर भी घट जाता है। हवा का झोंका आएगा तो बदन को सुखद लगेगा। आई हुई नींद अधिक गहरी होगी। न चोट लगेगी, न नींद खुलेगी और न चोट का दर्द कायम रहेगा।

सारी जिंदगी कस्टम की नौकरी करते हुए गुजारी है। लगभग तीन साल पहले ऊँचे पद से सेवानिवृत्त हुआ हूँ। एक वर्ष पहले पत्नी का देहांत हुआ है। बेटा-बहू साथ रहते हैं। बेटे की आमदनी अच्छी है। मुझे भी खासी पेंशन मिलती है। सेवानिवृत्ति के समय विपुल राशि मिली। बँगला, कार, संसार के सुख भरपूर मयस्सर हैं। स्वास्थ्य पूरी तरह ठीक है। सोता अकेला जरूर हूँ, मगर नींद के लिए प्रयत्न नहीं करने पड़ते हैं। आज भी टी.वी. देखकर, दूध पीकर करीब ग्यारह बजे सोया था। जल्दी नींद आ गई। केवल डेढ़ घंटा हुआ है सोए और घूँसा लगने के कारण उठकर बैठ गया हूँ। किसने मारा घूँसा? कहाँ से अंदर आया? कहाँ से बाहर गया?

बेडलाइट जलाता हूँ। मंद प्रकाश में जो दिखाई दिया था, स्पष्ट रूप से सामने है। स्टूल, पानी का जग और गिलास, सी.डी. प्लेयर, म्यूजिक सिस्टम, टी.वी., बंद जालीवाली खिड़की और दरवाजा जिस अवस्था में सोने से पहले देखे थे, ठीक वैसे ही सामने हैं। छाती पर हाथ रखता हूँ। दर्द का एहसास उभरता है। मेरे साथ कभी ऐसा हुआ नहीं है, लेकिन सुना है कि नींद में अगर हाथ छाती के ऊपर आ जाता है तो लगता है, मानो कोई ऊपर चढ़ बैठा है। मैं सीधा कभी नहीं सोता हूँ। अधिकतर बाईं और कभी-कभी दाईं ओर करवट लेकर सोता हूँ। इसलिए नींद में छाती पर हाथ न गया हो। मुझे याद नहीं है कि जब नींद खुली, मैं सीधा लेटा हुआ था या करवट लेकर सोया था। अगर नींद में शरीर सीधा हो गया हो और हाथ छाती के ऊपर आ गया हो, तब भी ऐसा लगना चाहिए था कि कोई छाती पर चढ़कर बैठा है। नींद खुलने के बाद भले ही देखने में न आए, लेकिन घूँसा क्यों लगना चाहिए। किसी ने घूँसा मारा है, केवल इतना महसूस होता, तब भी वह मानकर दरगुजर किया जा सकता था। घूँसा लगने वाले

स्थान पर अब भी हल्का दर्द है। क्या हो सकता है ? क्यों हो सकता है ? कैसे हो सकता है ?

नौकरी के दौरान न जाने कितने और कैसे अपराधियों से वास्ता पड़ता रहा है। खूब धमकियाँ मिली हैं तो झड़पें भी हुई हैं गलत काम करनेवालों से। डरता तो खा जाते वे हैवान मुझे। निडर होकर सामना किया है। सुनसान जगहें, मार-पीट, गोलियाँ सबकुछ हिस्सा रहा है मेरे काम का। भय मुझे छू तक नहीं सका है, ऐसा कहूँगा तो अतिशयोक्ति होगी, लेकिन दहलाने वाली स्थितियाँ भी मेरे इरादों को कमजोर नहीं कर सकी हैं। निडर चाहे न होऊँ, लेकिन मैं डरपोक तो कतई नहीं हूँ। इसके बावजूद हल्के डर के आवरण में लिपटे प्रश्न, रहस्य की परछाइयों के साथ गड्डमड्ड होकर मुझे बेचैन कर रहे हैं। इन प्रश्नों के उत्तर मिल नहीं रहे हैं। घटना हुई है। लेकिन रात के इस पहर में बंद, एकांत कमरे की चारदीवारी में इस प्रकार की घटना कैसे घटी, इस पहेली के जाल से बाहर निकलना संभव नहीं हो पा रहा है मेरे लिए। धुंध, गहरी धुंध है मन के आसपास।

होगा कुछ! इतना हैरान, परेशान होने की जरूरत नहीं है। सामने आएगा तो देख लूँगा। कायर की तरह घूँसा मारकर जो गायब हो गया है, न उससे डरने की आवश्यकता है और न उसे ढूँढ़ने की जरूरत है। उसके बारे में सोच-सोचकर नींद बरबाद करना बेवकूफी है। सोना चाहिए। रोशनी बुझाकर सोना चाहिए मुझे। वहम होगा तो बात आई-गई हो जाएगी। सच होगा तो सोने के बाद फिर सामने आ जाएगा। बल्व जलाकर जागने से तो सच आएगा नहीं सामने। बेमतलब चिंताएँ, बिना आधार की ऊहापोह, व्यर्थ संशय, सिर-पैर विहीन खयाल और ऊटपटाँग विचार परेशान करते रहेंगे। सामने आए, जिसको आना है। कमजोर महसूस करके असंतुलित होने का मतलब है, खुद को पागल बनाना। भ्रष्ट और भ्रमित बुद्धि विवेकसम्मत राह में काँटे बिछाती है। घूँसा किसने मारा, अंदर कैसे आया, बाहर कैसे निकला, इन रहस्यमय प्रश्नों के उत्तर ढूँढ़ने की कोशिश मेरे सुख-चैन की बलि ले लेगी।

बाथरूम जाता हूँ। लौटकर पानी पीता हूँ। बेडलाइट बंद करता हूँ। बिस्तर पर लेटकर आँखें बंद कर लेता हूँ। सोने की कोशिश करता हूँ। मस्तिष्क को जीवन के प्रिय प्रसंगों की ओर मोड़ने के उद्देश्य से अपनी निडरता, बहादुरी और सफलता की घटनाएँ याद करता हूँ। एकाएक एक खूँखार तस्कर गुमानसिंह का चेहरा मेरे सम्मुख उभरता है। मैंने उसे सप्रमाण गिरफ्तार किया था। बड़ी रकम का लालच कारगर नहीं हुआ तो गुमानसिंह ने धमकियाँ देकर डराने का प्रयत्न किया। उसे सात साल के लिए सश्रम कारागार की सजा मिली थी।

सच कहूँ तो जीवन में पहली बार रिश्वत लेकर गुमानसिंह का मामला हल्का करने का लालच पैदा हुआ था मन में और इसका कारण था—केवल दो वर्षों के बाद होनेवाली सेवानिवृत्ति। यह राशि सेवानिवृत्ति के बाद मेरे लिए बहुत मददगार होगी। आयातित इलेक्ट्रॉनिक सामान का एक बड़ा शोरूम खोलकर इस राशि को दोगुना, तीन गुना कर सकूँगा। पूरी नौकरी में रिश्वत लेने से बचाया है अपने आपको। विभाग में ईमानदार और परिश्रमी अधिकारी की छवि है। किसी को भनक भी नहीं लगेगी कि सेवानिवृत्ति के कगार पर बैठकर मैंने रिश्वत ली होगी। सुनार की ठक-ठक से बचता रहा हूँ हमेशा। लोहार की एक ही चोट कसर पूरी कर देगी।

इन विचारों ने हमला बोला तो मैं दहल गया। कशमकश का दौर चला। क्यों नहीं ली है रिश्वत मैंने आज तक? दूसरों को रिश्वत लेते देखकर, दूसरों को ऐशो-इशरत के साधनों का अंबार लगाते देखकर, दूसरों को इच्छानुसार पैसा उड़ाते देखकर, दूसरों को रुपयों के बल पर आकाश-पाताल की बातें करते देखकर, दूसरों को बच्चों की हरएक जायज-नाजायज माँग पूरी करते देखकर क्या रिश्वत की राह को अपनी ओर मोड़ना मुश्किल काम था मेरे लिए? नहीं मोड़ा तो केवल इसलिए, क्योंकि जवाब किसी और को नहीं, अपने आपको देना था मुझे। अब भी गुमानसिंह का मामला कमजोर बनाने के लिए रिश्वत लेने या न लेने का फैसला दूसरे लोग क्या सोचेंगे व कहेंगे, इस आधार पर नहीं लूँगा। अपनी नजरों में नीचे गिरना मंजूर नहीं है मुझे।

पूरी कोशिश करके मैंने गुमानसिंह को सजा दिलाई। न रुपयों ने ललचाया और न धमकियों ने डराया।

'मगर अब नहीं छोड़ूँगा तुझे मैं। तूने मुझे जेल में ही नहीं भेजा, मेरी जान भी ली है। देखता हूँ अब कौन बचाता है तुझे?' ठहाके लगाता हुआ गुमानसिंह विकराल रूप धारण करके मेरी ओर बढ़ता है।

'तू मुझे मारेगा? देखता हूँ, कैसे मारता है तू मुझे?' कहकर गुमानसिंह को पकड़ने के लिए मैं तेजी से लपकता हूँ। मेरी आँख खुल जाती है। कमरे में कोई नहीं है। साँसें ऊपर-नीचे हो रही हैं।

तो क्या गुमानसिंह मर गया है जेल में? जो काम जीवित रहते वह नहीं कर पाया, क्या मरने के बाद भूत बनकर करना चाहता है? क्या घूँसा गुमानसिंह के भूत ने मारा था मेरी छाती पर?

गुमानसिंह का भूत! अस्तित्व होता भी है क्या भूतों का? कहते हैं, भूत अशरीरी होते हैं और अदृश्य रहकर इनसान को नुकसान पहुँचा सकते हैं। इनसान के पास दिमाग और देह दोनों की ताकत है। भूत के पास केवल दिमागी ताकत है। इनसान से अधिक खतरनाक कैसे हो सकता है एक भूत? अंधकार और अनदेखा, भय का कारक है। मुकाबला करने पर तुल जाए इनसान तो भूत को भागना पड़ेगा। सिर हथेली पर उठाकर अगर निर्बल भी मरने-मारने पर उतर आए तो कई बार गुंडों और बदमाशों को मैदान छोड़ना पड़ता है। मरने पर आमादा इनसान का क्या बिगाड़ सकता है कोई? नुकसान का, मारपीट का, मरने का भय ही तो है, जो झुकने के लिए विवश करता है। इन बातों की परवाह न हो जिसे, क्या बिगाड़ लेगा शैतान उसका? कौन सा कहर बरपा करेगा भूत उसके ऊपर? मानसिक शक्ति और आत्मबल कमजोर हैं जिनके, वे डरें भूतों से! अगर गुमानसिंह मरकर भूत बना है और मुझे परेशान करना चाहता है तो मुकाबला करूँगा उसका। जिंदा गुमानसिंह के सामने ताल ठोककर खड़ा हो सकता हूँ तो उसके भूत को भी परास्त करूँगा। देखूँ क्या बिगाड़ता है वह मेरा?

पिछले कुछ समय से मुंबई में रहनेवाला मेरा छोटा भाई परेशान था।

उसका कहना था, 'हमारे खानदान के कुछ पूर्वपुरुष सद्‌गति न मिलने के कारण प्रेतयोनि भोग रहे हैं। रात को डराते हैं। भयानक चेहरे रातभर आँखों के सामने घूमते रहते हैं। सोने नहीं देते। अपने साथ ले जाने की धमकी देते हैं। नींद उड़ गई है। पेट खराब हो गया है। डॉक्टर की दवाओं का असर नहीं हो रहा है। मनोचिकित्सक ने नींद आने के लिए गोलियाँ दी हैं। लेता हूँ तो नींद नहीं, झपकियाँ आती हैं। बेचैनी बढ़ जाती है।'

हर रोज फोन पर बातचीत होती थी। बहुत समझाया। मन को मजबूत करने के तरीके बताए। उसके ऊपर कोई असर नहीं हुआ। आखिर उसने किसी तांत्रिक से हवन कराया, भटकनेवालों की सद्‌गति के लिए। भाई के अनुसार, 'अब सबकुछ ठीक है। लेकिन तांत्रिक का कहना है कि खानदान के पूर्वपुरुषों की मुक्ति का यत्न घर के सबसे बड़े सदस्य को करना चाहिए। परिवार के मुखिया आप हैं। इसलिए आप भी हवन कराइए।'

मैंने खामोशी से उसकी बात सुनी। फोन पर देखना संभव नहीं था उसके लिए, लेकिन मेरे होंठों पर व्यंग्यपूर्ण मुसकराहट थी उस समय। इस दर्शन का मजाक उड़ाती मुसकराहट। अगर प्रेतयोनि भोग रहे पुरखों को सद्‌गति परिवार के मुखिया के यत्न से मिलेगी तो वे छोटे भाई को परेशान क्यों कर रहे थे? मेरे पास आने से किसने रोका था उन्हें? तांत्रिक के अनुसार, हवन सद्‌गति का वाहन है और अगर सचमुच हवन सद्‌गति का वाहन है तो पुरखों को पहले ही यह वाहन उपलब्ध करा चुका है मेरा छोटा भाई। मैं हवन कराऊँगा तो दो-दो वाहन हो जाएँगे उनके पास। एक पर सद्‌गति यात्रा करेंगे और दूसरा गैराज में बेमतलब खड़ा रहकर बेकार जगह घेरेगा। हाँ, छाती पर घूँसे वाली बात छोटे भाई को बता दूँ तो एक क्षण देर किए बिना वह कहेगा, 'मैंने पहले ही हवन कराने के लिए निवेदन किया था। मैं नहीं चाहता, आप उन कष्टों को भोगें, जिन्हें मैं सह चुका हूँ।'

हो सकता है, दिल और दिमाग के किसी कोने में छोटे भाई वाली वारदात घात लगाकर बैठी हो। संभव है, घूँसे के रूप में वह अदृश्य गाँठ उभर आई हो। सपने देखते हैं तो दिल की गहराइयों में छिपी कई बातें सतह

पर आ जाती हैं न? सोते हुए या सपना देखते समय अपना हाथ जोर से छाती पर आ गिरे तो दर्द अनुभव नहीं होगा क्या? घूँसे और दर्द को भूत, गुमानसिंह या प्रेतयोनि में भटक रहे किसी पुरखे के साथ जोड़ना केवल कमजोर मानसिकता का परिचायक है। गुमानसिंह का भूत! गुमानसिंह जेल में मर गया होगा? मुझे भरोसा है, अदृश्य गाँठ फटी है इस तरह। पुरखे और गुमानसिंह का भूत मिलकर मुझ पर हमला कर रहे हैं, यह एहसास उस गाँठ की पैदाइश है। कल पता लगाऊँगा, गुमानसिंह जीवित है या मर गया। कल क्यों? अभी क्यों नहीं? रात्रि के तीन बजे हैं तो क्या हुआ? जेल का अधीक्षक वही है, जो मेरी सेवानिवृत्ति के समय था!

मैं डायरी खोलता हूँ, अधीक्षक का फोन नंबर निकालता हूँ और मोबाइल उठाकर उसका नंबर मिलाने लगता हूँ।

□

बगूला

यद्यपि यह असंभावित नहीं था, फिर भी मुझे विश्वास नहीं होता कि वह अब नहीं रहा।

सबकुछ ज्यों-का-त्यों है, प्रकृति के नियमों की तरह अपरिवर्तित। बेड के ऊपर दीवार पर बने लाल वृत्त के बीच सफेद रंग से लिखा हुआ '15' उसी तरह विद्यमान है। गोया खून से लबालब भरे सागर में सफेद कबूतर कैद कर दिया गया हो। पलंग के पास पैडेस्टल उसी तरह खड़ा हुआ है। चुपचाप, मातमसूचक शस्त्र की तरह सिर झुकाए, एक मुड़ा हुआ काँटा साथ लिये, जो किसी ग्लूकोज की बोतल को लटकाए जाने की प्रतीक्षा में निमग्न है। पेशंट चार्ट उसी तरह बेड की साइड में लटक रहा है सलीब पर चढ़े ईसा की तरह, सबके दुःख-दर्द आत्मसात् करने की मुद्रा में।

बेड के नीचे रखे पैन में क्लोरोमाइसिटीन के खाली एंप्यूल्स के अतिरिक्त कुछ भी नहीं है। मेरा विवश चिकित्सा ज्ञान इससे अधिक कर भी क्या सकता था? ब्लड टेस्ट की रिपोर्ट परसों रात आ गई थी। रक्त में 282 मिलीग्राम प्रतिशत मिलीलीटर यूरिया की रिपोर्ट थी। स्पष्ट था कि किडनी काम नहीं कर रही है। डाइयूरेटिक्स पहले ही विफल हो चुके थे। मुझे लगा, एक चिकनी रस्सी मेरे हाथों से शनैः-शनैः फिसलती जा रही है। मैं हाथों को जमाने की भरसक कोशिश कर रहा हूँ और वह खिसकती जा रही है। मुझे पता था कि मैं इस रस्सी को पकड़ने की कितनी भी कोशिश क्यों न करूँ, मेरे हाथ, मेरे क्या किसी के भी हाथ इस रस्सी पर जम नहीं सकते।

आज सुबह जब मैं राउंड लेता हुआ उसके बेड पर पहुँचा तो मुसकराने का प्रयत्न करते हुए उसने मेरी ओर देखा। मैंने उसका चार्ट देखा। यद्यपि मैं जानता था कि चार्ट देखने से अब कुछ भी लाभ होनेवाला नहीं है। फिर भी डॉक्टर के नाते मेरा कर्तव्य था कि यदि मौत के हाथों से दो क्षण भी मैं उसके लिए छीन सकता हूँ तो छीन लूँ। इसलिए मृत्यु को उस पर झुकता हुआ देखने के बावजूद अन्य किसी प्रकार के इन्फेक्शन को रोकने के लिए मैं उसे क्लोरोमाइसिटीन के कैप्सूल खिलाए जा रहा था। मैं जब चलने लगा तो थोड़ा रुक-रुककर तकलीफ से उसने कहा था, ''डॉक्टर साहब, राउंड के बाद अपना कुछ समय मुझे दे सकेंगे?''

उसका मंतव्य क्या है, यह जानने के लिए मैं कुछ समय तक उसके पीले, मुरझाए चेहरे में धँसी आँखों को अपलक देखता रहा था। फिर बिना कोई जवाब दिए दूसरे बेड के पेशंट की ओर बढ़ गया था।

राउंड समाप्त करने बाद साथ के अन्य डॉक्टरों को बाकी काम देखने के लिए कहकर मैं उसके पास आया था। अपनी निगाहों में प्रश्न भरकर मैंने उससे पूछा था, ''कहिए?''

उसने उठकर बैठने का एक असफल प्रयत्न किया। फिर कुछ क्षण रुककर बोला, ''आप नाराज न हों तो आपसे एक-दो सवाल पूछना चाहता हूँ।''

यद्यपि प्रश्न उसने पूछे नहीं थे, किंतु मुझे उसकी साँसें अतीत की गर्त में छिपी किसी चट्टान पर जमी बर्फ को अपनी गरमी से पिघलाने का प्रयत्न करती सी लगीं। उसके फैले हुए हाथों से जुड़ी अंगुलियाँ, अंगुलियों पर बड़े हुए नाखून मुझे उस बर्फ को खोदते से लगे, जो वक्त ने तह-दर-तह उम्र पर जमा दी थी।

''पूछिए।'' मैंने निर्विकार भाव से कहा।

''शीला के बारे में कुछ मालूम है?''

''तो आपने मुझे पहचान लिया है?'' इस बात पर मुझे आश्चर्य हुआ था।

"यादों के कठघरे में खड़ी जिंदगी अतीत से नाता तोड़ सकती है क्या?"

उसके पहले प्रश्न का उत्तर देते हुए मैंने कहा, "वह यहीं रहती है, इसी शहर के एक स्कूल में टीचर है। मगर इतने वर्षों के बाद अचानक उसकी याद कैसे आ गई?"

उसको बोलने में काफी कष्ट हो रहा था। कुछ रुककर स्वयं को सहेजते और सोचते हुए उसने कहा, "याद आज नहीं आई, आज तो सिर्फ वर्षों से पलती झंझाओं ने सीमाएँ तोड़ दी हैं। साहस भी तो बटोरना पड़ता है न? उससे मिलाओगे मुझे!"

"अब क्या करोगे उससे मिलकर?"

कुछ देर मौन रहकर वह बोला था, "जिंदगी में ठोकरें आदमी को अनुभवी बनाती हैं और पिछले पंद्रह वर्षों से ठोकरें खाने के अतिरिक्त मैंने कुछ भी नहीं किया है। मुझे मालूम है, वक्त पीछे से गंजा होता है। मैं बीती घड़ियों को लौटा तो नहीं सकता, फिर भी एक बार उससे क्षमा माँग लेना चाहता हूँ।"

उसे बोलने में बहुत तकलीफ होने लगी थी। मैंने दूर खड़ी सिस्टर को इशारे से अपने पास बुलाकर कहा, "इस पेशंट के पेट पर थोड़ा तारपीन का···।"

और मैं चुपचाप अपने चैंबर की ओर बढ़ गया। यद्यपि मेरी पीठ उसकी ओर थी। फिर भी मुझे लग रहा था, मुझसे आश्वासन पाने की उत्सुक उसकी आँखें मेरे पीछे आ रही हैं और अतीत की परछाइयाँ मुझे घेर रही हैं।

शीला को देखता हूँ तो कई बार पुरानी बातें याद आने लगती हैं। उन दिनों मेरी और शेखर की बातचीत विवाह और सेक्स के इर्दगिर्द मँडराती रहती थीं। हमने जवानी में कदम रखा ही था। मुझे एक साल बाद डॉक्टर बनना था। कई रंग-बिरंगी तितलियाँ सी मेरे खयालों में मँडराती रहती थीं और शेखर की सगाई हो चुकी थी। मित्रता तब से थी, जब भरी दोपहरी में आसमान से बरसती आग के बीच घरवालों की नजर बचाकर गली में कंचे

खेलने से अधिक आनंददायक दुनिया में कुछ नहीं होता। दोनों परस्पर इस हद तक खुले हुए कि एक-दूसरे के सामने नंगा होकर कपड़े बदलने में न उसे कभी शर्म आती और न मुझे। भावुक स्वप्नों के उस छोर पर खड़े होकर हम जैसे मित्रों के लिए चुप रहने का प्रश्न यों भी नहीं उठता था। इसलिए बात कहीं से चलती समाप्त एक ही विषय पर आकर होती थी।

बातों-ही-बातों में एक बार उसने कहा था, 'यार, अब तो रहा नहीं जाता।'

मैंने शरारती लहजे में जवाब दिया था, 'तुझे क्या चिंता है? शादी हो ही रही है। हम न जाने कौन से पाप करके आए हैं पिछले जन्म में कि मुकद्दर में इंतजार के अलावा कुछ लिखा ही नहीं है।'

'तेरे तो चारों तरफ जलवे हैं। तुझे किसका इंतजार करना है। इंतजार तो करनेवाले तेरा करते हैं।'

'अरे छोड़, क्यों टैक्सियों की बातें करके जायका बिगाड़ता है?'

'उनसे भी कर ही लेगा कोई-न-कोई शादी। कुँआरीयाँ थोड़े ही मरेंगी।'

'सिर पर हाथ रखकर रोएगा शादी करनेवाला। किसी को जिंदगी भर रोने का लाइसेंस लेना हो तो भले ही चला जाए उन गलियों में बरात लेकर।'

'अपने वाली अगर टैक्सी निकली तो हम तो शादी के दूसरे दिन ही तलाक दे देंगे उसे।'

बात सार्वजनिक से व्यक्तिगत हो गई थी। हम दोनों ही गंभीर हो गए थे। काफी देर तक इस विषय पर विवाद चलता रहा था। मेरा कहना था कि विवाह के बाद एक नई जिंदगी की शुरुआत होती है। जो बीत गया सो बीत गया वाला फॉर्मूला अपनाया जाना चाहिए। आखिर इस सबके लिए हम लड़के ही तो जिम्मेदार होते हैं। उसका कहना था कि नहीं, जो लड़की एक बार रास्ते से हट गई, वह सही रास्ते पर आ ही नहीं सकती। अंत में निष्कर्ष पर पहुँचे बिना ही हम उठ गए थे।

बात आई-गई हो गई।

चींटी की तरह सरकता फिर वह दिन भी द्वार पर आकर खड़ा हो गया, जिसकी हम लोग प्रतीक्षा में थे। ट्विस्ट करते-करते हम बेहाल हुए जा रहे थे, मगर उत्साह था कि कम होने में ही नहीं आता था। एक तरफ फेरे होते रहे और दूसरी तरफ हमारी मित्रमंडली ढोलक की थाप पर फिल्मी गीत अलापती रही और नाचती रही! जब लगता कि नहीं, अब पाँवों ने जवाब दे दिया है; तो घूँट चढ़ा लेते और फिर ढोलक पर थाप देने लगते, तालियाँ बजाने लगते और ताल-बेताल कैसे भी झूमने या नाचने लगते।

थकावट से चूर, सुबह होते-होते घर जाकर जो मैं सोया तो पता ही नहीं लगा, कब सीने पर पाँव रखती दोपहरी आगे निकल गई और कब पायल बाँधे संध्या पास सरक आई।

अब सोचता हूँ तो लगता है जिंदगी में मैंने शायद किसी भी काम को करने के लिए कभी इतनी कोशिश नहीं की है, जितनी कोशिश मुझे उससे नफरत करने के लिए करनी पड़ती है। साथ ही शायद इतने कम प्रयत्न के बावजूद मैं किसी काम में इतना असफल नहीं हुआ हूँ, जितना मैं इस काम में हुआ हूँ।

कहाँ तो स्वयमेव ही नफरत की एक आँधी उठनी चाहिए थी, एक अंधड़ चलना चाहिए था और कहाँ इस पहलू पर विचार करते समय बुद्धि की प्रखरता इतनी बढ़ती महसूस होती है कि घटनाओं का हर एक अँधेरा कोना आलोकित और स्पष्ट होकर शेखर के लिए सहानुभूति बटोरने का प्रयत्न करने लगता है। कहाँ तो मेरी तर्कशीलता को धुँधिया जाना चाहिए था और कहाँ मेरी विचारशक्ति मेरे विरुद्ध हथियार उठाकर खड़ी हो जाती है। ईसामसीह को जब कीलें लगाकर सलीब पर ठोंका जा रहा था, उन्होंने कहा था, ''हे ईश्वर! इन्हें क्षमा करना। ये मूर्ख हैं और नहीं जानते कि ये क्या कर रहे हैं।'' पंखे चलाकर रेगिस्तानी तूफान का दृश्य उपस्थित करने के प्रयत्न को तीव्र होता देख मेरी तर्कशीलता ने अपने सभी विरोधियों को ईसामसीह द्वारा प्रदान किए गए इसी अस्त्र से पराजित किया है। यही कारण है कि सहानुभूति की आर्द्रता ने घृणा की शुष्कता की तुलना में मुझे अधिक छुआ है।

प्रारंभ में अपनी बात का कोई प्रभाव होता न देखकर मैंने चाहा था कि मैं तटस्थ रहकर सबकुछ देखूँ। उसके द्वारा प्रस्तुत 'इमेज' को मैं अजनबी नजरों से देखने लगूँ। अविश्वास और भ्रम की देहरी को लाँघकर स्वयं को कुंठा की कोठरी में कैद कर लेने से कहीं अच्छा यह है कि आदमी चारों ओर के माहौल को मौन स्वरों में नकार दे या उससे समझौता कर ले।

यों भी मुझे कतई विश्वास नहीं था कि वह इतना साहसी हो सकता है। उस जैसी विसंगतियों में जीनेवाला व्यक्ति बातें भले ही कर ले, मगर किसी की प्रत्यक्ष हत्या करने का साहस नहीं कर सकता। हत्या के परिणाम क्या हो सकते हैं, चेतन मस्तिष्क में इस बात को समझनेवाला आदमी कभी हत्या कर सकता है क्या? मुझे यही लगा था कि अछूती पत्नी की कल्पना करनेवाला यह व्यक्ति समय पाकर स्वयं को हालात के साँचे में ढाल लेगा। चोट ताजा है, घाव नया है, इसलिए दर्द तो होगा ही। मेरे समझाने से यदि असर नहीं होता तो कोई बात नहीं। वक्त उसको समझाएगा।

विवाह के दूसरे दिन मैं शेखर के पास गया तो पता लगा, उसकी तबीयत खराब है। वह बहुत चुपचाप था। मैंने कुछ विशेष ध्यान नहीं दिया और थोड़ी देर उसके पास बैठकर वापस लौट आया। मगर अगले दिन जब मैं उससे मिला, चुप्पी के स्थान पर उसकी बातों से विक्षिप्तता का आभास होता था। डॉक्टर बुलाया। डॉक्टर ने उसे देखना चालू किया ही था कि ठहाका लगाकर उसने डॉक्टर की ओर उँगली उठाकर कहा, "डॉक्टर, तुम मेरी बीमारी को समझ नहीं सकोगे। तुम क्या, मेरी बीमारी कोई भी समझ नहीं सकेगा। किस मर्ज की दवा दोगे तुम मुझे? मेरे अंदर एक आग है और इस आग को तुम्हारी दवाएँ नहीं बुझा सकतीं।" फिर व्यथित वाणी में डॉक्टर को हाथ जोड़कर उसने कहा था, "तुम जाओ। डॉक्टर, जाओ। मुझे अकेला छोड़ दो। मेहरबानी करके मुझे अकेला छोड़ दो।"

इसके बाद वह रो पड़ा था। मुझे लगा था, कुछ अप्रत्याशित घट गया है, जो शेखर को परेशान कर रहा है। अपनी दोस्ती की दुहाई देकर मैंने स्वयं को तैयार किया और सब लोगों को कमरे से बाहर निकालकर दरवाजे

बंद कर दिए। साँकल लगाकर ज्यों ही मैं उसके पास आकर बैठा उसने मेरी गोद में मुँह छिपा लिया।

"मैं क्या करूँ प्रशांत, मैं क्या करूँ? मेरा एकमात्र सपना, मेरा एकमात्र घरौंदा टूट गया। उस घरौंदे में से बेचैनी की लपटें उठ-उठकर मुझे झुलसा रही हैं। बासी फल को मैं किस तरह सूँघूँ? चखे हुए फल को मैं किस तरह खाऊँ? बताओ प्रशांत, इन लपटों से बचने के लिए मैं कहाँ जाऊँ?"

इस स्थिति से सामना होते ही मैं भी घबड़ा गया। सिलवटें पड़ गई हैं और मैं रोमांचित सा एकाएक उग आई उन सिलवटों को बेबसी से ताक रहा हूँ।

मैंने स्वयं को सँभाला, "इतनी सी बात के लिए परेशान हो रहे हो? सब ठीक हो जाएगा। चलो उठो, बाहर घूम आते हैं।"

"नहीं, प्रशांत नहीं, मुझमें बाहर जाने की ताकत नहीं है। मुझे किसी तरह इस पीड़ा से बचाओ, इस यातना से मुक्त कराओ। वरना सच कहता हूँ या तो मैं शीला का खून कर दूँगा या अपने गले में फाँसी का फंदा डाल दूँगा। मैं एक पल के लिए भी उसे सहन नहीं कर सकता, मुझे उसकी सूरत से नफरत है।"

मैं शेखर को सांत्वना देकर वापस चला आया था, मगर वह दृश्य, उसकी व्यथा मेरे जहन में रेंगती फिर रही थी। मुझे हर ओर एक धुंधलापन खिंचता नजर जा रहा था, जिसमें से रास्ता ढूँढ़ निकालने का मेरा हर प्रयत्न विफल हो जाता था। मेरी दलीलें जब पहले ही उसे आश्वस्त नहीं कर सकी थीं तो दुर्घटना का शिकार हो जाने के बाद अब मेरे तर्कों से कैसे सहमत होगा? मुझे लगा था, मेरे पास ऐसा नश्तर नहीं, जो उसका इलाज कर सकता है।

मगर मैंने यह कल्पना भी नहीं की थी कि वह इतना कायर होगा। नियति और संयोग के आगे घुटने टेकने से भी बदतर यह स्थिति थी। यह जानकर मैं स्तंभित सा रह गया था कि वह तीन दिन से घर से गायब है। आशा और प्रयत्न जब प्रतीक्षा करके थक गए, तब एक नग्न सत्य मेरे सामने था कि वह मैदान छोड़कर भाग गया है।

उस क्षण मुझे लगा था, हमारी सारी घनिष्ठता, बचपन का साथ, विश्वास कुछ नहीं, बस किसी कागजी मकान की दीवारें मात्र थीं, जिन्हें भूकंप के पहले झटके ने, चक्रवात की पहली लहर ने ही भूमिसात् कर दिया है। अपने निर्णय के बारे में कम-से-कम सलाह तो ले सकता था। क्या ऐसे ही व्यक्ति की दोस्ती का मैं अब तक दंभ भरता रहा हूँ, जो यह भी नहीं सोच सकता कि मेरे पीछे उसका क्या होगा, जिसे मैं हाथ थामकर, सात फेरे खाकर अधिकारपूर्वक अपने साथ लाया हूँ? कहाँ जाएगी वह लड़की, जिसका पति विवाह के चौथे दिन ही घर छोड़कर चला गया हो?

फिर भी मुझे कतिपय तटस्थ क्षणों में ऐसा आभास होता था कि उसके हृदय की पीड़ा मुझे छू रही है। पानी के बहुत बड़े टब में मिले खून के कुछ कतरों की तरह उसकी पीड़ा मेरे अंदर भी कहीं है।

वार्ड में उपस्थित जूनियर डॉक्टर बार-बार घड़ी देख रहा है। एक बज चुका है। उसे लंच के लिए जाना है और तब तक वह यहाँ से जा नहीं सकता, जब तक मैं यहाँ हूँ। मैं सिस्टर को बुलाता हूँ।

"डॉक्टर से कहो कि वे लंच के लिए जा सकते हैं। मुझे अभी यहाँ रुकना है।"

शीला अब आती ही होगी। वह आज तक अपनी हर समस्या पर मुझसे सलाह लेती रही है, मगर आज मैं सोच-सोचकर घबरा रहा हूँ कि उसका सामना कैसे करूँगा। कैसे कहूँगा उससे कि एक लंबे युग के बाद अतीत नतमस्तक होकर पाश्चात्ताप करने आया था, मगर तुम अब उस अतीत से साक्षात्कार नहीं कर सकोगी? कैसे बताऊँगा उसे कि तुम्हारी जिंदगी का सबसे अनबुझा प्रश्न आज स्वयं ही हल बनकर इस वार्ड के बेड नं. 15 पर आया था, मगर तुम्हारे पहुँचने से पहले ही वह आगे बढ़ गया है? किस तरह कैफियत दूँगा कि दो दिन से जानकारी होते हुए भी मैंने चुप्पी क्यों ओढ़े रखी? यह सच होते हुए भी कि पेशंट की ऐसी अवस्था को ध्यान में रखते हुए शीला को बुलाना ठीक नहीं था, क्या मैं उसे यह बात ठीक तरह से समझा सकूँगा? शेखर को लावारिस लाश की तरह मॉर्चरी में डाल देना

भी तो ठीक नहीं है। आखिर वह शीला का पति था।

पति? हाँ, पति-पत्नी तो वे थे ही। कानून और शीला का हृदय दोनों ही अब भी इस संबंध को टूटा हुआ नहीं मानते। लेकिन परिस्थितियों और दूरियों की सुई से सिली गत पंद्रह वर्षों की अनवरत सिलावट को यों तोड़ देना क्या उचित होगा? पति-पत्नी, अंतिम संस्कार, स्वर्ग-नरक, भावुकता के इन पहलुओं को गाँठ बाँधकर मृत को जीवित तो नहीं किया जा सकता। शीला क्या अब मन से विधवा नहीं है? एक और दर्द उसके मानसिक वैधव्य पर थोप देना क्या उचित होगा?

शीला सामने से चली आ रही है। मैं जल्दी-जल्दी वर्तमान के पृष्ठ नकारता अतीत की ओर दौड़ने लगता हूँ। पंद्रह वर्ष पूर्व लिखे गए उस पृष्ठ को तलाशता हुआ, जिसे जी लेने के बाद शीला की कमर टूट गई थी। इस प्रयत्न के बाद मुझे लगता है, रेत का एक बहुत बड़ा बगूला मेरे पास से होकर गुजर गया है।

□

कस्तूरी मुझ माहिं

कुछ समय से महसूस करता हूँ, कार्यक्षमता और सामर्थ्य घटी है। किसी समय लगातार चौदह-चौदह घंटे कुछ-न-कुछ करता रहता था। नौकरी थी। कर्मचारी संघ की राजनीति थी। बैठकें थीं। आना-जाना था। दौरे थे। ऊटपटाँग खाना-पीना था। बहस-मुबाहिसे थे। सहमतियाँ-असहमतियाँ थीं। ऊपर से नजर न आनेवाली पेचीदगियाँ थीं। गृहस्थी, बच्चे, पत्नी, सामाजिक दायित्व थे, मगर सुबह से रात तक भाग-दौड़ के बाद भी कभी ऐसा नहीं लगा कि थक गया हूँ, सुस्ता लूँ। एक धुन थी, रागिनी थी, जिस पर झूमते हुए कब समय गुजर गया, पता तक नहीं लगता था। कई बार समय की कमी जरूर अनुभव होती थी, किंतु न कभी लगा कि शरीर साथ नहीं दे रहा है और न कभी प्रयत्नों-परिणामों के प्रति मन में असंतोष का भाव पैदा हुआ।

ठीक है कि सेवानिवृत्त हो गया हूँ। शरीर की क्षमता का आयु के साथ घटना स्वाभाविक है, किंतु शरीर पर भार भी तो कम हुआ है इस बीच। नौकरी अब नहीं करनी पड़ती। कर्मचारी संघ में सक्रियता अब नहीं रह गई है। आना-जाना सीमित हुआ है। दौरे अब नहीं करने पड़ते हैं। बच्चे बड़े हो गए हैं। गृहस्थी की रोजमर्रा की जरूरतें पूरी करने के लिए नहीं भागना पड़ता है। सामाजिक दृष्टि से जहाँ जरूरी होता है, जाता हूँ अन्यथा कमरे में लेट-बैठकर किताबें, पत्र-पत्रिकाएँ पढ़ता रहता हूँ। पढ़ने का जो सुख व्यस्तताओं के चलते जीवन भर कभी नहीं मिला था, अब भरपूर भोगता

हूँ। उम्र के अनुसार जितना पीछे जाना चाहिए, तुलना करें तो दबाव कम हो जाने के कारण मन-मस्तिष्क-शरीर को उससे कहीं ज्यादा आराम मिला है। बासठ साल के उत्साह से भरे अन्य लोगों को काम करने की क्षमता पहले के मुकाबले कितनी कम लगती होगी, मुझे नहीं मालूम, किंतु अपने बारे में सोचता हूँ तो आश्चर्य से भर जाता हूँ। कहीं जाता हूँ तो ड्राइविंग नहीं करनी पड़ती। जहाँ जाता हूँ, चार कदम से अधिक पैदल चलने की जरूरत नहीं पड़ती। सोफे पर बैठकर बतियाता हूँ। चाय पीता हूँ। यथासंभव सुविधाजनक समय पर बाहर निकलता हूँ। शरीर को कोई कष्ट नहीं करना पड़ता। हाथों को एक किलो वजन नहीं उठाना पड़ता। इसके बावजूद एक-दो-तीन घंटों के बाद घर लौटता हूँ तो थक चुका होता हूँ। कभी अधिक समय बाहर रहने को मजबूर होना पड़े तो बातचीत, व्यवहार, तौर-तरीकों में झुँझलाहट परिलक्षित होने लगती है।

जब शरीर को कोई श्रम नहीं करना पड़ा तो थकान क्यों महसूस हुई? अगर मन की थकान को शरीर की थकान का कारण माना जाए तो महसूस होना चाहिए, न कि अमुक वारदात की वजह से संवेदनाएँ झंकृत हो गईं और इसलिए पहले मन, फिर शरीर पर असर हुआ। ऐसी कोई घटना नहीं होती, जो मन को क्लांत करे। कुछ दिन पहले सटे हुए मकान में एक आयोजन में जाने का प्रसंग बना। बेटे को नौकरी मिली थी, इस उपलक्ष्य में चुनिंदा लोगों को दोपहर भोज के लिए आमंत्रित किया गया था। कपड़े बदले और अपने घर से निकलकर पड़ोस के मकान में चले गए। कोई बोझ या तनाव नहीं। यातायात का दबाव नहीं। ट्रैफिक सिग्नलों का झंझट नहीं। प्रदूषण नहीं। गरमी का प्रकोप नहीं। मुश्किल से एक मिनट लगा होगा पहुँचने में। कॉलोनी में से किसी को नहीं बुलाया गया था, इसलिए परिचित भी कोई नहीं था वहाँ। दस-बारह लोग कुरसियों का झुरमुट बनाकर बैठे गपशप कर रहे थे। पड़ोसी महाशय ने वहाँ ले जाकर बैठाया, औपचारिक रूप से परिचय कराया और अपने काम-धंधे से लग गए। कभी सेवानिवृत्ति के बाद किए जा रहे कार्यकलापों, कभी जमाने की तेजी से रफ्तार पकड़ती

गति और कभी राजनीतिक परिदृश्य। चर्चा का विषय बनता-बदलता रहा। मैं इनमें से प्रत्येक विषय पर विचार व्यक्त करने की स्थिति में था, मगर अपरिचितों के बीच होने के कारण मुझे बोलने की जरूरत महसूस नहीं हुई।

होंठों से मुसकराहट चिपकाए मैं आधा-पौन घंटा वहाँ बैठा। सबके साथ भोजन किया। दस-पंद्रह मिनट इसके बाद भी वहाँ रहा और फिर हम लोग लौट आए। घर पहुँचे तो लगा, बहुत थक गया हूँ। क्या किया मेरे शरीर ने ऐसा कि थकान महसूस होने लगी? भोजन करने के लिए ग्रास उठाना, ग्रास को थाली से मुँह तक ले जाना हाथ को वापस नीचे ले आना, मुँह में डाले गए ग्रास को चबाना, भोजन के बाद पानी पीना, उठकर हाथ धोना, कुल्ले करना, जेब से रूमाल निकालकर हाथ पोंछना, ये सब ऐसे काम थे क्या कि शरीर थक जाए? बोला नहीं था। बहस नहीं हुई थी किसी से। दिमाग पर कोई दबाव नहीं था। दूसरे लोगों की बातें, उनके तर्क-वितर्क सुनकर मन-ही-मन गलत-सही जरूर ठहरा रहा था बोलनेवालों को। मगर एक बार भी पक्ष नहीं बना। जुबान खोलकर न किसी बात का समर्थन किया और न विरोध। होंठों की मुसकराहट को आधार मानें तो मैं बातों का मजा ले रहा था। मन को अप्रिय लगे, ऐसा कुछ नहीं था वहाँ। भोजन ऐसा नहीं था कि जायका खराब कर दे। मान-सम्मान में कमी नहीं थी। मालूम नहीं कि पड़ोसी होने के नाते या निकटता के कारण मगर पूरी कॉलोनी में से अकेले हमें आमंत्रित किया गया, अंदर-ही-अंदर गौरवानुभूति थी। इन स्थितियों में न मन को थकना चाहिए, न तन को। फिर भी थकान महसूस हो रही है तो क्यों? क्या कारण हो सकता है इसके पीछे? उम्र का असर मानें तब भी प्रश्न अपनी जगह खड़ा है कि बिना शारीरिक या मानसिक श्रम किए थका-थका क्यों महसूस करता हूँ?

भले ही सबके सामने स्वीकार न करूँ, लेकिन मेरा चेहरा, मेरा व्यवहार, मुद्राएँ, प्रतिक्रिया दर्ज करने का तरीका, यहाँ तक कि बातचीत में किए गए शब्दों का प्रयोग मेरी हकीकत बयान कर रहे होते हैं। अपनी सभी व्यस्तताओं के बावजूद मेरी खुशमिजाजी और जिंदादिली सबको प्रभावित करती थी।

मुसकराहट मेरी चिरसंगिनी थी। गंभीर से गंभीर स्थितियों में भी मैं तनावग्रस्त नहीं होता था। उलझी परिस्थितियाँ सुलझाने के लिए घंटों सलाह-मशविरे के दौर चलते थे और मैं थकता नहीं था। बीच-बीच में हल्की-फुल्की फिकरेबाजी करके वातावरण को बोझिलता से दूर बनाए रखता था। विशेष बात यह थी कि इसके लिए मुझे कोशिश नहीं करनी पड़ती थी। अपने आप हो जाता था सबकुछ। अब सामान्य दिखाई देने के लिए भी जैसे, लगातार अभिनय करता हूँ। जिसके पास आँख है, वह अंदर चला जाता है और सच्चाई को पकड़ लेता है।

कुछ दिन पहले कर्मचारी संघ में साथ काम कर चुके और लगभग दस साल पहले सेवानिवृत्त हुए एक मित्र का दिल्ली से आना हुआ था। घर मिलने आए। मैं तपाक से गले मिला। गर्मजोशी से स्वागत किया। खुलकर बातें कीं। दो-तीन पुराने नेता साथ थे उनके। जाते-जाते एक ने कहा भी, ''देखकर खुशी होती है कि सेवानिवृत्ति ने आपके ऊपर कोई विपरीत असर नहीं डाला है। आप उतने ही चुस्त-दुरुस्त हैं, जितने पहले हुआ करते थे।'' मैं ठहाका लगाकर हँस दिया था। लौटने के कोई एक घंटे बाद मित्र का फोन आया, ''बाकी लोग साथ थे, इसलिए उस समय पूछा नहीं। सबकुछ ठीक है न?''

''ठीक तो है सबकुछ! आपको कुछ गलत लगा क्या?''

''गलत तो नहीं, मगर कुछ ठीक भी नहीं लगा।''

''कैसे? कैसे कहते हैं आप यह बात? मेरे व्यवहार में कोई बदलाव था?''

''ऊपर से तो सबकुछ ठीक था। मगर लगातार महसूस हो रहा था कि तुम पहले वाले व्यक्ति नहीं हो।''

''नहीं-नहीं। मैं वैसा ही हूँ, जैसा पहले हुआ करता था। एक साथी ने आपके सामने यह बात कही भी थी।''

''हाँ, कही थी। मगर तुम जितने भी बनो, सच्चाई मुझसे छिपा नहीं सकते।''

"क्यों छिपाऊँगा सच्चाई आपसे, बताइए?"

"दूसरे लोग साथ थे, इसलिए हो सकता है, मन को खोलना ठीक न लगा हो तुम्हें!"

मैंने नकली ठहाका लगाया, "ऐसी कोई बात नहीं है। आप निश्चिंत रहिए।"

"ठीक है, तुम कहते हो तो मान लेता हूँ।" उन्होंने ठहराव के साथ कहा।

किसी से क्या कहूँ? किसी को क्या बताऊँ? मुझमें परिवर्तन आया है। मेरी सामर्थ्य, काम करने की शक्ति, शरीर और मन की ताकत कम हुई है। एहसास के बावजूद न मुझे इसका कारण मालूम है और न मैं इसे स्वीकार करने की मनःस्थिति में हूँ। बेफिक्री, चुस्ती, हाजिरजवाबी, चुनौती स्वीकार करने की प्रवृत्ति कुंद होने के संकेत गंभीरता से मानने को तैयार नहीं हूँ। जो मुझे समझते हैं, स्वाभाविक है कि इस परिवर्तन को महसूस करेंगे। मित्र ने भी अगर पकड़ा और टोका तो आश्चर्यजनक नहीं मानना चाहिए। मित्र से कह दिया। अगर स्वयं से भी झूठ बोलूँ तो कौन रोक सकता है? गलत बयानी, परदेदारी, लुकाछिपी और बच-बचाव करके मैं किसे धोखा दे रहा हूँ? जो परिवर्तन महसूस होते हैं, उनके ऊपर काबिज होना संभव है क्या इस तरह?

पहले जितना प्रफुल्ल नहीं रहता हूँ। कारण? शायद प्रफुल्लता का वातावरण नहीं है चारों ओर। एकरसता में दिन उगता है। एकरसता में डूब जाता है। किताबों, पत्र-पत्रिकाओं में जो सामग्री पढ़ता हूँ, उसमें नयापन होता है। ऐसा बहुत कुछ पढ़ने को मिल जाता है, जो मेरी जानकारियों में इजाफा करता है। असहमति की स्थिति में सोच जिन बिंदुओं से साक्षात्कार कराता है, उससे मौलिकता का एहसास जागता है। ज्ञान में वृद्धि और चिंतन का विस्तार संयुक्त रूप से मुझे समृद्ध बनाते हैं। किंतु पढ़ना, पढ़ना और सिर्फ पढ़ना आखिर कब तक पढ़े कोई? कई बार पढ़ने की इच्छा नहीं होती। किताबें, पठन-सामग्री देखकर वितृष्णा सी होने लगती है। उचाट मन से

पढ़ा हुआ कुछ भी न आनंद देता है और न ठीक तरह से समझ में आता है। ऊबकर टी.वी. देखने लगता हूँ या सी.डी. लगाकर देखने-सुनने लगता हूँ। एकाध घंटे में मन उससे भी भर जाता है। समझ में नहीं आता, क्या करूँ? कैसे समय व्यतीत करूँ? संभवत: इसलिए उदासीनता व अरुचि का भाव पैदा होता है। कुछ करने की इच्छा नहीं होती। कहीं जाने की मन:स्थिति नहीं बनती। हर एक से मिलने की मानसिकता नहीं बनती। केवल वही करता हूँ, जो जरूरी है। बोझ की तरह भारी लगता है हर काम। कुछ गिने-चुने लोगों के अलावा किसी से बतियाने, गप-शप करने को जी नहीं चाहता। सामनेवाले को लगता है, अच्छी तरह बात कर रहा हूँ। उत्साह से मिल रहा हूँ। जरूरत के अनुसार खुशमिजाजी, हँसी ठट्ठा, चुटकलेबाजी, चुहल-चिकोटी सबकुछ शामिल होते हैं व्यवहार में, मगर प्राण नहीं होते। ऊब का एहसास, निर्वाह की विवशता, झेलने की मजबूरी और फँस जाने की झल्लाहट गंदुमी आवरण में लिपटकर मेरे व्यक्तित्व के मूल रंगों को धूसरित करती है। समय व्यतीत करना, जिन्हें कठिन लगता है, वे प्राय: ऐसे व्यक्तियों की राह देखते हैं, जिनके साथ दो-चार घंटे गुजारे जा सकें। अंगुलियों पर गिनती करने योग्य नाम छोड़ दें तो मेरे लिए हर मिलनेवाला सिर पर आ पड़ी मुसीबत की तरह होता है।

मनचाहा प्रफुल्लित करता है। अनचाहा कम या अधिक प्रताड़ित करता है। मन और शरीर की स्थिति में जो गिरावट महसूस होती है, उसकी जड़ में यह सिद्धांत तो नहीं है? जीवन भर जिन गतिविधियों में संलग्न रहा हूँ, उनके कारण महत्त्व मिलता रहा है। महत्त्व का स्वाद मन में निरंतर बना रहा है। उस जायके के चलते वैशिष्ट्य-बोध का एक घेरा नजर न आते हुए भी खुशबू की तरह अनुभव करता रहा हूँ। यह अनुभूति इतनी ऊर्जा देती है शायद कि मन और बदन दोनों हवा की तरह संपूर्ण तरलता के साथ गतिशील रहते हैं। कभी ऊब नहीं होती। नीरसता नहीं आती। थकान नहीं लगती। समय की कमी नहीं अखरती। मुश्किल-से-मुश्किल काम भी बोझ नहीं बनता। सबकुछ इतनी खूबसूरती से होता जाता है कि महसूस ही नहीं

होता, कोई प्रयत्न भी करना पड़ा है संपादित करने के लिए।

महत्त्व-प्राप्ति की लालसा थी तो उस रास्ते को क्यों छोड़ा, जिस पर चलकर इच्छित मिलता था? सेवानिवृत्ति के बाद कर्मचारी संघ में पद पर बने रहना संभव नहीं था तो सलाहकार के रूप में ही सही, सक्रिय रहा जा सकता था। कुछ दिन पहले जो मित्र दिल्ली से आए थे, किसी-न-किसी रूप से जुड़े हुए हैं न कर्मचारी संघ से? मुझे तो केवल दो साल हुए हैं, वे पिछले दस वर्षों से अपनी उपस्थिति को दर्ज करा रहे हैं। मुझसे मिलने आते समय कर्मचारी संगठन के दो-तीन पुराने नेताओं का साथ होना इस बात का प्रमाण था कि उनका महत्त्व बरकरार है। मेरे लिए संभव नहीं होता क्या यह सब? मैंने न कोशिश की और न रुचि दिखाई। किसी का हक मारता, पद पर अधिकार जमाकर बैठा रहता, किसी और का रास्ता रोकता या ऐसे काम करता, जो असंवैधानिक होते तो विरोध संभव था। सलाहकार एक हो या दस, कोई अंतर नहीं पड़ता। संघ के दफ्तर में रोजाना आकर कुछ समय देना चाहें दें। न देना चाहें न दें। न कोई बाध्यता है और न प्रत्यक्ष या अप्रत्यक्ष अपेक्षा। अधिकार नहीं है कोई तो उपेक्षा भाव भी नहीं होता है किसी के व्यवहार में। पद पर रहते हुए जितना महत्त्व मिलता है, प्रशासन और साथी जितना पूछते हैं, बदली स्थिति में वैसी हैसियत चाहे न हो, मगर घर बैठकर जिस अप्रासंगिकता को आमंत्रित किया है मैंने, कम-से-कम वैसी हालत तो नहीं होती। खुद-ब-खुद हाशिए पर जाकर महत्त्वहीन बनते चले जाने का फैसला ही तो जिम्मेदार नहीं है मेरी वर्तमान स्थिति के लिए?

मेरे पास कर्मचारी संघ में पद था। बैठकें थीं। दौरे थे। लोगों के फँसे और उलझे काम निकलवाने की हैसियत थी। हर जगह आवभगत होती थी। आदर मिलता था। यह सिलसिला लंबे समय से चल रहा था, इसलिए उसकी अहमियत का एहसास हुआ नहीं कभी। जो मुझे मिला हुआ था, उसके ऊपर नैसर्गिक अधिकार नहीं था मेरा। फिर भी वहम था कि भविष्य में मेरी स्थिति में बदलाव नहीं आएगा। इतने वर्षों तक कर्मचारी संघ को चलाया, सँभाला है। मेरे बाद जिनके हाथों में संघ की बागडोर आएगी,

वे मेरे सिखाए-पढ़ाए लोग हैं। कोई भी कदम मुझसे पूछे बिना कैसे उठा सकते हैं? मुझे न संघ के दफ्तर में जाने की जरूरत है और न औपचारिक रूप से सलाहकार बनने की। मेरी सलाह के बिना अच्छी तरह काम चला ही नहीं सकता कोई। मन में केंचुली मारकर बैठे इस विचार को पढ़ तो नहीं पाया, लेकिन इतना नासमझ कैसे बन गया मैं? यह भी नहीं सोच सका कि दुनिया एक आदमी के भरोसे नहीं चला करती?

जो मेरे पास था, उसे तिलांजलि देकर, जो नहीं था लपककर उसे पकड़ लेने की बालसुलभ चेष्टा के अतिरिक्त क्या कहा जा सकता है मेरे व्यवहार को? नौकरी से तो समय के साथ मुक्ति मिलनी ही थी, किंतु इसके अलावा जो कुछ मैं करता आ रहा था, उसे ठोकर मारकर बड़प्पन का खोखला प्रदर्शन करने की जरूरत क्यों महसूस हुई मुझे? पढ़ने का शौक पूरा करने का समय नहीं मिला कभी। अब मिला है तो जी भरकर पढ़ूँगा। क्यों नहीं समझ पाया कि आखिर कितना पढ़ सकता है मुझ जैसा आदमी, जिसका मन अन्य कार्यों में अधिक रमता रहा है? जो है, उसे लात मारकर और जो नहीं है, उसकी ओर दौड़ना मानव-सुलभ कमजोरी हो सकती है, किंतु यह दौड़ लगाने से पहले क्यों आगे-पीछे नहीं देखा मैंने? अब जब पिछड़ गया हूँ तो अकेला, अनुपयोगी और व्यर्थ महसूस हुए तनावग्रस्त गया हूँ। अकारण थकान, खीझ, झुँझलाहट, अंसतोष, ऊब की जड़ में यह अव्यक्त तनाव ही तो नहीं है?

जो कुछ घटित हो रहा है आसपास, मेरा मनचाहा नहीं है। बाहर से सामान्य दिखाई देने की कोशिश में इस अनचाहेपन का बोझ धीरे-धीरे असह्य होने लगता है। मानूँ या न मानूँ ये स्थितियाँ अवसाद भी पैदा करती होंगी। अंदर पलता तनाव, सामान्य दिखने की कोशिश में खुद से लड़ी जानेवाली जंग, मनमाफिक कार्य करने का छद्म, मूल रूप से जो अच्छा लगता है, उससे पूरी तरह बनाई दूरी, उस काम को करने की लगातार कोशिश जो शायद इतना अजीज नहीं है कि सुकून दे सके। ये सभी गणक मिलकर अवसाद पैदा नहीं करेंगे क्या? अवसाद को तो थकान और ऊब

में परिणित होना ही है। क्या है नया इसमें ? शरीर की वर्तमान स्थिति, मन के मौजूदा संकट को मैंने स्वयं आमंत्रित किया है। इस हालत से बाहर निकलने का उपक्रम भी कोई दूसरा नहीं कर सकता। मुझे ही निकालना होगा रास्ता। केवल मैं ही अपना मददगार हो सकता हूँ। किसी दूसरे की तरफ देखकर अपने आपको अधिक उलझाऊँगा।

भीड़ में रहना मुझे पसंद है। अब एकांत चुना है मैंने। लोग तारीफ करें। मेरी स्थिति और हैसियत के संदर्भ में उनमें ईर्ष्याभाव हो। विरोध करनेवालों को निस्सहायता तथा कमतरी का एहसास कराने के लिए जरूरी खेल खेलता रहूँ। कहीं जाऊँ तो सामान्य आदमी जैसा व्यवहार न किया जाए। कहूँ, चाहे न कहूँ, मगर इससे मुझे सुख मिलता है। एकांत में रहकर आजकल जो कुछ मैं करता हूँ, वह जीवन भर की साध लगी होगी, किंतु सचमुच मेरा भ्रम है। सबकुछ छोड़कर केवल पढ़ता रहूँ, क्योंकि चाहते हुए भी कभी पढ़ने के लिए समय नहीं निकाल पाया, यह वहम है। मुझे बाहर निकलना होगा, इन भ्रमों और वहमों से। वही करना होगा, जो मुझे सर्वाधिक प्रिय है। न सही कर्मचारी संघ की राजनीति, किंतु मोहल्ले की विकास समिति है। वरिष्ठ नागरिकों के लिए काम करनेवाली संस्थाएँ हैं। सेवानिवृत्त कर्मचारी संगठन हैं। क्यों दूर जाता हूँ ? कॉलोनी के प्रवेश-मार्गों पर दरवाजे लगवाकर सुरक्षा की दृष्टि से प्रहरी नियुक्त करने की चर्चा कई महीनों से विकास समिति में की जा रही है। धन जुटाकर इस व्यवस्था को लागू करने की बात बन नहीं पा रही है। संकेत मात्र देने की देर है, विकास समितिवाले हाथोहाथ लेंगे। भले ही बासठ का हो गया हूँ, किंतु मैं बूढ़ा नहीं हुआ हूँ अभी। न मन से और न तन से।

मैं खड़ा हो जाता हूँ। जोर से आवाज लगाकर पत्नी को कहता हूँ, "सुनती हो, मैं विकास समिति के अध्यक्ष से मिलने जा रहा हूँ।"

□

संतुलन

सबकुछ तय है। थोड़ी सी भी धुंध नहीं है दिमाग में। फिर भी सेवानिवृत्ति का दिन ज्यों-ज्यों निकट आ रहा है, अतीत फड़फड़ाकर चोंच खोल देता है। कभी पहली नौकरी याद आती है। कभी आदर्शों और भावनाओं में डूबे फैसले याद आते हैं। कभी वे क्षण याद आते हैं कि जिनके कारण मेरी सोच की दिशा बदली। कभी अपने आपको तर्क देकर गलत को सही साबित करने की कोशिशें याद आती हैं और कभी जीवन-यात्रा में बिछुड़ गए एक ऐसे बच्चे की स्मृतियाँ सताती हैं, जिसके मन में उसूलों के प्रति दीवानगी की हद तक अनुरक्ति भाव रहता था।

पाँच साल पहले ही सोच लिया था कि साठ साल की उम्र में सरकारी अस्पताल से विदा होने के बाद भी पहले की तरह कमाई का सिलसिला जारी रखूँगा। शहर में अनेक छोटे और बड़े अस्पताल हैं। उनमें से किसी के साथ जुड़ जाऊँगा। किसी एक अस्पताल में नियमित नौकरी न करूँ और पाँच-सात नर्सिंग होम पकड़ लूँ, तब भी जितनी आमदनी अब होती है, उससे ज्यादा कमा लूँगा। पैंसठ साल की उम्र तक भरपूर कमाऊँगा। इसके बाद पाँच साल किसी चैरिटेबल हॉस्पिटल या गैर-सरकारी संगठन से जुड़कर काम करूँगा। उतना ही लूँगा, जितना खर्च करूँगा। आवागमन की सुविधा और दूसरे छोटे-मोटे खर्चों की पूर्ति हो जाए, बस। न हानि, न लाभ। इस तरह से पाँच साल और निकालूँगा। सत्तरवें जन्मदिन के बाद अपनी जेब से खर्च करके सेवा करूँगा। जो अस्पताल या स्वयंसेवी संस्थाएँ निःशुल्क शिविर लगाकर रोगियों के ऑपरेशन कराना चाहेंगी, वहीं

जाऊँगा। किसी से कुछ नहीं लूँगा। रोगियों को दवाएँ उपलब्ध कराऊँगा। जितना कमाया है, अर्जित किया है, बचाया है, अपनी विशेषज्ञता में उसे भी शामिल कर दूँगा। आयु के पचहत्तर साल इस तरह पूरे करूँगा। उम्मीद नहीं है कि इसके बाद हाथ सर्जरी कर पाएँगे। काँपते हाथों से एक सर्जन, जाहिर है काम नहीं कर सकता। अगर इसके बाद भी मोहलत मिली तो जिंदगी का क्रम पूरी तरह से बदल दूँगा। पूजा-पाठ, धार्मिक पुस्तकों का अध्ययन, चिंतन-मनन, भजन-कीर्तन, सत्संग और धार्मिक प्रवचनों का श्रवण करूँगा। जो चाहेगा उसे अपने जीवनानुभवों के अनुसार परामर्श देकर सही राह दिखाऊँगा।

अधिक से-अधिक पैसा कमाने की जिस राह को मैंने अपनाया है, उसके कारण क्या कालांतर में कभी परमार्थी या स्वाध्यायी बन सकूँगा? ठीक है कि एक मात्र लड़का बी.ई. और एम.बी.ए. होने के कारण रोजगार के संदर्भ में उच्च से उच्चतर की ओर बढ़ता जाएगा। ठीक है कि उसके साथ रहना शायद ही संभव हो सकेगा, क्योंकि लगभग तय है कि इस शहर में योग्यताओं के अनुरूप अच्छी नौकरी उसे नहीं मिलेगी। ठीक है कि जितना जुटा लिया है, उसके बूते पर हर तरह की सुख-सुविधा मयस्सर होगी। ठीक है कि परिस्थितियाँ और उम्र धीरे-धीरे उसी ओर धकेलेंगे, जो पहले ही मेरे मानस में हैं। ठीक है कि निवृत्ति की ओर बढ़ने की योजना एक-एक कदम चलकर कार्यान्वित करूँगा। किंतु अंदर से जिस तरह लगातार छोटा किया है मैंने अपने आपको, क्या उसे उलटना संभव हो सकेगा?

एम.एस. करने के बाद पहली नियुक्ति जिला अस्पताल में हुई थी। अकेला सर्जन था और रोगियों का बेतहाशा दबाव था। मैं अस्पताल में पूरी संवेदनशीलता के साथ रोगियों को देखता था। मुझे एहसास था कि चिकित्सक का मधुर व्यवहार, अपनत्व, सहजता, मुसकराहट और रोगी चाहे तीमारदार को दिया गया आत्मीय स्पर्श रोग-मुक्ति की प्रक्रिया को तेज करता है। ये सभी कारण मिलकर मरीजों के मन में मेरे प्रति विश्वास सृजित करते थे।

गरीब रोगियों के प्रति मेरे मन में सहानुभूति का भाव रहता था। यथासंभव मैं उनके लिए नि:शुल्क दवाओं की व्यवस्था करता था। अस्पताल में कार्यरत अन्य चिकित्सक घर पर आनेवाले मरीजों से अनाप-शनाप फीस लेते थे। मैं सरकार की ओर से निर्धारित फीस लेता था। जिसके पास उतना पैसा भी नहीं होता था, बिना नाराज हुए और बिना एहसान जताए, फीस छोड़ देता था। जिला अस्पताल का अकेला सर्जन अगर इतना मानवीय हो तो स्वाभाविक है कि बड़ी संख्या में मरीज उसको घर दिखाने जाएँगे। हर तरह की नैतिकता और चिकित्सीय मानदंडों के पालन के बावजूद रोगी को घर पर देखने के बाद फीस लेते हुए ऐसा लगता था कि मैं कोई अनुचित कार्य कर रहा हूँ। उस साल राजस्थान में भयंकर अकाल पड़ा। मुख्यमंत्री ने अपील की और मैंने बिना किसी को बताए चुपचाप घर पर मरीजों से मिली सारी फीस मुख्यमंत्री अकाल राहत-कोष में जमा करा दी।

यह मैं था, सिद्धांतप्रिय आदर्शवादी सर्जन, जो पीड़ित मानवता के लिए सबकुछ करने को तैयार था। आज वही मैं हूँ, जो प्रदेश की राजधानी के सबसे बड़े अस्पताल में कार्यरत ख्याति प्राप्त वरिष्ठ सर्जन होते हुए भी रोगी के दु:ख से दुखी महसूस नहीं करता हूँ। संवेदनाएँ लगभग भोथरी हो गई हैं। निर्धारित फीस से पाँच गुना राशि लिये बिना घर पर किसी मरीज को नहीं देखता हूँ। जरूरतमंद के साथ सहानुभूति दिखाने के बजाय उसे दुत्कार देता हूँ। मुसकराना तो दूर रहा, मरीज से सीधे मुँह बात तक नहीं करता हूँ। वार्ड में भरती मरीज का परिचारक जब तक घर आकर दक्षिणा नहीं देता, उसका ऑपरेशन नहीं करता हूँ।

क्या हुआ था ऐसा कि जिसने मुझे दक्षिणी ध्रुव से उठाकर उत्तरी ध्रुव में लाकर फेंक दिया। आज मेरे पास दस बीघा जमीन पर बना स्वीमिंग पूल युक्त फार्महाउस है। आलीशान बँगला है। करोड़ों रुपए के शेयर हैं। फिक्स डिपॉजिट हैं। यहाँ-वहाँ फैली संपत्तियाँ हैं। एक समय था, जब इनमें से कुछ भी मेरे पास नहीं था। केवल सिद्धांत थे, आदर्श थे। एक दिन अचानक मैं लकवाग्रस्त हो गया। तुरंत मिली चिकित्सीय सहायता

के कारण मैं ठीक तो हो गया, किंतु उस दिन मेरे अंदर जिस झंझावात ने जन्म लिया, उसने मुझे पूरी तरह बदल दिया।

अगर मैं अपंग हो जाता तो मेरी सीधी-सादी पत्नी का क्या होता? मेरे छोटे-छोटे मासूम बच्चों का क्या होता? मेरे सिद्धांत, मेरे आदर्श, मेरी मानवीयता, विवेक की आवाज सुनने की जिद, जिंदगी जीने के लिए जरूरी सुविधाएँ उन्हें दे पाती? मेरी आँखों के सामने उन सब के हाथ में कटोरा होता और मैं विवशतापूर्वक उन्हें दर-दर की ठोकरें खाते देखता रहता।

सचेत भाव से कठोर निर्णय लेकर मैंने अपने आपको बदल डाला। वार्ड हो या ऑपरेशन, आउट डोर हो या घर, दवाएँ हों या जाँचें, मेरी नजर मरीज, उसकी बीमारी, उसके हित से ज्यादा संभावित लाभ पर रहने लगी। हर फैसले के पीछे दृष्टि उस लाभ पर होती, जो मुझे मिल सकता था। प्रत्यक्ष या अप्रत्यक्ष तरीकों से मैं मरीजों को विवश करने लगा कि वे मुझे घर पर दिखाने आएँ। मेरे लिए महत्त्वपूर्ण नहीं रहा कि मरीज पैसे कैसे जुटाता है। कहीं से लाए, किसी भी तरह लाए, मुझे पैसा मिलना चाहिए।

शुरू में दिक्कत जरूर हुई। मेरे पुराने स्वभाव से परिचित लोगों को अटपटा लगा। लिखित शिकायतें भी हुईं। मगर रसूखात काम में लेकर, जरूरी हुआ तो कुछ ले-देकर, मैंने उन शिकायतों को दफ्तर दाखिल करवा दिया। लोगों ने जब देखा कि कोई मेरा कुछ नहीं बिगाड़ पा रहा है तो धीरे-धीरे सबने समझौता कर लिया। इसके बाद मैंने शहर के ऐसे नर्सिंग होम मालिकों से संपर्क किया, जो मेरे परिचित थे। वे जब भी बुलाते, अस्पताल के बाद जाकर मैं वहाँ ऑपरेशन कर आता। आमदनी बढ़ी तो मैंने सबसे पहले मकान बनवाया। सरकारी फ्लैट छोड़कर अपने मकान में रहना शुरू किया। इसके बाद एक-एक करके सीढ़ियाँ चढ़ता हुआ मैं आज के मुकाम पर पहुँचा हूँ।

सेवानिवृत्ति के कगार पर खड़ा होकर चारों तरफ देखता हूँ तो लगता है, केवल सिद्धांतों और आदर्शों के स्तर पर ही परिवर्तन नहीं आए हैं

मुझमें! मानवीयता और संवेदनशीलता ने ही दामन नहीं छुड़ाया है मुझसे! केवल चिकित्सीय शपथ को भुलाकर अपने कर्तव्यों को तिलांजलि नहीं दी है मैंने! रिश्ते भी मेरी नजर में बदले हैं इस दौरान। मन के कोमल भावों ने कठोर रूपाकार ग्रहण किए हैं। इस बीच शरीर की ऊँचाई भले ही न घटी हो, मगर अंदर से मैं छोटा हो गया हूँ। खास बात यह है कि घिस-घिसकर छोटा होने, यहाँ तक कि बौना हो जाने का सिलसिला निरंतर जारी है।

कॅरियर के शुरुआती दौर में हम पाँच डॉक्टर मित्र अपने एक सहपाठी की शादी में शामिल होने के लिए निकटवर्ती शहर में गए थे। कार हम पाँच में से एक की थी। होना यह चाहिए था कि पैट्रोल का खर्चा हम पाँचों बाँट लेते, मगर ऐसा नहीं हुआ। बाकी सबकी कुटिलता को समझते हुए भी मैंने अपना हिस्सा कार के मालिक डॉक्टर मित्र को दे दिया। न्यायोचित के प्रति आग्रह रखनेवाला मैं अब योजनापूर्वक संबंधित वस्तुओं का व्यापार करनेवाले अपने रोगियों से सामान मँगवाकर भुगतान की बात जान-बूझकर भूल जाता हूँ।

बाकी लोग कुछ भी सोचते हों, मगर मैं खुद को दूसरों से ज्यादा होशियार, ज्यादा समझदार और ज्यादा तेज दिमाग मानता हूँ। फिर भी कई बार लगता है कि आज मैं जिस मुकाम पर खड़ा हूँ, मेरा नहीं, मेरी परिस्थितियों का बड़ा योगदान है उसमें। अगर पक्षाघात नहीं होता तो भौतिक जगत् को गौण मानता रहता। मेरे साथी डॉक्टर महँगी कारों में सवार होकर शान से घूमते होते और मैं पुराना स्कूटर घसीटता रहता। मेरे कनिष्ठ सहयोगी अपने बच्चों की शिक्षा पर जितना खर्च करते, वह मेरे लिए आकाशकुसुम की तरह होता। जिंदगी सरकारी पलैट में गुजरती और सेवानिवृत्ति के बाद एक अदद छत की तलाश तनावग्रस्त करती। सिद्धांतों और आदर्शों की दुहाई देकर मैं अपने आपको तो किसी तरह समझा लेता, किंतु पत्नी और बच्चों में पैदा होनेवाली पिछड़ेपन की ग्रंथि का सामना कैसे करता? क्या मेरी दलीलें संतुष्ट कर पातीं उन्हें? सामने

चाहे न कहते, मगर क्या मन में भी मुझे अव्यावहारिक और बेवकूफ की उपमा के साथ गालियों से नहीं नवाजते? अपनी नजर में भले ही मैं दूसरों से ऊँचे मंच पर आसीन होता, बुद्धिमान और अक्लमंद होता, किंतु जिंदगी के आईने में मेरी हकीकत कुछ दूसरी होती।

मगर अब तो सबकुछ है न मेरे पास? किसी भी कारण दिशा बदली हो, अब तो हो गया है न वह, जो मेरी पत्नी या मेरे बच्चों के लिए होना चाहिए था? फिर क्यों नहीं लौटता हूँ, उस राह पर जो कभी मुझे प्रिय थी? क्यों नहीं छोड़ता हूँ, वे दंद-फंद जो पैसा कमाने के लिए करता आ रहा हूँ? जब परिवार को आर्थिक सुरक्षा के दायरे में ले आया था, बंद तो तभी कर देनी चाहिए थी उखाड़-पछाड़। पैसा कमाने का चस्का, गलत-सही ढंग से संपत्ति के अंबार खड़े करने का नशा और बिना आगा-पीछा देखे स्वर्णमृग के शिकार में डूब जाने की धुन, कड़वी गोली पर मीठे लेप की तरह मुझे मोहित करती रही है। कब तक होता रहेगा ऐसा? सेवानिवृत्ति के बाद पाँच साल भरपूर अर्थोपार्जन की लालसा है। इसके बाद गाँठ को मजबूती से बंद रखने की योजना है। किसके लिए? किसके लिए करना चाहता हूँ, अब मैं यह काम? आज मर जाऊँ, तब भी आर्थिक संकट खड़ा नहीं होगा परिवार के सामने। क्यों मधुमक्खी की तरह शहद के उस छत्ते को निरंतर मधु से भरता जा रहा हूँ, जिसे किसी भी समय धुआँ दिखाकर उतार ले जाएगा कोई। मेरे लिए अनुपयोगी है अब शहद का यह छत्ता। क्यों चिपका हुआ हूँ फिर इससे?

अचानक एक विचार चौंका जाता है। प्रारंभ में फक्कड़ था। अलमस्ती अच्छी लगती थी। मन को जो प्रिय लगता था, वही कार्यकलापों में शामिल हो जाता था। सिद्धांतों और आदर्शों का पल्ला पकड़कर खुद को दूसरों से श्रेष्ठ समझता था। बाद में रास्ता पूरी तरह बदल दिया। येन-केन प्रकारेण वह हासिल किया, जिसको कभी हेय मानता था। इस दौर में भी अपने आपको दूसरों से बेहतर आँकता रहा। संतुलित न पहले था, न बाद में था। अब पहले दौर की तरफ लौटकर फिर एकांगी बनूँगा। खुद को दूसरों

से ज्यादा समझदार, होशियार, तेज दिमाग और बुद्धिमान मानकर मैं जिस दंभ में जीता रहा हूँ, उसका संबंध कम-से-कम भौतिक संसाधनों से तो नहीं ही है। क्या इस दंभ से मुक्त होकर अभावों और संपन्नता में संतुलन स्थापित करने की दृष्टि से कोई दूरगामी योजना नहीं बनाई जा सकती?

धुंध पहले भी नहीं थी, मगर अब महसूस होता है कि मेरे कदम रोशनी की एक ऊँची मीनार की सीढ़ियों की ओर बढ़ रहे हैं। □

परछाईं

मोना! आश्चर्य मिश्रित आह्लाद से उसकी धड़कनें झटका खाकर तेज-तेज दौड़ने लगीं। मोना। हाँ, बिल्कुल मोना। शत-प्रतिशत वही। वैसी ही भावुक, पनीली आँखें। वैसी ही खूबसूरत, तराशे फाँक से होंठ। वैसा ही गोल चेहरा। गालों की हड्डियाँ उसी मनमोहक अंदाज से उभरी हुईं। मस्तक तक घिर आए घने केश। बीच से निकली हुई माँग। नियोजित अनुशासन के विरुद्ध बगावत करती दो लटें।

अदाओं का अनियंत्रित सैलाब उसे बरबस वहाँ ले गया। वह सिगरेट के तीखे धुएँ से घिरा, छल्लों में लिपटा, अँधेरे कमरे में बंद आसमान को घूरता मनीष बन गया। मि. पारिख, चीफ सुपरिंटेंडेंट की कुरसी, इज्जत-आबरू अब उसे अपना नाम नहीं, अपने किसी मित्र का नाम महसूस होता था। ऐसे मित्र का नाम, जिसे समय की सलाखों ने पीट-पीटकर शिनाख्त खो देने पर मजबूर कर दिया हो। मि. पारिख की भूलभुलैया ने जिसे ग्रस लिया था, वही मनीष आज जीवित होकर मि. पारिख के सीने पर पाँव रखता, स्मृतियों को रौंदता उसमें प्रवेश कर गया।

"यह मेरी वाइफ है सर, कीर्ति। और ये मेरे बॉस, मि. पारिख।"

मनीष से मि. पारिख तक की यात्रा तय करते हुए स्वप्निलता की धुंध उसकी आँखों में अटकी रह गई।

"लवली," गुनगुनाते हुए उसे लगा, यह विशेषण भ्रामक सिद्ध हो सकता है।

"रियली लवली नेम—कीर्ति।"

रोजी फेस पाउडर का एक पूरा पैक कीर्ति के मुँह पर ढुलक गया। मुसकराकर उसने अपना सिर झुका लिया।

मनीष फिर लौट आया।

"मोना, तुम इस तरह मत हँसा करो।"

"किस तरह?"

"इस तरह जैसे अभी-अभी तुम हँसी थीं, निचले होंठ को दाँतों से दबाकर।"

"क्यों?"

"मुझे डर लगता है।"

"क्यों भला? डर क्यों लगता है तुम्हें?"

"इतनी कारीगरी से तराशा हुआ होंठ कभी गलती से कट गया तो…।"

गुलाबी होती लवें। झुकता हुआ चेहरा। दाँतों से कसकर दबाया हुआ हँसता निचला होंठ।

"थैंक यू सर!" देसाई ने विनम्रता से झुकते हुए कहा।

"तुम्हारी मिसेज कहाँ की हैं देसाई?" गोया मि. पारिख ने नहीं, मनीष ने पूछा।

"अहमदाबाद की हैं सर।"

गुंबद से बोले गए शब्द की तरह 'अहमदाबाद' मि. पारिख के मस्तिष्क में गूँजता रहा।

"अहमदाबाद में आपका घर कहाँ है, मिसेज देसाई?" मि. पारिख ने सीधा कीर्ति को संबोधित किया।

"काँकरिया के निकट है।"

एक भूली-बिसरी मीठी तान, बड़ी देर से रुके हुए किसी ठंडे झोंके की तरह मि. पारिख को सिहरा गई।

"तुम इतना चुप-चुप क्यों रहती हो, मोना?" मनीष ने पूछा।

"नहीं तो।"

''नहीं तो क्या होता है ?'' मोना ने उलझन से मनीष को देखा।

''नहीं तो की जगह तुमने वह क्यों नहीं कहा कि नहीं तो, बोलती तो हूँ।''

''जब 'नहीं तो' बोलने से काम चलता है, फिर 'बोलती तो हूँ' कहने से क्या फायदा ?''

''मैं फायदा-नुकसान कुछ नहीं जानता। बस इतना जानता हूँ कि तुम ज्यादा-से-ज्यादा बोलो और मैं ज्यादा-से-ज्यादा सुनूँ।''

''ऐसा क्यों भला ?''

''इसलिए कि तुम्हारे बोलते रहने से मुझे यों महसूस होता है, जैसे कोई मधुर तान धीरे-धीरे मुझे लपेटती जा रही है और मैं मुग्ध सा बेसुध हुआ जा रहा हूँ।''

आवाज, लहजा, उच्चारण का तरीका, स्वर का प्रभाव। वही-वही। सबकुछ वही है। घर भी अहमदाबाद में और काँकरिया···।

''मालूम होता है सर, आप अहमदाबाद से काफी वाकिफ हैं।''

''हाँ, मैंने एम.ए. वहीं से किया है।''

मि. पारिख ने देखा, कतार बाँधे कई चित्र सामने खड़े हैं। मनीष कॉलेज के पोर्च में से गुजर रहा है, मोना साथ है। मनीष कॉलेज की डिबेट में बोल रहा है, मोना सामने है। मनीष पढ़ रहा है, मेज पर मोना के तैयार किए हुए नोट्स हैं। मनीष कॉलेज जाने से पहले कपड़े निकालने के लिए वार्डरोब खोल रहा है, चंदन की संदूकची में मोना का चित्र है। परीक्षा के दौरान प्रश्नों के उत्तर देने के लिए मनीष पैन निकालता है, उस पर मोना का नाम है। अचानक घने-लंबे बालों की छत्रच्छाया में साँस लेता एक कोहरा चंदन की वही वार्डरोबी महक लिये उसे अपने चारों ओर दूर-दूर तक फैलता अनुभव हुआ।

''अहमदाबाद क्या इतना अच्छा शहर है सर ? कीर्ति तो जब देखिए, अहमदाबाद-अहमदाबाद करती रहती है।'' देसाई ने सिलसिला टूटने से बचाया।

"अच्छा शहर है?" जिस शहर ने उसे इतना जबरदस्त नासूर दिया, वह अच्छा शहर? जो शहर मोना को मार सकता है, वह अच्छा शहर नहीं हो सकता। हरगिज नहीं हो सकता। एक टीस मनीष की सीमा रेखाओं को पार करती हुई मि. पारिख के चेहरे को झुलसा गई।

मनीष को मर जाने दो पारिख। मर जाने दो। बड़ी मुश्किल से तो वह मरा है। तुम उसे फिर जिंदा करने पर तुले हो।

"हाँ, अहमदाबाद वाकई अच्छा शहर है देसाई? वैसे मिसेज देसाई, आप तो अहमदाबाद से आई ही हैं, काँकरिया में अब कितना पानी है?"

"काँकरिया अब पूरी तरह बदल गया है।" संक्षिप्त उत्तर। मधुर, मध्यम स्वर। मोना! मोना!! मोना!!!

"क्या? काँकरिया की पुरानी पहचान समाप्त हो गई है अब?"

मनीष घायल सा घिसटता हुआ समुद्र के सामने बिछी रेत पर पसर गया। काँकरिया, मोना, बोटिंग, हँसती गाती जिंदगी और···और मौत। मोना की आकस्मिक, अनपेक्षित मृत्यु से फालिजग्रस्त वह अपने संत्रस्त हाथों से रेत खोद-खोदकर शंख निकालता रहा। स्मृतियाँ पलट-पलटकर समय की जुगाली करती रहीं।

चंदन की संदूकची। मोना का चित्र। मोना के पत्र। समुद्र किनारे, रेत में से निकाला हुआ एक खूबसूरत शंख। मृत मोना को अर्घ चढ़ाने की भावना से मनीष ने वह शंख चंदन की संदूकची में रख दिया था और मोना का चित्र, यत्नपूर्वक सँभलकर रखे गए उसके पत्र, शंख के संसर्ग में दीमक की चपेट में आ गए थे।

"क्या बात है सर, आपकी तबीयत तो ठीक है?" मि. पारिख को झकझोरकर मनीष भाग गया।

"हाँ···ठीक है···ठीक है। दरअसल···।" वह थोड़ा रुककर शब्द तलाशता रहा, "बैठे-बैठे थोड़ी थकान आ गई है।"

"तो एक कप कॉफी पी लें सर। उठो कीर्ति, कॉफी बना दो।"

"नहीं-नहीं, देसाई।" मि. पारिख ने जल्दी से कहा, "आप बैठिए,

मिसेज देसाई। कॉफी-वॉफी रहने दीजिए।''

''एक कप ले लें सर, थकान तुरंत दूर हो जाएगी।'' देसाई ने आग्रह किया।

''नहीं देसाई, अभी इच्छा नहीं है।''

अचानक मि. पारिख के मस्तिष्क में एक विचार कुलबुलाया, ''आप लोगों का मैरिज एलबम होगा न, देसाई?''

''जी हाँ।'' देसाई ने फुरती से उठकर आलमारी खोली। एलबम के पृष्ठ खुलते रहे, बंद होते रहे। मनीष मोना को ढूँढ़ता रहा, साधता रहा।

''एलबम कैसा लगा, सर?''

''अच्छा लगा। आप दोनों का एक पोज तो बहुत ही सुंदर बन पड़ा है।'' मि. पारिख ने एलबम दुबारा हाथ में लेकर पृष्ठ पलटना चालू कर दिया।

''यह रहा।'' मि. पारिख ने एकटक उस फोटो को देखते हुए कहा, ''वैसे देसाई, तुम्हारे पास इस पोज की स्पेयर कॉपीज हैं क्या?''

पेयर में से एक फोटो अलग कराना बहुत आसान काम है। कीर्ति का फोटो। मोना का फोटो। यादों को सहारा मिलना चाहिए। यादों को सहारा मिल जाएगा।

''स्पेयर कापीज हैं तो नहीं, मगर कराई जा सकती हैं। यह बात कैसे पूछ रहे हैं सर?'' मि. पारिख जोर से हँसे, ''अरे भाई देसाई, ऐसे अच्छे फोटो की एक-एक कॉपी बतौर याददाश्त अपने दोस्तों को भी तो देनी चाहिए तुम्हें।''

देसाई ने आश्चर्यमग्न दृष्टि से मि. पारिख को देखा। फिर एलबम में से वह चित्र निकालकर उसने मि. पारिख की ओर बढ़ाते हुए कहा, ''यह मेरी खुशकिस्मती होगी, सर।''

कुछ क्षण पूर्व अनायास कुलबुलाया विचार सफलता की गंध पाकर उछल पड़ा। इस पुलक को कुशलतापूर्वक दबाते हुए मि. पारिख ने जवाब दिया, ''नहीं देसाई, नहीं। मैं तो यों ही मजाक कर रहा था। एलबम में से

भी कहीं फोटो निकाला जाता है।''

''नहीं सर, इस फोटो को तो अब आपको रखना ही होगा। इस बहाने मुझे और कीर्ति को कभी-कभी आप याद तो कर लिया करेंगे।''

मि. पारिख, मनीष। मनीष, मि. पारिख। मोना, कीर्ति। कीर्ति, मोना। घुले-मिले नाम, घुली-मिली तसवीरें। वह तसवीर मोना की कहाँ होगी? जैसा कि देसाई कहता है, तसवीर देखकर याद तो कीर्ति की आएगी। मोना तो कीर्ति की परछाईं भर लगेगी। मनीष को मोना की तसवीर चाहिए, कीर्ति की नहीं। मोना मोना है। कीर्ति उसका विकल्प नहीं बन सकती।

मि. पारिख को लगा, इस प्रसंग को चलाकर उन्होंने बहुत बड़ा अपराध कर दिया है। मनीष के साथ, मोना के साथ और इस अपराध के बोझ से उनकी कमर झुकती चली जा रही है।

□

शपथ-पत्र

मैं, सरल हृदय भोलाराम आत्माभिमानी उम्र 67 वर्ष, पता फिलहाल कोई नहीं, बेटे-बहू के अप्रिय शब्दों से अपमानित महसूस करने के बाद वृद्धाश्रम में रहने आ गया था। वृद्धाश्रम का वातावरण, निवासियों व प्रबंधकों का व्यवहार और व्यवस्थाएँ देखकर मुझे एहसास हो गया है कि अपनों के होते हुए भी परायों के बीच रहकर हर रोज जिस मानसिक यातना को भोगना पड़ रहा है, उसका मूल कारण मैं खुद हूँ। इसलिए मैं शपथपूर्वक घोषणा करता हूँ कि—

1. इसके बाद कभी आत्माभिमानी उपनाम का प्रयोग नहीं करूँगा।
2. बहू होने के नाते आप उम्र में मुझसे लगभग आधी हैं। अब तक ससुर होने के अधिकार और आयु अंतर के कारण मैं आपको 'तुम' कहकर संबोधित करता रहा हूँ। भविष्य में कभी ऐसी धृष्टता नहीं करूँगा। आपको केवल आप कहूँगा।
3. आप ठीक कहती हैं कि पैंतीस साल की हो गई हैं और मेरे कारण आपको शांति नसीब नहीं हुई है। जान-बूझकर भले ही कभी आपको अशांत करने की कोशिश न की हो, मगर अनजाने में यह अपराधतुल्य कुकृत्य मुझसे होता रहा होगा। आप कभी गलत नहीं हो सकती हैं। एक कृपा की याचना करता हूँ। भविष्य में कहकर, टोककर, डाँटकर, हाथ उठाकर या जिस तरह भी ठीक लगे, शांतिभंग करने की भूल करते ही मुझे बरज दें। विश्वास करें, मुझसे दूसरी

बार वैसी चूक नहीं होगी।

4. आपके और बेटे के बीच तनाव या अनबोलापन कभी-कभी लंबा हो जाता है। समझते हुए भी कि पति-पत्नी में इससे प्रेमभाव बढ़ता है। मैं मूर्ख, धैर्य धारण नहीं कर पाता हूँ। पीछे पड़ जाता हूँ। मेरी यह व्यग्रता आपको पति-पत्नी के मामलों में हस्तक्षेप लगती होगी। लगनी भी चाहिए। परिणामस्वरूप कभी-कभी झुँझलाकर आप कहती भी हैं कि गलत मैं नहीं हूँ आपका बेटा है। उसे समझाइए। आप मुझे क्यों आरोपित करते हैं? अब तक मैं इस आदत से लाचार रहा हूँ। भविष्य में ऐसे अवसरों पर मैं कुछ नहीं बोलूँगा। आपस के मनोमालिन्य को दूर करने की दृष्टि से आप दोनों बहुत समझदार हैं। मैं आप दोनों के बीच कभी नहीं आऊँगा।

5. घर में जरूरत की चीजों की व्यवस्था आप करती हैं। ऐसे मौके कम आते हैं, जब तेल, साबुन, टूथपेस्ट जैसी छोटी-छोटी वस्तुएँ घर में न हों। कभी इनमें से कुछ खत्म हो जाता है तो मैं आपको बता देता हूँ। मेरे लहजे में शायद ऐसा कुछ है कि यह जानकारी आपको शिकायत जैसी महसूस होती है। काम में खलल पड़ता है तो आपके चेहरे पर नाराजगी के भाव आते हैं। एक दिन तेल, साबुन, टूथपेस्ट का इस्तेमाल नहीं करूँगा तो आसमान नहीं फट जाएगा। सेवानिवृत्त हूँ। नियमित रूप से तयशुदा समय पर कहीं जाना नहीं पड़ता। शेविंग सोप या ब्लेड के अभाव में दो-चार दिन दाढ़ी नहीं बनी तो कोई अंतर नहीं पड़ेगा। मुझे समझना चाहिए कि मेरा साफ-सुथरा रहना और दिखना आप सबकी सामाजिक छवि के लिए मुझसे ज्यादा जरूरी है। भरोसा करें कि भविष्य में अपनी छोटी या बड़ी कोई माँग आपके सामने नहीं रखूँगा।

6. बनियान फट गई है। कुरता-पाजामा पहनने जैसा नहीं रहा है। कपड़े धुल नहीं पाए हैं। किसी कारण धुले कपड़े प्रेस होने से रह गए हैं। मुझे समझना चाहिए कि घर-गृहस्थी में ये बातें चलती

हैं। पूरी तरह संयम रखकर भविष्य में इन सबकी ओर संकेत भी नहीं करूँगा।

7. जमाना बदल गया है। पूरा बदन ढकने वाले कपड़े अब नहीं पहने जाते हैं। मिडी, जींस-टॉपर, स्कर्ट-ब्लाउज जैसी पोशाकें न पहननेवाली लड़कियाँ और महिलाएँ पिछड़ी हुई मानी जाती हैं। हर वक्त घर में रहता हूँ। इसलिए आप ये कपड़े मेरी नजर से बचाकर चाहें तब भी पहन नहीं सकती हैं। पहनेंगी तो नजर पड़ेगी। आप कोई गलत काम नहीं करती हैं। वक्त के चलन को समझकर मुझे जरूरत का एहसास होना चाहिए था। विशेष रूप से साथी बुजुर्ग जब व्यंग्यात्मक फिकरों और कुटिल मुसकानों के साथ कहते थे तो कभी-कभी प्रवाह में बह जाता था। विश्वास दिलाता हूँ कि भविष्य में संतुलन बनाए रखूँगा और आपके पहनावे को महत्त्व नहीं दूँगा।

8. फैशन आए दिन बदल जाता है। कपड़े, चप्पलें और सैंडिलें सालोसाल पहनने की बात सोचना संभव नहीं है। पहनो तो लोग मजाक उड़ाते हैं। दो-चार जोड़ी कपड़ों और सैंडिलों से काम चलानेवालों को हेयदृष्टि से देखा जाता है। समाज में उठते-बैठते हैं। हैसियत बनाए रखने के लिए सामान खरीदने से बच नहीं सकते हैं। नए कपड़े, चप्पलें, सैंडिलें आएँगे तो पहले आई यही चीजें जमा होती जाएँगी। ढेर लगता जा रहा है, यह सोचकर जमाने के साथ न चलना बेवकूफी है। अब मुझे यह बात अच्छी तरह समझ में आ गई है। भविष्य में, क्या खरीदा जा रहा है, जो खरीदा जा रहा है, उसकी कितनी जरूरत है, जैसे ऐसे सभी मुद्दों को जिनसे प्रत्यक्ष और परोक्ष वास्ता नहीं है या है, को अपने विचारों में जगह नहीं दूँगा।

9. सक्रिय जीवन के दौरान मिलने-जुलनेवाले गेरे स्तर के थे। नौकरीपेशा आदमी का दायरा तब आज की तरह शानो-शौकत

वाला नहीं होता था। घर का रख-रखाव, रंग-रोगन, फर्नीचर, एसी, फ्रिज इत्यादि किसी को जरूरी नहीं लगते थे। लाखों रुपए हर महीने वेतन लेनेवालों को रहन-सहन उसके अनुरूप रखना होता है। बड़ा और अच्छा मकान, महँगी लक्जरी कार, शानो-शौकत सबकुछ जीवन के अंग की तरह साथ चलता है। हवाई जहाज या एसी श्रेणी से कम में रेल यात्रा करने से सामाजिक प्रतिष्ठा और संबंधों पर खराब असर पड़ता है। प्रतिष्ठा और संबंध अच्छे हों तो अच्छी से और अधिक अच्छी नौकरी हासिल करना अपेक्षाकृत सुगम होगा। हर दूसरे साल घर के सामान, फर्नीचर, परदों, इंटीरियर को बदलकर फेसलिफ्ट करने से भी सामाजिक प्रतिष्ठा बढ़ती है। जिन लोगों को घर पर दावत के लिए बुलाते हैं, वे कॅरियर की दृष्टि से उपयोगी हैं। भविष्य में ऐसा कुछ नहीं कहूँगा या करूँगा, जिससे आपकी सामाजिक प्रतिष्ठा और संबंधों पर बुरा असर पड़ सकता है या उनके ऊपर आँच आ सकती है।

10. आपकी उम्र जीवन का भरपूर सुख उठाने की है। किटी पार्टियाँ, सैर-सपाटे, पिकनिक, सिनेमा आदि का आनंद यदि आप लेती हैं तो ठीक करती हैं। चार-छह महीनों में एक बार हफ्ते-दस दिनों के लिए घूमने बाहर जाती हैं तो उचित है। कभी बाहर का खाना खा लिया या उपवास करना पड़ा तो इससे मौत नहीं आ जाती। टिफिन सेंटर की रोटियाँ चबती या पचती नहीं हैं तो कोई पहाड़ गिरनेवाला नहीं है। कुछ दिनों की ही तो बात होती है। आपके लौटने के बाद सब ठीक हो जाता है। जिन लोगों ने जिंदगी जी ली है, उनके लिए त्याग के नाम पर अपने सुखों को बलिदान नहीं करना चाहिए। मैंने जिंदगी को भोग लिया है। आपको खुश देखकर मुझे खुशी होनी चाहिए। भविष्य में भूलकर भी आपकी किसी खुशी के आड़े नहीं आऊँगा।

11. आप घर में मेहमानों को आमंत्रित करती रहती हैं। घर में जो बूढ़े-

बुजुर्ग रहते हैं, उन्हें समझना चाहिए कि ऐसे अवसरों पर सबके बीच आना ठीक नहीं है। सौजन्य की सीमाएँ और उनका विस्तार आपको तय करना है। आवश्यकता महसूस करेंगी तो आप खुद बुला लेंगी। ऐसे मौकों पर मेरा अपने आप जाना आपको अच्छा नहीं लगता। मैं समझकर भी अपनी धुन में लगा रहता हूँ। भविष्य में जब तक आपकी ओर से बुलाया न जाए, मेहमानों के बीच नहीं जाऊँगा। अपना कमरा बंद करके धीमी आवाज में टी.वी. देखता रहूँगा या सो जाऊँगा। आप चाहेंगी तो उतनी देर के लिए घर से बाहर चला जाऊँगा और तब लौटूँगा, जब घर के बाहर एक भी गाड़ी नहीं होगी।

12. रोजाना के खाने में मिर्च-मसाले कम-ज्यादा हर घर में चलते हैं। मेहमानों को बुलाते हैं तो उनके जायके को ध्यान में रखना पड़ता है। पेट में अल्सर है। इसलिए मिर्च वगैरह अधिक होने पर मैं चुपचाप खाना छोड़कर उठ जाता था। थोड़ी जलन होती है तो बरदाश्त करनी चाहिए। सहनशीलता की उम्मीद बच्चों से नहीं, बड़ों से की जाती है। जुबान तीखापन सहन कर सके या न कर सके, भोजन अधूरा नहीं करूँगा। भविष्य में स्वाद, पसंद, मिर्च या इस तरह के किसी कारण से थाली में झूठा नहीं बचाऊँगा।

13. बढ़ती उम्र के साथ इंद्रियों पर नियंत्रण करना जरूरी है। फल, सूखे मेवे, मिठाई, पिज्जा, कटलेट, बर्गर जैसी जीभ-सुख देनेवाली खाने की चीजों के लिए अगर मन ललचाए तो उसके झाँसे में नहीं आना चाहिए। न इच्छा जाहिर करनी चाहिए और न नजर बचाकर किसी खाद्य-पदार्थ को मुँह में डालने की कोशिश करनी चाहिए। जीवन भर सबकुछ खाया-पीया है। स्वाद से अधिक सेहत जरूरी है। भविष्य में मन का लालच या स्वाद लेने के चक्कर में ऐसा कुछ नहीं खाऊँगा, जिससे आपको परेशान होना पड़े, न भविष्य में किसी ऊल-जलूल इच्छा को मन में पैदा होने दूँगा।

14. घर में रहनेवालों के लिए कितना भोजन बनना चाहिए, इसका सही आकलन करना संभव नहीं है। सब्जियाँ, रोटियाँ, चावल कम पड़ जाएँ तो खाने के लिए बैठे लोगों को ज्यादा बुरा लगता है। इसलिए परिवार के लिए आवश्यकता से अधिक भोजन बनाकर आप अच्छा काम करती हैं। तारीफ करने की जगह नाक-भौं सिकोड़कर मैं ठीक नहीं करता था। तैयार खाद्य-सामग्री बची तो फ्रिज में गई। दो-तीन दिनों तक इस्तेमाल नहीं हुई। जमादारिनें, झाड़ू-पोंछा करनेवालियाँ, बरतन माँजने वालियाँ और धोबिनें बची-खुची खाने की चीजें लेने में आजकल कितने नखरे करती हैं, सब जानते हैं। आखिर कूड़ेदान में फेंकनी पड़ीं तो आपको दोष नहीं दिया जा सकता। आती होगी सूखने के बाद भी रोटियों में से देसी घी की महक! बहती होगी सब्जियों में डाले गए तेल की धार! आप जान-बूझकर तो घर का नुकसान करती नहीं हैं। किसी को अधिकार नहीं है कि आपके बारे में भला-बुरा सोचे। भविष्य में ऊपर से बरबादी लगनेवाले ऐसे किसी नुकसान को मैं मन से भी अन्यथा नहीं लूँगा।

15. हर दादा-दादी की दिली इच्छा होती है कि उनके पोते-पोतियाँ सुसंस्कारित हों। बड़े होकर अपना और परिवार का नाम रोशन करें। इसलिए वे उन्हें नैतिक शिक्षा के पाठ पढ़ाने की कोशिश करते हैं। रामायण, महाभारत, पंचतंत्र की कथाएँ सुनाते हैं। सहजता से बातों-बातों में सदाचार सिखाते हैं। शिष्ट व्यवहार के तौर-तरीके बताते हैं। इस कारण बच्चों के साथ उनकी निकटता बढ़ती है। बच्चे उन्हें पसंद करने लगते हैं। दादा-दादी की कई बातें बच्चों में अनजाने में जड़ें जमाने लगती हैं। मुझे समझ में आ गया है कि नैतिकता की शिक्षा, रामायण आदि की कहानियाँ और हिंदू शास्त्रों की घुट्टी बच्चों को मौजूदा दौर की जरूरतों से दूर ले जाती हैं। नए युग की चुनौतियों का मुकाबला इन हथियारों से नहीं किया

जा सकता है। मैं भविष्य में बच्चों के साथ ऐसा व्यवहार करूँगा कि जिससे वे मुझे नापसंद करने लगेंगे और मेरे पास आकर नहीं बैठेंगे।

16. कुछ अनुभवी होने का दंभ, कुछ अपनी संतान को कुसंगति से बचाने की लालसा और कुछ फटे में टाँग अड़ाने की आदत ने मिलकर मुझसे एक ऐसी गलती करा दी थी, जिसे आप कभी क्षमा नहीं करेंगी। बच्चे ने नशे का सेवन किया। क्रिकेट पर सट्टा लगाया। यहाँ-वहाँ से भारी ब्याज पर पैसा उधार लिया। चारों ओर से घिर जाने के बाद भले ही उसने घर में सबसे पहले जानकारी मुझे दी हो, मगर उसे समस्या में से बाहर निकालने की पहल मुझे नहीं करनी चाहिए थी। मैंने बच्चे को विश्वास में लेकर विस्तार से सारा मामला समझा। जिन दोस्तों के साथ नशीली सामग्री का सेवन किया था, उनसे खुद जाकर मिला। जिनके साथ सट्टा लगाया था, उनसे बात की। जिनसे रुपए उधार लिये थे, उन्हें डराया-धमकाया। बच्चों को समझाकर, उनसे वचन लेकर, उन्हें कर्जदारों के डर और दबाव से मुक्ति दिलाकर भले ही मैंने सब ठीक कर दिया हो, मगर यह संदेश गया कि इस घर में सर्वेसर्वा मैं हूँ। आप सबकी हैसियत मेरे सामने कुछ नहीं है। आप मामला पुलिस में ले जा सकते थे। बच्चे को गलत रास्ते पर ले जानेवालों को सजा दिला सकते थे। मैं जानता हूँ, आपके अंदर ये क्षमताएँ हैं। मगर मैंने आपको नीचा दिखाया। ईश्वर न करे, फिर कभी ऐसी नौबत आए, किंतु भविष्य में समाज के सामने आपको नीचा दिखाने की हिमाकत कभी नहीं करूँगा।

17. हर बुजुर्ग को घर में अपनी उपयोगिता साबित करनी चाहिए। बच्चों को पढ़ाना चाहिए। सब्जी, सौदा-सुलफ लाना चाहिए। एसी, कूलर, गीजर, वाशिंग मशीन, नल, बिजली आदि के लिए मिस्त्रियों की व्यवस्था करनी चाहिए। छोटी-मोटी जरूरतें आगे

> बढ़कर देखनी चाहिए। सभी काम मैं कर सकता था, नहीं किए। हाथ बँटाना तो दूर रहा, बोझ बना रहा। भविष्य में ये सभी काम मैं मन लगाकर करूँगा। मैंने गणित और विज्ञान पढ़े हैं। भविष्य में आपको बच्चों को ट्यूशन के लिए नहीं भेजना पड़ेगा। मैं उन्हें पढ़ा दिया करूँगा।

मैं, सरल हृदय भोलाराम, दिनांक आज माह चालू वर्ष मौजूदा को पूरे होशो-हवास के साथ सही दिमागी हालत में इस शपथ-पत्र पर दस्तखत करता हूँ, ताकि सनद रहे।

(सरल हृदय भोलाराम)
दस्तखत खुद

गवाह

दस्तखत एक : भरपूर कोशिशों के
बावजूद कोई बुजुर्ग
दस्तखत दो : साथी यहाँ दस्तखत
के लिए तैयार नहीं है!

□

द्रविड़ प्राणायाम

साहित्य संस्थान के कर्मचारी ने सात सदस्यों के लिए प्रवेश-पत्रों की व्यवस्था पहले ही कर ली थी। अध्यक्ष के नाते वर्ष भर के लिए उनका अपना प्रवेश-पत्र पहले ही बना हुआ था। सचिवालय में वातावरण उत्साह से भरा था। ग्रामीणों की टोलियाँ यहाँ-वहाँ घूम रही थीं। सरकार बदले पाँच दिन मात्र हुए थे। फिजाओं में अपेक्षाएँ थीं। अमुक विधायक, अमुक मंत्री, अमुक राजनेता से परिचय मात्र भी सबकी आशाओं को सूरज की तरह आप्लावित कर रहा था। कुछ नया हो जाने की उम्मीदें ठाठें मार रही थीं।

साहित्य संस्थान के सदस्यों की कुल संख्या तीस थी। सरकार ऐसे लोगों को मनोनीत कर देती थी, जिनको कई बार साहित्य की क, ख, ग भी मालूम नहीं होती थी। क्योंकि संस्थान साहित्य के क्षेत्र में काम करने के लिए स्थापित किया गया था, इसलिए अपने विशेषाधिकारों का उपयोग करके अध्यक्ष कुछ लेखकों और साहित्यकारों का सहवरण करते थे। सामान्यतः सभी अध्यक्ष विचारधारा के आधार पर सदस्यों को चुनते थे, किंतु इस परंपरा के विपरीत उन्होंने विचारधारा को महत्त्व नहीं दिया था। अब दूसरे दल की सरकार ने सत्ता की बागडोर सँभाली थी तो उन्हें इस सोच का सीधा लाभ मिल रहा था। उनके साथ आए सातों सदस्य कमोबेश नई सरकार से संबद्ध थे।

सचिवालय भवन के कारीडोर से गुजरते हुए नई सरकार में पैठ

रखनेवाले एक सदस्य ने उनसे पूछा, ''शिक्षा मंत्रीजी से कोई विशेष बात करनी हो तो बताइए।''

''बधाई देने चल रहे हैं न हम लोग, बधाई देंगे।''

''बधाई के साथ कोई और बात भी करनी है क्या हम लोगों को?''

''और क्या बात करनी है?''

सदस्य के होंठों पर अर्थपूर्ण मुसकराहट थी। आशय समझने के बावजूद वे मौन रहे।

''कोई दूसरी बात करनी हो तो जरूर करें, मगर हमारे मंत्री का आग्रह मत भूलिएगा।'' एक विस्तीर्ण मुसकराहट उनके चेहरे पर जरूर उभरी, किंतु वे बोले कुछ नहीं।

पहली मंजिल पर जाना था। लिफ्ट का उपयोग न करके सीढ़ियाँ चढ़कर ऊपर पहुँचे। पी.ए. से पूछा। मंत्री कमरे में थे और अकेले थे। परची भेजते ही उन्होंने अंदर बुलवा लिया। घुसते ही उन्होंने ऊँची आवाज में कहा, ''साहित्य संस्थान का प्रतिनिधिमंडल आपका हार्दिक स्वागत करता है।'' और आगे बढ़कर बुके भेंट किया। मंत्री ने मुसकराकर धन्यवाद दिया और कुरसियों पर बैठने का संकेत दिया। व्यवस्थित हुए तो नई सरकार के संगठन में कभी प्रदेश के स्तर पर पदाधिकारी रहे संस्थान के सदस्य ने सबका परिचय दिया। तभी बात जारी रखने की मंशा से मंत्री ने औपचारिक रूप से हवा में प्रश्न उछाला, ''कैसा चल रहा है साहित्य संस्थान?''

यद्यपि सवाल केवल पूछने के लिए पूछा गया था, लेकिन सभी सदस्य प्रश्न के ऊपर गोया झपट पड़े। जिसको अवसर मिला उसने संस्थान के कार्यकलापों के कसीदे पढ़ने शुरू किए। इस प्रक्रिया में उनकी प्रशंसा का तड़का भी दिया जाता रहा। वे मुसकराते हुए शांति से खामोश बैठे रहे। शिक्षा मंत्री शिष्टता के साथ सिर हिला रहे थे। उन्हें टोकने का न अवसर दिया जा रहा था और न उनकी ऐसी कोई भावना नजर आ रही थी। संभव है, उनका इरादा इस प्रश्न को मुलाकात का पहला और अंतिम प्रश्न बनाना रहा हो।

लगभग प्रत्येक सदस्य कुछ-न-कुछ बोला। सबके चुप होते ही उन्होंने

पहली बार जुबान खोली, "क्षमा करें मंत्रीजी, यह प्रश्न आपने गलत लोगों से पूछा है।"

"कैसे?"

"साहित्य संस्थान का प्रतिनिधिमंडल आपसे मिलने आया है। वह तो संस्थान की तारीफ ही करेगा। इस प्रश्न के सही जवाब की अपेक्षा न हमसे की जा सकती है और न हमारे विरोधियों से। आप सचमुच संस्थान के कार्यकलापों का आकलन करना चाहते हैं तो यह प्रश्न तटस्थ लोगों से पूछा जाना चाहिए।"

"हाँ, कहते तो आप ठीक हैं।"

"इजाजत दें तो एक और ठीक बात कहना चाहता हूँ।"

"हाँ, हाँ, कहिए न!"

"मुझे पिछली सरकार ने साहित्य संस्थान का अध्यक्ष बनाया था। आदेशानुसार भले ही मेरा कार्यकाल तीन वर्ष है, किंतु यदि बाकी बचे लगभग डेढ़ साल के लिए आप अपनी पार्टी के किसी व्यक्ति को अध्यक्ष नियुक्त करना चाहते हों तो कृपया बता दें। मैं पद से त्याग-पत्र दे दूँगा। तनावों और खींचतान के बीच काम करना मेरी प्रकृति में नहीं है।"

"कैसी बातें करते हैं? आप प्रतिष्ठित साहित्यकार हैं। आपकी रचनाएँ हम बचपन से पढ़ते आ रहे हैं। अगर किसी राजनीतिक दल के सदस्य होते तो मैं अपनी ओर से ही आपसे त्याग-पत्र माँग लेता। आप पूर्ववत् काम करते रहें। मैं हृदय से आपका सम्मान करता हूँ।" उनके प्रस्ताव के परिणामस्वरूप सबके चेहरों पर उभरी तनाव की रेखाएँ मंत्री का उत्तर सुनकर प्रसन्नता में बदल गईं।

कमरे से बाहर निकलते ही नई सरकार से निकटता रखनेवाले सदस्य ने शिकायती स्वर में कहा, "मेरे मना करने के बाद भी आप नहीं माने!"

"मौका मिला तो मन की बात कह दी।" वे किंचित् मुसकराए।

"आपने मन की बात कह दी और अगर शिक्षामंत्री त्याग-पत्र देने के लिए कह देते तो क्या होता?"

"क्या होता? इस्तीफा दे देते!"

"शिक्षामंत्री के कमरे में जाने से पहले गलियारे में मैंने आपको अपने मित्र मंत्री का आग्रह भी याद दिलाया था। इसके बाद भी आपने ऐसी बात क्यों कही?"

"साहित्य संस्थान के अध्यक्ष पद पर मैं किसी की कृपा या दया के कारण बना रहना नहीं चाहता हूँ। नई सरकार योग्य मानती है तो मुझे कार्यकाल पूरा करने दे। नहीं समझती है या अन्य कारणों से किसी और को इस पद पर लाना चाहती है तो कल नहीं आज लाए। मैं अध्यक्ष रहूँगा तो स्वाभिमानपूर्वक रहूँगा, न किसी के सामने गिड़गिड़ाऊँगा और न याचना करूँगा।"

"मेरे मित्र मंत्री साहित्यकार के रूप में आपको लंबे समय से जानते हैं। यही बात आज शिक्षा मंत्री ने भी कही। आप साहित्य संस्थान के अध्यक्ष अपनी योग्यता के कारण हैं, इसमें संशय करके त्याग-पत्र देने का प्रस्ताव रखने की कोई आवश्यकता ही नहीं थी!"

उन्होंने कोई जवाब नहीं दिया। केवल मुसकराते रहे। अपनी योजना सफल होने के कारण वे प्रसन्न थे। सरकार बदलने के बाद साहित्य संस्थान के अध्यक्ष पद पर लटकती तलवार उनके जेहन में डेरा जमाकर बैठ गई थी। शिक्षामंत्री के नाम की घोषणा के साथ इस तलवार की धार उन्हें अपने पद के बेहद निकट महसूस होने लगी थी। यद्यपि एक मंत्री का आश्वासन मिल चुका था, किंतु यह उन्हें पर्याप्त प्रतीत नहीं हो रहा था। शिक्षामंत्री यदि अपने दल और विचारधारा के आधार पर परिवर्तन करते हैं या पिछली सरकार की ओर से की गई नियुक्तियों को निरस्त करने की नीति बनाते हैं तो उनका अध्यक्ष पद पर बने रहना संभव नहीं है। यदि कुछ करना है तो अभी करना है। पिछली सरकार ने नियुक्त किया था, इसलिए ठप्पा तो लगा हुआ ही है उनके ऊपर। अपने बूते पर पहल करके परिणाम पक्ष में लाए जा सकते हैं।

बहुत सोच-समझकर उन्होंने आक्रामक ढंग से आगे बढ़ने की योजना

बनाई। शिक्षामंत्री को बधाई देने के बाद क्या कहना है, पूर्वनिश्चित था। यदि प्रभावित हो जाते हैं तो मनचाहा परिणाम मिल जाएगा और अगर पासा उलटा पड़ता है तो दे देंगे इस्तीफा। शहादत का जामा पहनकर सिद्धांतवादी के रूप में छवि बनाने का अवसर मिल जाएगा। वे प्रसन्न थे कि दाव सफल हुआ। शिक्षा मंत्री ने तो आश्वस्त किया ही, उनकी यह छवि भी बनी कि पदलिप्सा की अंधी दौड़ के बीच एक ऐसा व्यक्ति भी है, जो स्वयं पद त्याग का प्रस्ताव रखता है। साहित्य संस्थान के सदस्यों की नजर में उनका कद कई गुना बढ़ गया।

मुख्यमंत्री राज्य विधानसभा के सदस्य नहीं थे। छह माह में विधायक का चुनाव जीतना मुख्यमंत्री बने रहने के लिए जरूरी था। एक विधायक ने इस्तीफा देकर उनके लिए चुनाव लड़ने का रास्ता साफ किया था। उप-चुनाव की तारीख घोषित हो चुकी थी। प्रक्रिया चरणबद्ध रूप में आगे बढ़ रही थी। चुनाव में केवल तीन दिन बाकी थे। पक्ष-विपक्ष के सभी कद्दावर नेताओं ने वहाँ डेरा डाला हुआ था। उन्हें साहित्य संस्थान का अध्यक्ष नियुक्त करनेवाले पूर्व शिक्षामंत्री, वर्तमान शिक्षामंत्री और साहित्य संस्थान के सदस्य के मित्र मंत्री आदि इलाके का सघन दौरा कर रहे थे।

संयोग से वर्ष भर के कार्यक्रमों की शृंखला में उसी समय उस क्षेत्र में साहित्य संस्थान की ओर से व्याख्यानमाला के अंतर्गत भाषण होना था। स्थानीय संयोजक ने फोन पर, मुख्य अतिथि और अध्यक्ष के रूप में किन लोगों को आमंत्रित करना है, यह प्रश्न पूछा। व्याख्यानमाला के भाषणकर्ता विद्वान् का नाम भले ही पूर्व निर्धारित था, किंतु वर्तमान शिक्षामंत्री तथा अन्य राजनीतिक नेताओं की क्षेत्र में उपस्थिति के कारण उनमें से मंच के लिए व्यक्तियों का चुनाव करना आसान नहीं था। बाद में संभावित विवाद में अपराधी सिद्ध होने की आशंका भी भरपूर थी। परामर्श करके उन्होंने संयोजक को स्पष्ट निर्देश दिए कि किसी भी राजनीतिक व्यक्ति को मुख्य अतिथि, अध्यक्ष आदि के रूप में आमंत्रित नहीं करना है। अहं को ठेस न लगे, इसलिए उन्हें व्यक्तिशः जाकर निमंत्रण-पत्र जरूर दिए जाएँ। स्थानीय

संयोजक ने तदनुसार सारी व्यवस्थाएँ कर दीं।

कार्यक्रम प्रारंभ होने से पहले सभागार में श्रोताओं की उपस्थिति ठीक-ठाक हो गई थी। नगर के प्रमुख लेखक, विद्वान्, प्राध्यापक, बुद्धिजीवी एवं रुचिशील व्यक्तियों के आगमन के कारण उन्हें अच्छा लग रहा था। व्याख्यानमाला में भाषण के लिए आमंत्रित विद्वान् पहुँच चुके थे। सत्ताधारी दल के कोई नेता, विधायक या मंत्री नहीं आए मगर कार्यक्रम शुरू होते ही पूर्व शिक्षामंत्री आकर पीछे रखी एक कुरसी पर बैठ गए। किसी समय साहित्य संस्थान के प्रभारी मंत्री रहे थे। श्रोताओं के बीच बैठें, यह शोभनीय नहीं था। उन्होंने सोचा, चुनावों का माहौल शबाब पर है। यदि पूर्व शिक्षामंत्री को मंच पर बैठाया जाता है तो गलत संदेश जाएँगे। साहित्य संस्थान के अध्यक्ष का रिश्ता विपक्षी दल से जोड़ते न सत्ताधारी हिचकिचाएँगे और न मीडिया चूकेगा। वे स्पष्ट निर्णय नहीं ले पा रहे थे कि पूर्व शिक्षामंत्री को मंच पर बैठने के लिए आमंत्रित करें या नहीं ?

बाहर से सामान्य दिखाई देने के बावजूद वे आत्मालाप कर रहे थे। पूर्व शिक्षा मंत्री जुड़ाव महसूस करते हैं, इसलिए आए हैं न कार्यक्रम में ? उन्हें मंच पर बैठाने के कारण अलग-अलग वर्ग कोई भी अर्थ क्यों न निकालें, मगर पूर्व शिक्षामंत्री के मन में यह भावना मजबूत हो जाएगी कि वे उनके ही आदमी हैं। अपने दल में पूर्व शिक्षामंत्री का वर्चस्व है। सरकारें आती-जाती रहती हैं। संभव है, अगली बार इनके दल की सरकार बने तो वे मुख्यमंत्री चुन लिये जाएँ। मंच पर बुलाकर एक तरह से आम का पौधा रोपेंगे कि जिसके फल आज नहीं कल मिलने की प्रबल संभावना है। नई सरकार की ओर से कोई नहीं आया है। हो सकता है, पूर्व शिक्षामंत्री को मंच पर बैठाने की बात तूल न पकड़े। अगर बवाल मचता है, तब भी दलील दी जा सकती है कि पूर्व मंत्री की अवमानना अशिष्टता मानी जाती। उन्हें मंच पर बैठाकर साहित्य संस्थान ने उच्चतर मूल्यों की रक्षा की है। दलीय सोच और राजनीति से ऊपर उठकर निर्णय लिया है। उठा-पटक को साहित्य से जितना दूर रखा जाएगा, समाज को संस्कारित करने में उतनी

ही अधिक मदद मिलेगी। उन्होंने मन-ही-मन पूर्व शिक्षामंत्री को मंच पर बुलाने का फैसला कर लिया।

इशारे से उन्होंने मौजूदा सरकार में मंत्री के निकटस्थ अपने सदस्य को मंच पर बुलाया। स्थिति बताकर आग्रह किया कि सभागार में साहित्य संस्थान के उपस्थित पदाधिकारियों से बात करके पूर्व शिक्षामंत्री को मंच पर बुलाने के बारे में निर्णय लेकर सूचित करें। जल्द ही आकर बताया गया कि स्पष्ट राय नहीं बन पा रही है। बेहतर होगा, जैसा उचित लगे, वे तय कर लें।

संदेश आने के तुरंत बाद उन्होंने संचालक को पूर्व शिक्षामंत्री को आग्रह व आदरपूर्वक मंच पर बुलाने के निर्देश दे दिए। संचालक के अनुरोध को जब पूर्व शिक्षामंत्री ने स्वीकार नहीं किया तो वे मंच से नीचे उतरकर स्वयं उनके पास गए और हाथ पकड़कर ऊपर ले आए। सभागार में उपस्थित लोगों ने करतल ध्वनि से स्वागत किया तो उन्हें अपने निर्णय की सार्थकता में जो थोड़ा-बहुत संदेह था, वह भी तिरोहित हो गया। व्याख्यान प्रभावशाली था। कार्यक्रम समाप्त होने के बाद वातावरण उपलब्धिपरक अनुभूति से परिपूर्ण था। पूर्व शिक्षामंत्री को मंच पर जरूर बैठाया गया, किंतु उन्हें बोलने के लिए नहीं बुलाया गया। आसन्न उप-चुनावों को ध्यान में रखते हुए कोई खतरा उठाना ठीक नहीं लगा उन्हें।

संभावना के अनुरूप उप-चुनाव में मुख्यमंत्री राज्य विधानसभा के लिए चुन लिये गए। संभावना के अनुरूप ही उन्हें साहित्य संस्थान के सदस्य के माध्यम से अपने मित्र मंत्री की नाराजगी का संदेश भी मिला। उपाध्यक्ष और उस सदस्य को साथ लेकर वे मंत्री से मिलने गए। उन्हें भरोसा था कि परिस्थितियाँ बताने के बाद मंत्री संतुष्ट हो जाएँगे।

तीनों निर्धारित समय पर मंत्री के कमरे में पहुँचे। जाते ही मंत्री ने चाय मँगवाई। थोड़ी-बहुत औपचारिक बातचीत के बाद मुद्दे पर आने के मकसद से उन्होंने कहा, "सुना है, आप हम लोगों से नाराज हैं?"

"हाँ, हूँ। ठीक चुनाव के समय मुख्यमंत्री के क्षेत्र में जाकर आपने साहित्य संस्थान को विरोधी मंच में बदल दिया।"

''ऐसा नहीं है। पूर्व शिक्षामंत्री कार्यक्रम में आ गए तो मजबूरी में उन्हें ऊपर बुलाना पड़ा। फिर यह निर्णय तो सबने मिलकर लिया था।''

''नहीं बुलाते तो क्या हो जाता? बिजली गिर जाती?''

''बिजली तो नहीं गिरती, मगर मूल्यों की हत्या हो जाती।''

''वाह, वाह, हमारे विरोधियों को मंच पर बैठाकर आपने मूल्यों की रक्षा की है।''

''देखिए, एक सम्मानीय व्यक्ति सभागार में था। हमारा कर्तव्य था कि हम उसे मंच पर बुलाएँ। साहित्यकारों से दलीय आधार पर निर्णय लेने की अपेक्षा नहीं की जानी चाहिए।''

''मत भूलिए कि हमारी सरकार की कृपा से आज आप साहित्य संस्थान के अध्यक्ष हैं। हम चाहते तो आपकी छुट्टी कर देते।''

अब तक वे शांत थे। अंतिम वाक्य सुनने के बाद उन्हें अपनी कनपटियों में खून उतरता महसूस हुआ। धीर-गंभीर स्वर में चिनगारियाँ उतर आईं, ''आपको वहम है मंत्रीजी कि आज मैं साहित्य संस्थान का अध्यक्ष आपकी या आपकी सरकार की कृपा के कारण हूँ। मेरे पास तीन वर्षों का नियुक्ति का आदेश है।''

''तो क्या हो गया? हम चाहें तो आपको तुरंत निलंबित कर सकते हैं।''

''ठीक है, कर सकते हैं तो करके दिखाइए। मैं डंके की चोट पर कह रहा हूँ कि कार्यकाल पूरा करूँगा।'' गुस्से से उफनते हुए वे उठ खड़े हुए।

''देखो, किस तरह बोल रहे हैं।'' मंत्री ने दोनों साथियों की ओर देखकर कहा। कोई जवाब न देकर बिना रुके वे बाहर निकल आए। साहित्य संस्थान के उपाध्यक्ष और साथ गए मंत्री के मित्र सदस्य भी उनके पीछे बाहर आ गए। भवन से निकलने के बाद उपाध्यक्ष ने कहा, ''आप बहुत जल्दी क्रोधित हो जाते हैं।''

''क्रोध नहीं आना चाहिए? ऐसी अपमानजनक बातें सुनने के बाद भी शांत बने रहना चाहिए?''

"तरीका भले ही ठीक न हो, मगर कोई गलत बात तो कही नहीं मंत्री ने।"

"कैसे नहीं कही? पूर्व शिक्षामंत्री को हम धक्के मारकर हॉल से बाहर निकालते तो इन्हें अच्छा लगता।"

"ऐसा तो नहीं कहा उन्होंने!"

"कोई कसर बाकी छोड़ी क्या? साहित्य संस्थान का अध्यक्ष अगर उनकी सरकार ने नहीं बदला है तो केवल इसलिए, क्योंकि मैं इस पद के योग्य हूँ और वे कहते हैं, आप हमारी कृपा से अध्यक्ष हैं! ऐसा पद मैं अपने जूते की नोक पर रखता हूँ।"

"फिर भी इस तरह से चुनौती देने की क्या जरूरत थी?"

"क्या बिगाड़ लेंगे मेरा? निलंबित ही तो करेंगे। अदालत से स्टे ले आऊँगा। देखूँ कैसे हटाते हैं मुझे?" उनके गुस्से में कमी नहीं आई थी।

तब तक तीनों सचिवालय की पार्किंग में आ गए थे। एक-दूसरे से विदा होकर, वाहन उठाकर वे रवाना हो गए।

दिन ज्यों-ज्यों गुजरता गया, उनका क्रोध भय और आशंका में परिवर्तित होता चला गया। बेचैनी बढ़ गई। भूख गायब हो गई। इस तरह नियंत्रण नहीं खोना चाहिए था। अगर शिक्षामंत्री से बात करके निलंबन के आदेश निकलवा देंगे तो··· ? अदालत में जाने पर समय और पैसा तो लगेंगे ही, अपरिमित तनाव भी झेलना पड़ेगा। सरकार के पास अपने वकील हैं। मुकदमा लड़ने के लिए पूरा तंत्र है। क्या जाता है उनका? छीछालेदर होगी तो व्यक्तिगत रूप से उनकी होगी। अच्छा-खासा साध लिया था सबको। मंत्री के साथ तैश में आकर अमर्यादापूर्ण व्यवहार करने की क्या जरूरत थी? भविष्य में ध्यान रखने का आश्वासन देते तो बात आई-गई हो जाती। इन लोगों को किसी की योग्यता से क्या लेना-देना है? जिसे साहित्य संस्थान का अध्यक्ष बनाकर बैठा देंगे, वही योग्य कहलाने लगेगा। विरोधी पक्ष की सरकार के नियुक्त अध्यक्ष से मुक्ति पाने के लिए किसी तर्क-वितर्क की जरूरत कौन महसूस करता है? सदैव ऐसा होता आया है। इस बार भी हो

गया तो आश्चर्यजनक क्या है? नुकसान में केवल वे रहेंगे। प्रतिष्ठा, पद, सम्मान मिट्टी में मिल जाएँगे। यह सब केवल इसलिए होगा, क्योंकि आपा खोकर उन्होंने अवांछित व्यवहार किया मंत्री से।

उथल-पुथल सोने नहीं दे रही थी। अपनी मूर्खता बार-बार काँटे की तरह चुभ रही थी। चिंता, दुश्चिंता बनकर आलोड़ित-विलोड़ित कर रही थी। अपने रचे चक्रव्यूह में से बाहर निकलने का मात्र एक रास्ता सूझ रहा था उन्हें। यदि वे मंत्री से माफी माँग लेते हैं तो आशा है, मंत्री मामले को आगे नहीं बढ़ाएँगे।

उन्होंने गलत किया है तो स्वीकार करने से क्यों हिचकिचाते हैं? समस्याएँ आमंत्रित करने, अप्रिय स्थितियों में उलझने की तुलना में यह बेहतर विकल्प है। यदि सुबह वे मंत्री के घर चले जाते हैं, उनसे एकांत में मिलकर अपने व्यवहार के लिए माफी माँगते हैं तो शायद कोई बुराई नहीं है। उन्होंने साहित्य संस्थान के उपाध्यक्ष और एक सदस्य की उपस्थिति में अपमानजनक व्यवहार किया था। माफी अकेले में माँगेंगे। किसी को पता भी नहीं लगेगा और संकट से मुक्ति मिल जाएगी।

नींद इस फैसले पर पहुँचने के बाद भी कोसों दूर थी, मगर दिल और दिमाग आतुरता से सुबह की प्रतीक्षा कर रहे थे। प्रतिदिन होनेवाली सुबह से अलग एक ऐसी प्रभात की प्रतीक्षा कि जब वे मंत्री के बँगले पर जाकर चारों ओर घिर आई काली घटाओं को तितर-बितर कर सकेंगे।

□

यक्ष-प्रश्न

गलत कहाँ हुआ?

मेरे माता-पिता पढ़े-लिखे, सुलझे और सकारात्मक विचारों के हैं। माँ समझदार, शांतिप्रिय और ममतामयी हैं। घर को पूरे समर्पण और निपुणता के साथ सँभालती हैं। नाते और रिश्ते के सभी लोग उनकी प्रशंसा करते नहीं अघाते हैं। पिता उच्च पद पर आसीन हैं। आदर्शवादी हैं। स्पष्ट विचारों के हैं। पाँव हमेशा चादर को ध्यान में रखकर फैलाते हैं। चार्वाक की उक्ति 'ऋणं कृत्वा घृतं पिवेत' में बिल्कुल आस्था नहीं रखते। बँगला, गाड़ी, सांसारिक सुविधाएँ सब हैं, लेकिन ये चीजें कहीं से कर्ज लेकर नहीं खरीदी हैं उन्होंने। स्पष्टवादी जरूर हैं। कोई बात अच्छी नहीं लगती है तो मन में नहीं रखते, मुँह पर ठोक-बजाकर कह देते हैं। कभी-कभी प्रतिक्रिया व्यक्त करते समय कटु भी हो जाया करते हैं। मगर ग्रंथियाँ पालते नहीं हैं। लिया, दिया और बात खत्म हो गई। सहज व सदल हैं। प्रारंभ से ही माता, पिता दोनों ने मेरी उचित इच्छा या माँग को हमेशा पूरा किया है। मित्रों को हमेशा रश्क होता रहा है कि मुझे इस तरह के स्नेहशील माता-पिता का संरक्षण मिला है। समझदारी से जीवन जीने की दृष्टि से सभी आवश्यक संस्कार देने की पूरी कोशिश की है उन्होंने। शायद इसीलिए इस मोरचे को छोड़कर हर काम में कामयाबी मिली है मुझे। कामयाबी भी ऐसी कि जो पूर्णतः स्वार्जन के एहसास से भरी है।

क्यों रहा हूँ मैं इस मोरचे पर असफल?

मैं सुशिक्षित हूँ। प्रतिष्ठित व्यवसायी हूँ। सामान्य व्यक्ति की तुलना

में पर्याप्त अधिक कमाता हूँ। कम बोलता हूँ, किंतु आत्मविश्वास की कमी या संकोच के कारण नहीं। मेरा चेहरा, मेरी भंगिमा, चाल-ढाल, पोशाक, आंगिक भाषा चिल्ला-चिल्लाकर मेरी समझ के स्तर का खुलासा करते हैं। क्रोध करना, झल्लाना, दुखी होना, निराश होना, हार मानना मेरे स्वभाव में नहीं है। माता-पिता को भरपूर आदर देता हूँ। सामान्यत: दबाव में आकर मैं ऐसा कोई काम नहीं करता हूँ, जो मुझे ठीक नहीं लगता। बिना कुछ कहे, बिना शोर-शराबे के खामोशी से अपनी सोच व समझ के अनुरूप काम करता रहता हूँ। मगर माता-पिता कुछ कहते हैं तो पसंद आए या न आए, ठीक लगे या न लगे बिना प्रतिवाद के उस बात को मान लेता हूँ। लगभग अंधविश्वास की सीमा तक भरोसा है कि वे जो कुछ कहेंगे, मेरे लिए हितकर होगा। आज तक मेरे इस भरोसे को कोई ठेस नहीं लगी। मगर यह फैसला उन्होंने आदेश की तरह आरोपित नहीं किया था। स्वयं देख-भालकर, सोचकर, मित्रों-परिचितों से मशविरा लेकर, छानबीन करके, मेरी संपूर्ण स्वीकृति के बाद किया था यह निर्णय।

कठघरे में क्यों खड़ा है अब यह निर्णय?

बचपन से अपनी बुद्धि पर भरोसा रहा है। जीवन जीने की कला का एक सूत्र है, परिपक्वता का आयु से कोई संबंध नहीं है। खेलने, खाने और शरारतें करने की उम्र में एक्स-रे की तरह बड़ों के मन की बात समझना शायद परिपक्वता के कारण ही संभव होता रहा है। माता-पिता को अपवाद मानते हुए, बड़े-बुजुर्गों की असहमति के बावजूद जो ठीक लगता है, वही करने की जिद भी संभवत: इसी परिपक्वता का नतीजा रही है। छोटा था तब भी, अब बड़ा हो गया हूँ तब भी, जिद मन-ही-मन ठानता हूँ। हील-हुज्जत, वाद-विवाद, झगड़ा-टंटा, चीखना-चिल्लाना, रूठना-मनाना, शोर-शराबा, पलायन-आगमन, यहाँ तक कि अपने पक्ष में मजबूत दलीलें देकर संतुष्ट करने की कोशिश मैंने कभी नहीं की। करनी, मेरी कथनी रही है। अपने आपसे संवाद करते हुए फैसला करता हूँ। उसके ठीक होने के प्रति अगाध विश्वास से भरा रहता हूँ। इसका कारण भी हो सकता है परिपक्वता और

केवल परिपक्वता रही हो। परिपक्वता के इस एहसास ने कभी न धोखा दिया है और न कभी शर्मसार होने दिया है मुझे। तुरंत नहीं तो कालांतर में सही, लेकिन हर कदम सही दिशा में उठाया गया कदम सिद्ध हुआ है।

नौ वर्षों के बाद भी गलत लगता यह कदम क्या कभी सही सिद्ध हो सकेगा?

अगर मैं माता-पिता की हर बात को ज्यों-का-त्यों अंगीकार करता हूँ तो सचमुच कुछ विशेष नहीं कर रहा हूँ। माता-पिता ने भी मेरी अनकही इच्छाओं को भरपूर आदर दिया है। चुनाव का मौका आया तो उन्होंने निकटतम संबंधों की भी परवाह नहीं की। टकराना पड़ा तो टकराए। दरगुज़र करना पड़ा तो किया। संशय की स्थिति में अनिर्णय व अनिश्चय के क्षणों में मेरे मत को महत्त्व दिया। कई बार तो दुरुपयोग की संभावनाओं को भी तरजीह नहीं दी। उनके अटूट विश्वास से उपजी श्रद्धा के कारण ही मैं उनकी इच्छा को आदेश मानने के अलावा कुछ सोच नहीं पाता हूँ। कर्तव्यभाव श्रद्धा के साथ मिलता है तो प्रश्न और शंकाएँ तिरोहित हो जाती हैं।

जिस उम्र में माँ-बाप की डाँट-फटकार सामान्य बात मानी जाती है, निषेध अनिवार्यता माने जाते हैं, टोकना-रोकना दिनचर्या का अभिन्न हिस्सा होते हैं, यदि मेरी समझ पर विश्वास करके मुझे मन-माफिक ढंग से अपना रास्ता स्वयं तय करने का अवसर दिया उन्होंने तो मैं उनकी अवज्ञा कैसे कर सकता हूँ? कभी असहमति के बावजूद ऐसा नहीं लगा कि माता-पिता की इच्छा के अनुरूप काम करने से मेरा अहित हो सकता है। सांसारिक, शारीरिक, सामाजिक, मानसिक किसी भी स्तर पर मुझे तकलीफ न पहुँचे यह सुनिश्चित करते समय उन्होंने अपने हित-अहित को गौण समझा है। मेरा पारिवारिक जीवन उनके कारण संकटग्रस्त हो जाए, पत्नी के साथ मेरा तालमेल न बने, ऐसा कुछ यदि वे सोचते तो कृत्यों, व्यवहार या वाणी से झाँक नहीं जाती क्या उनकी यह भावना? नौ वर्ष हो गए हैं पत्नी को आए। साथ रह रहे हैं। कुछ भी तो नहीं महसूस हुआ है इस अवधि में, जिससे उनकी दुर्भावना झलकती हो। विवाह के बाद हुए दो बच्चों के प्रति जो

स्नेहभाव उनमें है, उन्हें सुसंस्कारित करने के जो प्रयास उनकी ओर से होते हैं, अंधमोह से ग्रस्त हुए बिना बच्चों को आत्मीयभाव से जो व्यावहारिक व नैतिक दिशा वे देते हैं, पिछले नौ वर्षों से उसे देख और महसूस कर रहा हूँ। जिंदगी की आपाधापी जो कुछ करने की सुविधा मुझे नहीं देती और पत्नी जान-बूझकर जो नहीं करती है, उसे मेरे माता-पिता कर्तव्यभाव से करते हैं, यह बात छिप सकती है क्या कभी?

हो सकता है, पत्नी की तरह कोई दूसरा भी मेरी सोच को अंधभक्ति की संज्ञा दे। किंतु न्यायपूर्ण, विवेकसम्मत व उचित के प्रति आस्था के ताथ समझौता न करने की प्रवृत्ति को अंधभक्ति कैसे मानूँ मैं? कैसे मानूँ कि जो मैं स्वयं देखता और महसूस करता हूँ, वह गलत है और दूसरे जो उसकी व्याख्या करते हैं, वह ठीक है। फिर ऐसा भी तो नहीं है कि हर एक मुझे या मेरी सोच को गलत कहता हो। जो निकट से देखते हैं, तथ्यों को समझने की चेष्टा करते हैं, मुझे गलत नहीं मानते। मगर जो हकीकत से परिचित नहीं हैं या रंगीन चश्मा लगाकर स्थितियों को देखते हैं, उनकी दृष्टि में मेरी सोच माता-पिता के प्रति अंधभक्ति की श्रेणी में आता है।

पत्नी पता नहीं क्यों उस दौर को याद नहीं करना चाहती, जब मेरी व्यावसायिक व्यस्तताओं को ध्यान में रखते हुए माता-पिता उसे सिनेमा, नाटक या सैर-सपाटे के लिए अपने साथ ले जाते थे। तबीयत खराब होने पर घर आए डॉक्टर से दर्द के भय से इंजेक्शन न लगवाने पर पकड़कर जबरदस्ती इस तरह काबू में करते थे, गोया वह उनकी बेटी हो। खाने-पीने, पहनने-ओढ़ने की उसकी हर इच्छा का ध्यान रखते थे। जरूरत नहीं होने पर भी हर महीने आठ सौ रुपए जेबखर्ची के देते थे। मायके से क्या आया, क्या मिला कभी नहीं पूछते थे। शादी-विवाह, प्रिय प्रसंग पर पत्नी ने मायके में किसको कितनी राशि की सौगात दी, यह जानने में कभी रुचि नहीं लेते थे। हर छोटे-बड़े निर्णय में उसे शामिल ही नहीं करते थे, उसके मत को वरीयता भी देते थे। मकान नया बना हो या उसमें तब्दीलियाँ हुई हों, सबकुछ उससे राय लेकर होता था। आने-जानेवाले प्रत्येक महत्त्वपूर्ण

व्यक्ति से उसका परिचय कराने के साथ प्रशंसा में कुछ-न-कुछ जरूर कहा जाता था। मुझसे अनबन, मन-मुटाव, खटपट, किसी-न-किसी बात पर सदैव होती रही है। पल में तोला, पल में माशा की तर्ज पर पत्नी की मन:स्थिति, मिजाज और व्यवहार बदलने में देर नहीं लगती। कभी-कभी तो डर लगता रहा है कि जो चहक उसकी वाणी और चमक उसके चेहरे पर है, कहीं अगले ही पल रौद्र रूप न धारण कर ले। कई बार घंटों बिफरती रहती है और मैं खामोश बैठा उसका विफलना देखता-सुनता रहता हूँ। नाराजगी के कारण होते हैं, वे बिंदु जो या तो मेरे स्वभाव के हिस्से हैं या जिंदगी जीने के लिए जिन्हें मुझे नित्यक्रम की अनिवार्यता बनाने पर विवश होना पड़ा है। मेरी खामोशी उसे अप्रिय है। एक-एक पल की खबर दूँ, यह अपेक्षा आक्रोश बनकर उसकी वाणी व व्यवहार में जब-तब उतर आती है। व्यवसाय में क्या हुआ, क्यों हुआ, कैसे हुआ, वह चाहती है कि हर बात उसे बताई ही न जाए, यथासंभव उससे चर्चा करके इसके बाद की जाए। व्यवसाय के लिए कोई मशीन खरीदनी हो, उपकरण मँगवाना हो या दफ्तर में कोई साज-सज्जा के स्तर पर परिवर्तन करना हो तो उससे बात की जानी चाहिए। ये काम करने में कोई बुराई नहीं है। पत्नी से छिपाने की मंशा से मैं इन मुद्दों पर चर्चा नहीं करता होऊँ, ऐसा भी नहीं है। बस, स्वभाव में नहीं है।

माता-पिता के प्रति संपूर्ण सम्मान-भाव के बावजूद उनसे भी बैठकर कभी बातचीत नहीं करता हूँ। वे मेरे स्वभाव या कहूँ मेरी कमजोरी को समझते हैं, इसलिए मेरी संवाद न करने की आदत को अन्यथा नहीं लेते। संभव है, मुझ पर भरोसा और मुझे छूट देने की मनोवृत्ति इसका कारण रही हो। संभव है, उन्हें लगता हो कि जो क्षेत्र उनका नहीं है, उसके संबंध में चर्चा न करके मैं उन्हें अपने तनावों व परेशानियों से दूर रखना चाहता हूँ। सबसे बड़ी बात है, मानव का हर परिस्थिति में सामंजस्य स्थापित करनेवाला स्वभाव। विषय कोई भी हो, पक्ष-विपक्ष में दी जाने योग्य दलीलें प्रचुर होती हैं। स्कूल-कॉलेज में होनेवाली वाद-विवाद प्रतियोगिताओं से लेकर संसद् में होनेवाली बहसों तक इसके प्रमाण मिल जाएँगे। न जाने क्यों पत्नी नौ

वर्षों की लंबी अवधि गुजर जाने के बाद भी न मेरी प्रवृत्ति और स्वभाव को समझकर व्यवहार करने को तैयार है, न सामंजस्य बैठाने का प्रयत्न करती है।

नहीं, वह नासमझ नहीं है। उसे पता है कि किसके साथ, कैसा व्यवहार करना चाहिए। टेलीफोन पर, मिलने पर, सभा-सोसाइटी में, विवाह-जन्मदिन के समारोह में कैसे पेश आना चाहिए। हमारे विवाह के तुरंत बाद आयोजित माता-पिता के विवाह के रजत जयंती समारोह में मुझे साथ लेकर जिस मुस्तैदी के साथ अंगरक्षक की तरह चौकस परछाई बनकर वह उनके साथ रही थी, उसे देखकर मैं अंदर-ही-अंदर गौरवान्वित महसूस कर रहा था। दुर्घटनाग्रस्त होने के बाद पिता को जब अस्पताल ले गए थे तो जिस तरह फूट-फूटकर रोई थी, वह उसके अपनत्व और मन की संवेदनशील तरलता का मुँह बोलता प्रमाण था। बिना परदा लगाए, जिस सहजता के साथ अपने कमरे में या माता-पिता के कमरे में सो जाती थी, वह उसके मन में पैदा हुए संतोषकारी विश्वास का परिचायक था। पढ़ी-लिखी है, इसके बाद भी किसी कागज पर दस्तखत के लिए यदि कहा गया तो पढ़ने की कभी जरूरत महसूस नहीं की उसने। माता-पिता से कोई शिकायत नहीं थी उसे। पहले जब अति हो जाती थी और मैं पत्नी की हरकतों को बरदाश्त नहीं कर पाता था तो खाना-पीना छोड़कर उससे बातचीत बंद कर देता था। मुझसे असंतुष्ट रहती ही थी, पूरी तरह अलगाव के कारण मेरे प्रति उसका क्रोध बहुत बढ़ जाता था। दो-चार-पाँच दिनों के बाद जब माता-पिता को इन स्थितियों का आभास होता था तो हमेशा मुझे ही डाँटते थे। समझौता कराते थे। कुछ दिनों के लिए गाड़ी पटरी पर आती थी। इसके बाद हालात वही हो जाते थे। उसका आक्रोश मेरे स्वभाव व मेरी परिस्थितियों से उपजी स्थितियों के कारण था। उन स्थितियों को समाप्त करना मेरे वश में नहीं था और वह अपने आपको स्थितियों के अनुसार ढालने को तैयार नहीं थी। उसका अड़ियलपन मेरे अहं को जगाता था। कम बोलने, विचारों का आदान-प्रदान कम करने, खुलकर बातचीत न करने के अपने स्वभाव में थोड़ा-बहुत परिवर्तन लाने का प्रयास मैं करता भी था तो उसके असंतोष की यथापूर्व सीमाओं को देखते हुए वापस

अपने पुराने खोल में लौट जाता था।

माता-पिता से उसकी मन:स्थिति, उसके मन का असंतोष छिपा हुआ नहीं था। उसे समझाने, शांत करने का हर संभव प्रयास वे करते थे। परिस्थितियों के अनुसार स्वयं को ढालने स्वभाव के मानव स्वभाव को ध्यान में रखते हुए उन्हें लगता था कि धीरे-धीरे वह सामंजस्य बैठा लेगी। विवाह हुए सात वर्ष गुजर चुके। स्थितियाँ सुधरना तो दूर रहा तेजी से बिगड़ रही थीं। बच्चों के साथ दुर्व्यवहार, मार-पीट, उनका गला दबाने तक की वारदातें घर में कटे-कटे रहने की प्रवृत्ति, आए-गए के साथ बात-नमस्कार न करने की घटनाएँ, भोजन की तादाद व मिर्च-मसालों के अनुपात में अनिश्चितता, कोप भवन से लगाव दिन-ब-दिन बढ़ रहे थे। समझाने या कहने पर उसकी मन:स्थिति में अधिक उग्रता आ जाती थी। पत्नी के मन में यह बात शायद जड़ें जमा चुकी थी कि उसके अलावा मैं सबके साथ घुल-मिलकर बात करता हूँ। घर में किसी से अधिक बोलनेवाली बात नहीं थी। बाहर वालों से शिष्टाचारवश होनेवाली बातचीत से अधिक कुछ नहीं होता था। फिर भी पत्नी को सबमें अपने प्रतिद्वंद्वी दिखाई देने लगे थे। माता-पिता के साथ उसके व्यवहार में काम-से-काम रखनेवाली प्रवृत्ति आती जा रही थी।

स्थितियों को बिगड़ता देखकर एक रात को माता-पिता ने बैठाकर मुझसे बात की। उनका आग्रह था कि घर की शांति के लिए मैं पत्नी की इच्छानुसार चलूँ। सप्ताह में एक दिन अनिवार्यत: उसे साथ लेकर सिनेमा, पिकनिक, होटल, यार-दोस्त, कहीं-न-कहीं जाऊँ। उसे खुश रखूँ। यदि वह परिस्थितियों के साथ, पति के स्वभाव के साथ तालमेल नहीं बैठा पा रही है तो मैं बदलूँ अपने आपको। घर में सहजता, प्रसन्नता न हो, गृहलक्ष्मी आक्रोश और असंतोष से क्षुब्ध रहे, यह किसी के लिए भी ठीक नहीं है।

अपनी आदत के अनुसार उनकी बात को मैं चुपचाप सुनता रहा। सात वर्षों में जितना पत्नी को समझ सका था, उसके आधार पर मैंने एक प्रकार से उन्हें चेताया, ''वह स्वभाव से ही हठी और एकाधिकारवादी है। आपकी दिखाई राह पर चलूँगा तो स्थितियाँ अधिक बिगड़ सकती हैं।''

"तालमेल बैठाकर पत्नी और माता-पिता का पक्ष साधने की कोशिश करना, बेटा। सबकुछ है, फिर भी यदि बहू असंतुष्ट है तो उपाय हमें ही ढूँढ़ना पड़ेगा। दूसरा कोई रास्ता हो तो बताओ।"

मुखर होकर मैंने विश्लेषण प्रस्तुत नहीं किया। मगर मैं समझ पा रहा था कि प्रत्येक व्यक्ति के अंदर बालक की चपलता-अल्हड़ता, युवक के जोश-उत्साह और प्रौढ़ की अनुभवशीलता-परिपक्वता का निश्चित अनुपात होता है। पत्नी में बालतत्त्व की अधिकता है, बच्चे की जिद और अनुभव की कमीवाला अंश बहुत अधिक है उसमें। युवा और प्रौढ़तत्त्व जब-जब प्रबल होते हैं, उसका व्यवहार अत्यंत प्रभावित करता है, किंतु अधिकांश समय बालतत्त्व हावी रहता है उसके ऊपर। नारी सुलभ भावनाओं के साथ जब बाल तत्त्व फिलता है तो मिली हुई हर चीज पत्नी को महत्त्वहीन महसूस होती है। एक खिलौना छोड़कर उसका चंचल बाल-मन दूसरा खिलौना लेने की ललक से भर जाता है। नहीं मिलता है तो ठुनकता है, मचलता है। जिद करता है, अड़ता है और अपनी प्रतिष्ठा के साथ जोड़ लेता है। अगर मैं किसी तरह अपने स्वभाव में परिवर्तन लाता हूँ तो उसकी प्यास बुझेगी नहीं। असंतुष्टि बढ़ेगी। चाह विकराल रूप धारण करेगी। प्राप्त छोटा लगने लगेगा। हो सकता है, तब उसके निशाने पर मैं न रहूँ, मगर जो भी उसका लक्ष्य बनेगा, वह अधिक कष्टप्रद सिद्ध होगा।

माता-पिता से पुनर्विचार का आग्रह करके मैंने प्रकरण बंद करना चाहा था। मगर हम लोग फिर बैठें, रास्ता निश्चित करें, इससे पहले पत्नी ने बड़ा कदम उठा लिया था। एक रात को कमरा बंद करके उसने कलाई की नसें ब्लेड से काटने की चेष्टा की थी! कोई बड़ी घटना यद्यपि नहीं हुई थी। घर में ही खून साफ करके बैंड-एड लगाने से काम चल गया था। मगर यह घटना निश्चित रूप से ऐसी नहीं थी, जिसे दरगुजर किया जा सके। यदि पत्नी ने सचमुच आत्महत्या के इरादे से नसें काटने की कोशिश की थी, तब भी और यदि उसने ध्यान आकर्षित करने के लिए ऐसा किया था तब भी। जरूरी हो गया था कि उसका असंतोष दूर करने के लिए कुछ किया जाए। कहना,

सुनना, समझाना, पत्नी के माँ-बाप को बुलवाकर भविष्य में ऐसा कोई कदम न उठाने के लिए दबाव डलवाना, सबकुछ हुआ। माता-पिता की कुछ दिन पहले मिली सलाह के अनुरूप मैंने अपने आपको बदलने की चेष्टा करनी शुरू कर दी। धीरे-धीरे मेरे प्रति असंतोष और शिकायतें कम हुई, किंतु जैसी आशंका थी, अब मेरे माता-पिता से शिकायतें रहने लगीं उसे।

भले ही आत्महत्या का अभिनय ध्यान खींचने के लिए किया हो पत्नी ने, किंतु पुष्ट रूप से कहना संभव नहीं था कि वह अभिनय ही था, गंभीर प्रयास नहीं। वह फिर कोई ऐसा कदम न उठा ले, यह आतंक हम सबके ऊपर सवार रहने लगा था। अप्रिय लगने पर भी उसे कुछ कहने, रोकने-टोकने से माता-पिता बचने लगे थे। उसकी जब इच्छा होती, घोषणा करती, ''मम्मी, मैं बाहर जा रही हूँ।'' कहाँ जा रही है, क्यों जा रही है, न वह खुद बताती और न कोई उससे पूछता। रात को भोजन तैयार करके पड़ोस में रहनेवाले युवक के साथ टहलने निकल जाती। भोजन किसने किया, किसको कैसा लगा, ये बातें सोचने की चिंता मेरी माँ के सिर पर डाल दी उसने। पास-पड़ोस-मोहल्ले के लोग युवक के साथ खुलेआम रात को टहलते देखते। बातें बनतीं। उनमें से कुछ माता-पिता तक भी पहुँचतीं। उसे घर में कोई नहीं टोकता इस डर से कि फिर आत्महत्या जैसी कोई वारदात न कर बैठे। एक महिला को जब माँ ने कहते सुना कि इस औरत के कारण तो मोहल्ले का माहौल खराब हो जाएगा, माँ के सब्र का प्याला छलक गया।

सारी बात उन्होंने मुझे बताई। रात को मैंने प्यार से पूछा तो कहने लगी, ''मन की बातें करने के लिए कोई दोस्त नहीं है। आपको समय मिलता नहीं है। इस तरह जी हल्का हो जाता है।''

तक-वितर्क हुए। दुनियादारी का एहसास कराने की चेष्टा की। मोहल्ले में होनेवाली बातों का हवाला दिया। उसने वायदा किया कि युवक के साथ भविष्य में घूमने या टहलने नहीं जाएगी। मैं सचेत था। पंद्रह-बीस दिनों के बाद सिलसिला फिर शरू हो गया। मैंने टोका तो छूटते ही बोली, ''बात ही तो करती हूँ। भाई बनाया है मैंने उसे। इस बार रक्षाबंधन पर राखी बाँधूँगी उसे।''

मैं बात बढ़ाए बिना चुप हो गया। किंतु पत्नी चुप नहीं रही। कुछ दिनों के बाद उसने घोषणा कर दी, ''मम्मी-पापा के साथ रहना मेरे लिए संभव नहीं है।''

वह मानती थी कि वे लोग कुछ कहते नहीं हैं। रोकते, टोकते, बरजते भी नहीं हैं। उसको लगता था कि उनकी मुद्रा, उनकी दृष्टि, उनकी सामान्य बातें, यहाँ तक कि उनकी खामोशी भी एक तरह का दबाव डालती है। हमेशा एक प्रकार का तनाव मस्तिष्क में बना रहता है। उनके अव्यक्त दबाव और अपने सतत तनाव के कारण मैं ऐसा महसूस करती हूँ गोया खुली जेल में बंद हूँ। मम्मी-पापा के साथ रहकर मैं खुद को आजाद महसूस नहीं करती हूँ। यह एहसास केवल अलग रहने पर ही मिट सकता है।

पत्नी का यह व्यवहार मुझे अपने आकलन की पुष्टि जैसा लगा। मेरे साथ तालमेल नहीं है। एक बार आत्महत्या करने का प्रयास कर चुकी है। दुबारा कर सकती है। अस्थिरता कूट-कूटकर भरी है। खिलौने हासिल करने और उन्हें तोड़ने में सुख मिलता है। कल मैं दोषी था। आज माता-पिता दोषी हैं। अलग रहने लगेंगे तो हो सकता है, फिर दोषी करार दे दे मुझे। मैं पूँछ नहीं हिलाऊँ और मतिभ्रष्ट हो जाए तो हो सकता है, आत्महत्या कर ले। मेरा कोई अपराध नहीं। माता-पिता का कोई दोष नहीं। फिर भी आत्महत्या के लिए उकसाने का दंड हमें भोगना पड़े।

विवाह के नौ वर्षों के बाद पत्नी और अपने संबंधों को खँगाल रहा हूँ तो घूम-फिरकर अलग हो जाने के अलावा कोई रास्ता नहीं सूझता। पत्नी को कभी कोई परित्यक्ता कहे, यह कल्पना त्रासदायी है। मुझे कोई हत्यारा कहकर आरोपित करे, यह बात वीभत्स है। जीवन भर सुलगता रहूँ? निर्दोष माता-पिता को बेसहारा छोड़ने का दंश सहता रहूँ? एक ही रास्ता है। पत्नी स्थितियों को समझकर थोड़ा दाएँ-बाएँ कर ले अपनी मानसिकता को।

वस्तुस्थिति आईने की तरह साफ है, तब भी बार-बार एक ही प्रश्न मुझे मथ रहा है, क्या मुझसे ही कहीं कुछ गलत हो गया है?

□□□